TOM CLANCY'S

GHOST RECON® WILDLANDS

DARK WATERS

ゴーストリコン ワイルドランズ
ダークウォーターズ

トム・クランシー

リチャード・
ダンスキー［著］
RICHARD DANSKY

野中誠吾［訳］
SEIGO NONAKA

ゴーストリコン　ワイルドランズ　ダークウォーターズ

主な登場人物

ノマド（アンソニー・ペリーマン）……………ゴースト部隊リーダー。少佐
ウィーバー（コレイ・ウォード）……………スナイパー。ゴースト部隊隊員。一等曹長
ホルト（ドミニク・モレッタ）……………エンジニア。ゴースト部隊隊員
ミダス（ルビオ・デルガド）……………ゴースト部隊隊員
オールド・マン（スコット・ミッチェル）……………ゴースト部隊の統括者
ウィザード（カーク・グラハム）……………ミッチェルの部下。中尉
デヴィッド・プロタシオ……………ブラジル政府との調整役
マルタ・コレア……………プロタシオの部下
オスカー・デスカルソ……………現地の協力者
ジルベルト・ウルビナ……………独立国家樹立をめざすテロリスト
エル・プルポ……………麻薬カルテル、サンタ・ブランカ幹部
ジェリー・ブリッグズ……………ケイトン石油エグゼクティブ
キャスリーン・クロッティ……………植物学者。ワシントン大学終身教授
ギルバート・スタントン……………クロッティの大学院生助手
メラニー・カーペンター……………クロッティの大学院生助手
アンドリュー・メッシーナ……………考古学者
ハーバート・クワン……………考古学者

いつもわたしにハッピーエンドの物語を書くよう望んでいた母、
アイリーン・ダンスキーに捧《ささ》げる

幽霊《ゴースト》、名詞。内なる恐怖が表面化した目に見える現象。

——アンブローズ・ビアス

ザ・ゴースト：特殊戦略部隊を指す。合衆国陸軍の不正規戦対応軍の最前線をつとめる。高度に専門化し、きわだった技量を備えた直接行動部隊。危険な状況に最初に展開し、事態が切迫した際には最後に離れる。もし彼らが任務を正しく果たせば、誰も彼らがそこにいたことすら知らないままになる。長年のあいだに、メンバーは変わってきたが、部隊——そしてその伝説——は今も生きている。

プロローグ

ウクライナに〝ヴィンペル部隊〟がいるはずがない。

頭上を銃弾が飛んでいくなかでノマドが最初に考えたのは、そのことだった。彼は銃弾から身を守るため、道路脇の排水溝に身をひそめていた。もっとも、ゴーストがドネツクを走りまわっているはずもないのだから、ある意味ではお互いさまではある。

とはいえ、ロシア軍特殊部隊にもう一度出し抜かれたら、生きてここから脱出するのは難しいだろう。右手には、草に覆われた平原がどこまでも広がっていた。まるで駐車場のように、芝や雑草のあちこちに、焼け焦げあるいは銃弾を浴びた跡のある車が何台も転がっている。左手には東ウクライナの親ロシア〝独立〟部隊の野外司令本部があった。ただ本部といっても、ジャッキで持ち上げられた二台連結の車のそばに砂袋の山が積まれているだけだ。車の上には、簡易式の衛星通信用パラボラアンテナが設置されていた。その後ろに置かれた発電機が作動している。

ジョーカーとセージが目標と合流するはずだったその本部のなかで、銃口が閃光《せんこう》を放つのが見えた。

ノマドは通信機の操作ボタンを押した。「セージ。ジョーカー。複数の敵から攻撃を受けている」頭上をまた銃弾が飛び、鋭い音とともに句読点よろしく発言をさえぎる。「状況を教えてくれ。荷物《パッケージ》は確保したのか？」

「いや、ノマド、パッケージは死んだ。ジョーカーは撃たれたが軽傷だ」回線に銃声とガラスが割れる音が入り込んだものの、セージの声はあくまで落ち着いていた。彼は経験の豊富さと、正面から戦車が突っ込んできてもいっさい動じない沈着冷静さを買われて、部隊の指揮官をつとめていた。それが賢人《セージ》というコールサインの由来でもある。彼はゴースト・リードではなく、セージを使うことにこだわっていた。「おれたちも攻撃されている。脱出できるよう裏口を確保できるか？」

「セージ、こちらウィーバー。東から敵がそちらに半ダース向かっているのが見える。別のふたりがノマドに接近中。脱出用車両は待機中、脱出ルートＢは使用可能《ブラボー》」ウィーバーは部隊のスナイパーで、感情を出さない寡黙な男だ。現在は五百メートル離れた緑の丘の斜面にひそんでいる。顔に傷がある、スキンヘッドのアフリカ系アメリカ人で、チーム随一の悲観主義者だった。長身で細身、短く切りそろえた髭《ひげ》に優雅なピアノ奏者の指、元アメリカ海軍特殊部隊《ネイビー・シールズ》だ。ゴーストの任務があまりにたやすい――〝少なくとも、たいていは体が濡れずにすむ〟――ので、どう考えても自分にとっては休暇のようなものだと、ことあるごとに吹きまくっていた。

「了解。ブラボーは使用可能。ノマドにくっついてる連れを追い払ったら、ふたりでおれたちを援護しろ。それまでここを守る」

「了解。ノマドの助けは必要か？」

セージは苦々しげな声を出した。「不要だ。おれに負けを認めさせたいなら話は別だが」

ノマドの背後で何かが跳ねる音がして、つづいてあわただしい足音が響いた。素早く目をやって確認すると、ロシア兵のひとりが飛びおりてノマドをまっすぐ追いかけてきた。ノマドは振り向き、激しく応戦した。どの銃弾もはずれたが、ロシア兵は身を守るために汚水がたまっている排水溝に飛び込まなければならなかった。ノマドは前を向いて走った。

「ウィーバー？　いい知らせはないか？」

「悪い知らせならある。おまえの後ろにいる男は、体を起こして排水溝から這い出たぞ。そいつの仲間が道の左側にまわって、おまえに何かを投げつけようと――まずい、手榴弾《しゆりゆうだん》だ！」ウィーバーが叫んだ。「そこから逃げろ、今すぐに！」

その警告のあいだにも、ノマドは手榴弾が回転しながら頭上で弧を描き、六メートルほど先に落ちるのを見た。泥が跳ねた瞬間、ノマドは排水溝の向こうへ必死に飛び込んだ。彼がぬかるみにぴったり体を押しつけた直後、爆発の衝撃で排水溝が揺れ、破片が甲高い音とともに飛んできて、空中に泥と水が跳ね上がった。

「ノマド！　状況は！」

「おれは大丈夫だ」ノマドはごろりと転がって立ち上がった。最初のヴィンペル部隊の兵士がすでに銃を撃ちながら猛然と迫ってきている。銃弾があたって枯れ芝と泥のかたまりが飛び上がり、ノマドはあたりに点在する焼け焦げた車まで走ってその後ろに飛び込んだ。銃弾が跳ね、あるいは突き抜けて金属が火花を散らし、甲高い音を立てる。ノマドは撃ち返しながら、ふたり目が排水溝から出て彼の側面へと動くのを視界の隅でとらえた。このままじっとしていたら、どちらかに撃たれてしまう。

ノマドが振り向いて手榴弾を投げた兵士に連射すると、その男は地面に倒れ込んだ。そのあいだに最初のロシア兵はすでに三十メートル以内に迫っていた。ノマドがそちらに向けて数発撃つと、相手は撃ち返す前に解体されているラーダの車台の陰に逃げ込んだ。その隙を利用して、ノマドはあとずさりしつつ排水溝から離れ、追っ手とのあいだに壊れた車の残骸をはさみながら走った。

「ウィーバー！　やったか？」

「いや、おれが狙いを定めるとおまえが先に撃つんで、そのたびにやつらは隠れてしまう。だが、奥の手がある」

ノマドは芝に半分隠れていたタイヤにつまずきかけた。かろうじて飛び越えたが、つかのま無防備な姿を敵にさらしてしまった。しかし追っ手はどちらもその絶好の機会を逃し、遠くから放たれた銃弾はまたしてもはるか頭上を飛んでいく。ヴィンペル部隊にしては腕が悪すぎる。それからノマドはぞっとするような可能性に気づいた。

「ウィーバー、ヴィンペル部隊の人数は？」

「通常は六人だが、場合による。なぜだ？」

「何人見えてる？」

「八人だ……そうか、ちくしょう」

次の瞬間、さらに四人のロシア兵が前方の草むらから立ち上がり、降伏するようロシア語で叫んだ。全員が地元の〝独立〟部隊の制服を着ている。追っ手の射撃の腕がやけにお粗末だったのはこのためだ。仲間が待ち伏せて、包囲できる場所までノマドを追い込んだのだ。合衆国軍がいるはずのない場所でゴーストをとらえれば、ロシア政府にとっては大きな宣伝材料に、そしてアメリカ国防総省にとっては屈辱となる。とらわれた愚かな兵士の運命は神のみぞ知るだ。

そうなるわけにはいかない。

「ウィーバー、どうにかならないか？」

「伏せろ」

「なんだって？」

「伏せろと言ったんだ！」

ノマドは、折れた変速レバーか何かのとがった先端が突き刺さらないことを祈りながら、地面に身を投げた。前方では、ロシア兵たちが叫びはじめている。何人かは彼に狙いを定め、何人かは右を向いて……

……そこには四つの回転翼がついたドローンが草の上を素早く飛びながら彼らを狙っていた。ロシア兵たちが気づいたあとも、ドローンはそのまま上昇して威嚇するように銃口を向ける。彼らが逃げる前に、その頭上ぎりぎりを掃射していく。最初の銃弾が地面にあたるまでのあいだに、最後の一発まで撃ち尽くされていた。

ドローンからの銃撃はさらにつづき、ふたりの追っ手は目標をノマドからそちらに切り替えた。敵の注意がそれた隙をついてノマドは素早くかがみ、さびついた金属製の車体の陰に体の一部を隠していた最初の兵士を慎重に狙った。一瞬集中したのち引き金を引き、その男を倒す。

ふたり目のロシア兵は自分の位置があやういことに気づいた。しかし彼が撃った最後の銃弾が機体をかすめ、ドローンは空中でぐらついた。回転翼のひとつから薄い煙の筋が立ちのぼり、機体が沈みはじめる。

「ウィーバー？」

「兵士はまかせる。おれはドローンを回収する。敵に奪われたらまずい」

ノマドはすでに全力で走っていた。だがロシア兵はそれに先んじて素早く動き、巧みに遮《しゃ》蔽物《へいぶつ》を利用しながらジグザグに走っている。

ノマドは敵を直接は追わなかった。代わりに、一番近くにあったＳＵＶの残骸までまっすぐに走り、その陰に身をひそめた。「ウィーバー、やつはどこだ？」

「左に曲がった」返事が届く。「五秒以内にラーダとルノーのあいだを走り抜ける」

「それだけわかれば充分だ」ノマドはラーダの位置を確かめ、右を向いて狙いを定めた。

二台の車のあいだを走り抜けるシルエットが浮かんだ。

ノマドは引き金を引いた。

ロシア兵が倒れる。

「命中だ、ノマド」

「助かった、ウィーバー。ドローンは着陸したか？」

「ああ」

セージの声が割り込んできた。「ここから脱出する必要がある」

「急ぐんだ、セージ。脱出に使うドアに敵がふたり近づいているのが見える」ウィーバーはいつになく険しい声だ。「それに、東南東二キロの地点で三台の車が土埃《つちぼこり》を上げている。道はひどいが、それでもここには遅くとも五分以内に着く」

「ノマド、やつらがドアに近づくまで待ってから撃て。ウィーバー、おまえはドアから遠いほうを狙え。おれの合図で撃ったら、車のある場所まで全力で走れ」

「了解。トラックは坂の上、三百メートル」

「そこまで急げ。おれたちもそのドアから一気に飛び出す。ノマド、ウィーバーと合流するまで援護してくれ。そのあとおれたちはブラボーに向かう。いいか？」

「了解」という返事が重なった。

「よし、じゃあ、おれたちは動く。行くぞ、ジョーカー、時間だ」

ロシア兵たちも動いていて、ふたり組が銃弾の穴があいているトレイラーのドアに忍び寄っていた。ひとりがもう一方にうなずきかけ、そのドアの脇の窓を慎重に狙って撃った。もうひとりはベルトに手をのばして手榴弾をとる。

「来るぞ！」ノマドが通信機に向かって怒鳴《どな》った。「破片手榴弾ではなく、催涙ガスに見える！」その警告に重なるようにガラスが割れる音が響いたあと、ガスが吹き出すしゅうという音で通信機が伝える音声が不鮮明になった。

「ウィーバー、撃て！　おれたちは離脱中！　ノマド、撃て！」

ノマドは思いきって身をさらし、ふたりのロシア兵に向かって撃ちまくった。相手は即座に向きを変えて撃ち返してきた。低い姿勢で走るノマドを追いかけるように、銃弾がすぐそばの長い草を刈りとっていく。同時にトレイラーのドアがさっと開き、催涙ガスの白煙がわき出た。ロシア兵たちは撃ち返せないまま、ひとりは背後からのスナイパーの銃弾に、もうひとりはドアの内側から連射された銃弾に倒れた。それから、ふたつの人影がよろめきながら現れた。ひとりが脚から出血しているもうひとりを支えている。

「ウィーバー、おれたちが見えるか？」

「見えない、セージ、言われたとおりトラックで接近中」

「了解、道路に移動する。ノマド、状況は?」

「手いっぱいだ!」ノマドは敵の銃弾に追いつめられ、司令本部の片隅に身をひそめた。

「やつらは仲間を待ってる」

「できる限り足止めしてくれ。ウィーバー、到着予定時刻《ETA》は?」

通信機から、返事代わりにエンジン音が聞こえてくる。「まもなくだ」両側の塗装がはげて灰色の下地が見えている赤いトヨタのピックアップトラックが、丘の斜面を覆う木立のあいだから飛び出してきた。アスファルトがひび割れ、土が混ざったでこぼこ道を飛び跳ねるようにしておりてくる。セージとジョーカーは猛烈に咳き込みながら、道路へと急いだ。

「ノマド! あと三十秒だ! さっさとお別れをして道路に戻れ!」

「了解!」ノマドは角からのぞき、敵の銃弾にあやうく頭を吹き飛ばされそうになった。狙いを定めずに撃ち返し、銃をおさめるとベルトから破片手榴弾をつかんだ。

トラックは道路のわだちではずんで激しく後部を振りながら、すぐそばまで来ていた。ノマドは手榴弾のピンを抜いて角の向こうに投げ、走りながらもうひとつおまけに誰もいなくなった司令本部に投げ込んだ。前方ではトラックが停まり、セージが開いた助手席のドアからジョーカーを押し込もうとしているのが見えた。

「急げ、急ぐんだ!」ウィーバーが叫ぶ脇で、セージがうめいているジョーカーを押し上げ、ドアを叩きつけるように閉めて射撃の姿勢を整えた。ノマドはトラックに向かって走った。背後の二度の爆発にあおられ、前につんのめる。吹き飛ばされた車のなかから何かが飛び出し、屋根の衛星アンテナが吹き飛んだ。ウィーバーは激しく悪態をつきながらトラックを巧みに三点ターンさせた。生き残っているロシア兵ふたり組が、ノマドが先ほどまでいた角から出てきて銃を撃ち、セージが応戦する。ひとりは身をかわし、もうひとりは胸にいくつもの銃弾を浴びて、どちらも倒れ込む。ノマドはトラックの荷台に飛び込んだ。床に激しく体をぶつけたが、すぐに体を起こしてセージが乗り込めるよう手をのばす。

「乗ったぞ！　行け！　行け！　行くんだ！」

ウィーバーがアクセルを踏み込み、後輪が泥と石を跳ね上げた。今では敵のトラックが近づいてきて、兵士たちが窓から身を乗り出して激しく撃ってきたが、道路がでこぼこのせいで狙いが定まらず、銃弾はむなしくはずれた。

「安全な検問所まで五キロだ」セージはまるで日曜日のドライブにくり出しているかのように、平然とした口調だ。「いかにヴィンペル部隊でも、そこまで行けば手を出せないだろう」

「どうかな」ウィーバーが答えた。「好きに考えればいい。おれはとにかくぶっ飛ばすだけだ。ジョーカーは任務から離脱」

「了解」セージとノマドは荷台でしゃがみ、後ろあおり《テールゲート》を盾《たて》にしながら退路を確保するために手榴弾を投げた。

手榴弾が爆発してその破片が飛んでくるあいだも、最後に残ったロシア兵は立ったまま、遠ざかるトラックに向かって最後にもう一度撃ちはじめた。彼は爆風をもろに受けて後ろに吹き飛ばされ、銃弾は空に向かって飛んでいく。

金属が金属を貫通する虚《うつ》ろな音が響いたので、ノマドはテールゲートの上からのぞいて背後の様子を確かめようとした。

土埃と、兵士たちの死体があっという間《ま》に遠ざかっていく。

「追っ手はもう来ない」ノマドは振り向かずに言った。「あとは安全な……」セージがうめいて倒れた。

「どうした？」ウィーバーが呼びかけた。

ノマドは振り向いてかがみ、指揮官の状態を確かめた。出血している。セージは痛む脇腹を押さえていた。「セージが撃たれた！　急いでくれ！」

重傷なのはひと目でわかる。脇腹に一発、肩にもう一発。ほかの銃弾は防弾チョッキが食い止めていたが、貫通したその二発だけでもすぐに治療を受けなければ危険なのは一目瞭然だった。

「撤退用ヘリは着陸地点に到着ずみだ！」

「負傷者がふたりいると伝えてくれ。ひとりは重傷。着いたらすぐに飛べるよう準備してもらってくれ」

ノマドはセージの服を脱がせはじめた。傷口に直接手をあてて圧迫できれば。着陸地点に早く着ければ……。

ノマドは運転席をちらりと見上げた。指が、指揮官の血で赤く染まっている。安全な場所ははるか遠くに思えた。

1

肩を軽くつつかれ、ノマドは目覚めた。周囲を見まわすと、ウクライナの荒涼たる大地の枯れた芝ではなく、病室が目に飛び込んでくる。オフホワイトの壁、背の高い縦割りの窓から差し込む冬の淡い日射し、ベッドに横たわる意識のない男、そしてその男の体につながっているたくさんのチューブと、その脇で音を立てている生命維持装置。

ここはラントシュトゥール地域医療センターだ。ノマドは記憶をたどって思い出した。急患を搬送するドイツの病院だ。ベッドに横たわっているのはセージだった。あちこちに穴をあけられ、ハリウッドの大作映画で重宝されそうなキャラクターを思わせる姿になっている。

「ペリーマン少佐。彼の様子は？」

ノマドは振り向いた。誰かから肩書きや名字で呼ばれるのは久しぶりだ。戸口に立っているのはコレイ・ウォード、ウィーバーというコードネームのほうが通りがいい。彼の顔は不安でくもっていた。ノマドと同じように疲労の色が濃く、げっそりして見える。

「いったいこれはどういうことだ、ウォード？　セージは八時間以上に及ぶ手術を受けた。おれは彼が病室に戻ってからずっと付き添ってる。医師たちは、回復する可能性もあると言ってるが……」ノマドの声は小さくなって途切れた。〝回復する可能性〟とは〝われわれにはお手上げ〟という医者仲間の符牒《ふちょう》のようなもので、〝きっとよくなる〟にはほど遠い。

ウィーバーはうなずいた。「だとしたら、セージにとっては眠るのが一番ってことだ。おれたちにも同じことを言えないのが残念だ」

「というと？」ノマドは立ち上がってのびをした。背中が、子供がおもちゃのピストルを撃ったときのような乾いた音を立てる。なぜかその音が、セージの命をつなぎ止めている機械の電子音と響き合った。

ウィーバーは廊下の先を示してみせた。「オールド・マンがおれたちと話したいそうだ。本当に話したい相手はおまえだが、おれたちはひとまとめというわけだ」

ノマドは目をこすって眠気を追い払おうとした。「オールド・マンはジョージアにいるはずだ。それとも、おれたちは寝ているあいだにフォート・ベニングに連れ戻されたのか？」

「いや。一階の奥にある部屋に、テレビ会議の設備がある。わざわざ飛行機に九時間乗らなくても故郷の誰かと話せるようにしたいという、しごくまっとうな発想からつくられた部屋だ。目覚めの儀式を終えしだい、最優先でその部屋に来るようにというお達しだ」ウィーバーは大げさに匂いをかぐしぐさをしてみせた。「シャワーも浴びたほうがいい。おまえはウクライナの下水の匂いがする」

「排水溝のせいだ」ノマドはげんなりと答えた。「わかった。二十分以内に行く」

「それなら問題ないだろう」ウィーバーは背を向けて出ていきかけ、それから振り返った。

「すまんな。しばらく寝かせてやりたかったが、このタイミングでおれたちを呼ぶということは、天気の話をしたいわけじゃないはずだ」

「今回ばかりは、天気の話であってほしかったな」ノマドはかがみ、椅子の脇に置いてあったバックパックをつかんだ。

「シャワーは廊下の先を――」

「右に曲がって、それから左。ここは初めてじゃないんだ、コレイ」

ウィーバーは降参とばかりに両手を差し上げた。「ああ、そうだったな。二十分後に会おう。その前におまえの匂いをまたかいでしまわないよう気をつけるとしよう」彼は振り向いて出ていった。

ノマドはウィーバーの後ろ姿を見送り、それからベッドに近づいた。セージは目を閉じたままで、息は浅く、皮膚は青白くじっとりしている。

「ぼろきれみたいに見えるぞ」ノマドはそっと呼びかけた。「さっさとよくなって、こんなことを言ったおれの尻を蹴飛ばしてくれ、いいな？」

空気圧縮機が立てる摩擦音と、セージがまだ生きていることを示す静かな電子音だけが響いていた。

指示された部屋はきれいに装飾され、ノマドにはとても会議室には見えなかった。壁には大きなテレビのモニタがあって、それと向き合うようにテーブルと椅子が数客並べられ、そのさらに後ろにソファや椅子がばらばらに置かれている。室内はベージュ色が基調で、壁だけは薄い緑色、アメリカ軍基地がある各地の写真が何枚も飾られていた。

ノマドはかなりすっきりした気分でその部屋に入った。早くも白いものが交ざりはじめている豊かな髭《ひげ》は、きれいに整えられている。任務の際に染み込んだ悪臭をとろうと必死にこすったせいで、頰は赤くなっていた。野暮《やぼ》ったいが清潔な作業服に着替え、安物のサングラスで強烈な蛍光灯の光から疲れた目を守っている。

ウィーバーはすでにテーブルについていた。クリーニング屋から届いたばかりのように糊《のり》のきいた作業服を着ている。ブーツはノマドとは違って汚れひとつない。その前には紅茶のカップが置かれていた。軍用規格のタブレットで何か読みながら、にやにや笑っている。ノマドが眉をひそめてみせると、ウィーバーは言った。「〈フィナンシャル・タイムズ〉だ。いつも笑える」

「それはけっこう」ノマドはウィーバーの隣に腰をおろした。「どうやって電源を入れるんだ?」

ウィーバーはタブレットを置き、足を床におろすとリモコンをつかんだ。彼がいくつかのボタンを押すと、モニタにはなじみのあるスコット・ミッチェル中佐、すなわちオールド・マンの姿が映し出された。ミッチェルは国防総省で昇進する前に、数えきれないほどの任務でゴーストを率いてきた。特殊戦略部隊を監督する立場になった今も、ゴーストをまるで自分の子供のように見守っている。

「少佐。一等曹長」ミッチェルは素早くうなずいてふたりに挨拶した。すぐにも戦場に飛び込めそうに見えるが、それでも目尻にはしわがあり、短く刈られた髪は白いものが目立つようになっている。

「中佐。どんなご用でしょう」

「まずはじめに、セージの今の様子を教えてくれ。どんな具合だ？」

「まだ意識は戻っていません。医師からは、回復の可能性もあると言われています」

ミッチェルは椅子に背をあずけた。「だとしたら、少なくともわたしが思っていたよりはましだ。彼は優秀な男だ。ジョーカーは？」

ウィーバーが脇から答えた。「脚にひどい怪我《けが》を負っています。しばらくは歩けないでしょうが、治るはずです」

ミッチェルは顔をしかめ、机の上の書類に目を落とした。「いずれ治るのは嬉しいことだが、ものごとがわたしが望んだとおりには進んでいない。現地で何があったのか話してくれるかね、ペリーマン少佐？」

ノマドは咳払いした。「すべて予備報告書に書かれております」

ミッチェルが手に持った書類の束をテーブルに叩きつけた。「報告書に何が書かれているかは把握している。それでも話すよう求めたのは、ジョーカーとセージを活動不能にし、片方を死の縁まで追いつめた経緯について、きみ自身の口から聞きたいからだ。さあ、話してくれ」

ノマドはウィーバーにちらりと目をやったが、彼はまっすぐ前を向いたままだった。口もとは引き結ばれ、笑顔の気配はどこにもない。間違いない、こいつはすでにミッチェルの上級曹長と話している。ノマドは顔をしかめた。今度はおれが絞られるところを眺めて楽しむつもりだ。

「承知しました。今回の作戦の目的は、ドネツク分離主義者のスパルタ大隊の大佐を国外に脱出させることにありました。その大佐は、われわれに寝返ってロシア民主党《DPR》とその周辺で活動するロシア正規軍の存在を裏づける情報を提供できることを、複数のルートを通して伝えてきました」ノマドは小さく咳をした。「もちろん、ロシア兵が待ち受けていることはわかっていましたが、明確な証拠を持ち帰ることができれば状況は大きく変わるはずでした」

「成功すれば、その新たな情報をロシア政府は否定しなければならないから、雇われた知識人たちが戦略的な分析をすることになっただろう。つづけろ」

ノマドは座ったまま背筋をのばした。「われわれは合流地点に到着後に周囲を確認し、安全だと判断しました。何も問題はないように見えました。ジョーカーとセージは目標《パッケージ》を安全に連れ出すために移動本部のなかに入り、そのあいだウィーバーとわたしは周辺を確認しました。作戦開始前に接触相手から、われわれの到着前にその区域の警備を解除しておくので、邪魔もなく簡単に脱出できると伝えられていました」

「実際にそうだったのか？」

「いいえ。到着したとき、その時点でパッケージはセージと同行することを拒みました。セージは説得を試みましたが、パッケージは銃による自殺を選びました。同時に、おそらくパッケージからひそかに知らせを受け、事前に配置につき待ち伏せしていたと思われる敵兵の攻撃を受けました」

「面白い」ミッチェルは身を乗り出した。「だがきみは、確認の際にその連中に気づかなかったわけだな？」

ノマドは顔をしかめた。「はい。彼らは巧みに隠れていた上に、そのほとんどはわれわれが到着するまで安全な距離をとっていました。明らかに事前に入念に計画されたもので、それぞれの位置どりまで計算されていました」一瞬考える。「もっと直裁に、地面に地雷を仕掛けられていなくて幸運でした。そのときは最悪の結果になっていたでしょう」

「それではきみたちを生け捕りにできないからだろう。それこそが彼らの目的だったように思える。そうだな、少佐？」

ノマドはうなずいた。「そのとおりです。よかった点をあげるなら、あの兵士たちがスパルタ大隊の装備と記章をつけた、ロシアのヴィンペル部隊の工作員であることを確認できました」言葉を切ってウィーバーを見た。「何か言い漏らしたことはあるかな?」

ウィーバーは首を振った。「いや。やつらはわれわれが来ることを知っていた。巧みに姿を隠して位置についていた。ドローンを飛ばしたのに確認できなかったということは、おまえが言ったように準備に相当な時間をかけていたということだ。そしてわれわれが最も無防備な状況になるまで攻撃するのを待っていた。あくまでわたしの意見ですが」

ミッチェルはため息をついた。「こちら側でも情報のリーク源を調べよう。だが、どうやらわれわれより先にモスクワのメールアドレスを持つ誰かがパッケージと接触していたようだ。おそらくこれが初めてではないはずだ」

「はい」落ち着かない沈黙が流れ、ノマドはつかのま黙っていた。「つづけてよろしいですか?」

ミッチェルは首を振った。「もういい。あとのことは、きみが言うとおり報告書に記されている。それよりも、弁解の余地がないほどの散々たる結果に終わった任務について、きみがどのように述べるかに興味があった。こちらに戻ってからさらに詳細な報告をしてもらうが、さしあたりは別の予定がある」

「なんでしょう?」

「きみたちのタブレットに資料を送る。帰りの機内で読んでくれ。ちなみに、南西ベネズエラについてどれくらい知っている?」

ウィーバーは眉をひそめ、ノマドは咳払いした。「詳しいとは言えません。学ぶ必要があるでしょうか？」

「そうしたくなるかもしれない。簡潔に言えば、二〇〇八年にベネズエラとコロンビアのあいだで紛争が起きかけた。表向きは誰もがカメラの前でキスして仲直りしたが、本当のところははるかに混乱していた」

「〝混乱〟とは具体的には？」

「ベネズエラ正規軍は、コロンビア革命軍の非正規兵と協力する反乱軍を装い、国境の紛争地域の隣国側に入り込んで宿営地をつくった。彼らはこれまでおおむね目立たぬようにしてきたが、そこにずっと居座りつづけている。そして今、彼らが興味深い存在になりはじめている」

ノマドとウィーバーは不安げに視線をかわした。「〝興味深い〟というのは、普通誰かがわれわれを攻撃することを意味します」

「お言葉を返すようですが」ウィーバーが口をはさんだ。「どうしてこれがわれわれの問題なのでしょう？」

ミッチェルは微笑《ほほえ》み、唇を引き結んだ。「それをこれから話そうとしていたところだよ、一等曹長。きみも気づいているかもしれないが、ベネズエラ政府は今のところ合衆国と蜜月関係にあるとは言いがたい。しかもゴジラに踏みつぶされたような経済情勢に陥っているため、ある種のものごとがテーブルからこぼれ落ちている。そう、たとえばそこにいるはずがなく、誰もその存在を知らない兵士への給料の支払いだ。そうした兵士は給料がもらえなくなると、別のことを考えるようになる。なぜなら、いくら合法な権力が命じても、戦力を注ぎ込むのが不可能に近い場所に仲間と武器を確保しているからだ。どうやら彼らは、なんらかの目的でそこに自治州をつくろうとしている。そして誰も彼らを止められずにいる」

ウィーバーは身を乗り出した。「もう一度おうかがいします。いったいそれがわれわれにどのような関係があるのでしょう?」

「いい知らせは、われわれはこの問題の解決までは求められていないということだ。国防総省にとって、これはあくまで内政問題であり、われわれが関わりを持つことはない。だが悪い知らせもある。そいつらが支配している地域にアメリカ国民のグループが何組か人質としてとらえられていることだ。内密に、裏ルートで処理すべき問題であることは理解できるだろう。麻薬売買で稼げるようになるまでのあいだ、別の方法を使って現金を手に入れようとしている者がいるのだ」

「問題になっているのは、どんな人質なのですか?」

「ふたつの小人数のグループだ。希少な蘭《らん》を分析して癌《がん》の治療法を見つけようとしている生物学者のチームと、何かを見つけようとしている考古学者の遠征部隊だ。アメリカ政府は、この件がニュースになって広まり、世間が全面的な介入を求めて騒ぎはじめる前に、両方とも救出したがっている。誘拐された場所が遠いおかげで、かろうじて情報に蓋《ふた》をしつづけることができている——携帯の電波が悪くて、自撮りをアップできる場所じゃない——だが、いつまでも隠し通せない。それゆえに、誰かが潜入して人質を連れ出さなければならないのだ」

「よろしいですか」ノマドは注意深く無表情を保ってモニタを見つめた。「われわれの部隊の半分は重傷を負って動ける状態にありません。ウィーバーとわたしは先の任務に関する正式な報告さえまだすませていません。われわれの部隊がその任につけるとはとうてい思えないのですが」

「部隊ではない。少佐、きみだ。そしてウォード一等曹長だ。部隊——きみの部隊——の人員は、きみがこちらに来たとき補充する」

「部隊の一員としてなら喜んで——」

「黙るんだ」ミッチェルは不意にとても疲れた顔になった。「最善策ではないことは、誰もがわかってる。きみはこれまでずっと配属された部隊で役割を果たしてきた。今回はきみが望むような任務ではないのは知っている。だが、今は綱渡りを余儀なくされているのだ。すべての部隊が出はらっているが、それでもホワイトハウスからの要請があれば、国家指揮最高部《NCA》に対して〝すみません、今忙しいので〟とは断れない。きみには全幅の信頼を置いている。きみが乗る飛行機は十一時に出発する。資料を読め。それ以上のことは、きみがフォート・ベニングに着いたらまた話そう」

　モニタの電源が切れ、残されたウィーバーとノマドは暗くなった画面を見つめた。

「おめでとう、かな?」ウィーバーは眉を動かしてみせた。「おまえは選ばれた男になったらしい」

「馬鹿げてる」ノマドが答えた。「こんなふうに寄せ集めた部隊を危険な場所に送り込むなんてあり得ない。まして、隊員の半分はまだ最後の任務でついたブーツの汚れを拭いているところなんだ」

「この話を受けないと言ってるのか?」

「こんなことはあってはならないと言ってるんだ。おれが受けるかどうかの問題じゃない。オールド・マンを見ただろう。彼もこの件については納得していなかった。そして彼が納得していない場合、おれたちは猛烈におびえるべきだ」

　ウィーバーは肩をすくめた。「ああ、おれはびびってるよ。だが、それでもおれたちはこれをやる。となれば、余計な心配をするよりも、さっさと任務について考えたいということだ。ろくでもない任務に放り込まれるのは初めてじゃない」

　ふたりの男はにらみ合った。小さな着信音が響いて緊張を破る。「報告書が届いたんだな」ウィーバーがそう言って立ち上がり、のびをした。「分厚い資料であることを願うよ。ジョージアまでは長いフライトだ」

ウィーバーは、かきたいときだけいびきをかける。ノマドはかなり前にそう結論を出していたが、合衆国に戻るフライトでそれを裏づけるさらなる証拠が集まった。戦場に放り込めば、ウィーバーは猫のように片目を開けてほとんど息をせずに眠る。友人を困らせてもかまわない場所に投げ込むと――たとえば、合衆国に戻るC－17輸送機での十時間のフライト中――急に二本の脚がついた電動鋸《でんどうのこぎり》のような音を立てる。これもある種の才能だ。

しかしながら、ノマドはその才に恵まれていなかった。最後に機内で眠ったとき、イラクのアンバー州上空にさしかかったあたりで極端な偏見の持ち主が飛行機の片方のエンジンに地対空ミサイルをぶち込もうとした。パイロットが曲芸飛行を試みてそのミサイルをかわしたが、その際の修羅場を経験した結果、機内での最良の過ごし方は目覚めたままシートベルトをきつく締めておくことだという教訓がノマドの頭にはすり込まれた。

ミッチェル中佐は常に口にしたことを実行する。離陸前にノマドのタブレットに届いた資料は、彼が指揮することがほのめかされた作戦の戦略的かつ軍事的な重要性をいやというほど強調していた。さらに、部隊に加わる新たなふたりのゴーストに関するファイルも添付されている。

ノマドはそのファイルに目を通したが、どちらの名前にもおぼえがなかった。そのこと自体が普通ではないと言えた。統合特殊作戦コマンド《JSOC》に選《よ》りすぐられるようになる前よりも今のほうが隊員は多いとはいえ、それでも少人数のエリート集団であることに変わりはなく、誰もがどこかでともに訓練を受けたり、飲んだりしている。部隊は分かれるし、全員と出動するわけではないが、少なくとも基地で少しは顔なじみになっているはずだった。

けれどもミダスというコールサインを持つルビオ・デルガドは、ノマドがまったく知らない男だ。

ノマドはファイルを注意深く読んだ。ミダスは、愛国心に燃え勤務を通して国への忠誠を尽くそうとした第一世代のアメリカ人、スコット・イブラヒム軍曹を連想させた。資料によれば、ミダスは宗教心に篤く、ある時期まではローマ・カトリックの司祭になろうと真剣に考えていたという。だが、説教壇からできること以上の何かをしたいという欲求が抗えないほど強まり、ついにまったく異なる誓いを立てるに至った。これまで派遣された地域はほとんどが中央アメリカと南アメリカで、銃撃戦よりも交渉を好むことで知られている。とはいえ、戦場では役に立たない臆病者というわけではなかった――彼が好んで使うセルブ・スーパーショーティという銃身を短くしたショットガンを扱う技術について、思わず身震いしたくなる報告書も添えられていた――ただ、彼は自分がしていることや、民間人に対する付随的な被害について、間違いなくたいていの者より深く思い悩んでいる。好みの武器は、銃身の下にM－203手榴弾発射装置がついたマグプルACR。ゴーストの作戦の多くが秘密裏に行われることを考えると奇妙な選択だが、報告書によれば彼はこの部隊に入るために昇格したばかりだった。たぶんこれからいろいろ学ぶことになるだろう。

しかし、ノマドは最後の作戦の際にM－203手榴弾で命を落としていた可能性もある。結局のところこの若者が役に立つかもしれない。

一方、ホルトというコールサインを持つドミニク・モレッタは、まったく別の問題だった。ノマドは彼のことは知っていたが、これまで同じ作戦に従事したことはなく、そのことをときに感謝してきた。ホルトはミダスより年上だった。十八歳で入隊し、法律上飲酒可能な年齢になる前に突撃連隊で工兵隊と突撃隊に配属された。プログラマーであるホルトは、悪ふざけが好きで、何より女たらしという評判だ。かつての指揮官のひとりの助言によれば、ホルトを使いこなすには、いつも誰かに彼を狙わせておくのがいいらしい。そうすればさすがのホルトも本気になるだろうというのだ。その助言を実行できなければ、彼に命令する立場の者は苦労するだろう。ホルトは軍人の家の出で、父親とふたりの祖父はどちらも軍に仕えてきた。だから若くして自分も軍隊に入ると決意する。そして軍隊に入ることが生まれ育ったルイジアナ州のさびれた田舎町を抜け出す最速かつ最も確実な手段であることがはっきりすると、その決意はいっそう揺るぎないものになった。彼は自分の出自については口が重く、故郷には決して戻らないことを以前から明言している。

ウィーバーが片目を開けた。「人事考課はもう読み終わったか？」

ノマドは答える代わりに、ミダスの写真が大きく表示されているタブレットを差し上げてみせた。「今ちょうど読み終わったところだ。なにしろ新顔が加わるわけで、興味深い組み合わせになる。もう少し老練なやつと組みたかったが」

「ホルトが落ち着き、ミダスが経験を積むまで待ってる時間はないだろう。だがおまえが言ったように、才能はあるようだ。こいつらに関する非公式な情報がほしくて、搭乗前にあちこち電話をかけた。なかなかの評判だったぞ。ホルトはドローンの扱いにかけては魔法使いなみで、ミダスは、そう、まじめで堅物だが、まっすぐな道を家畜車のように突き進むらしい。おまえが頼りないリーダーシップを発揮してこのふたりを引っ張れば、きっとうまくいく」

ノマドは笑った。「おまえはいびきをかいているほうがいい。そのときのほうがましなことを口にする」

ウィーバーが言い返した。「おれの賢明なる忠告に従いたくないなら、それでいい。勝手にするがいいさ、少佐どの。だが、それだとはるかにまずいことになるぞ。とんでもなくひどいことにな」

「ふたりを調べてくれて助かった」ノマドはシートベルトをはずし、立ち上がってのびをした。「信じないかもしれないが、おかげで少しだけ気分がよくなった」

「ほらな、おれは役に立つだろう」ウィーバーはわざとらしく大きなあくびをした。「着陸するまで寝るか？」

「いや。おれが飛行機では眠れないことは知っているだろう」

「それなら南アメリカに早く着きたくてたまらないだろう。おまえをB・A・バラカスみたいな目にあわせてやりたくなってきたよ」

「誰だって？」

「八〇年代のテレビのキャラクターだ。調べたりするなよ。驚かせたいんだ。さて、よければおれは失礼するよ」ウィーバーは目を閉じて横を向き、また大きないびきをかきはじめた。

「幸せなやつだ」ノマドはつぶやいた。あっという間に寝てしまった友人にうらやむような一瞥《いちべつ》をくれると、また報告書を読みはじめた。

2

ウィーバーとノマドが長旅の疲れが抜けきれないまま部屋に入ったとき、部隊に新たに加わるふたりはすでにそこにいた。ノマドは書類についていた写真から、すぐにふたりを認識した。背が高いほうのミダスは、部屋の奥に座っていて、巻きすぎた時計のバネみたいに緊張していた。髭はきれいに剃《そ》り、瞳は濃い色、髪はポニーテールにまとめている。遅れてきたふたりを冷静に評価するようにじっと見つめていた。

一方ホルトは、だらしないほどくつろいでいた。刺すようなブルーの瞳、鋭い顔立ちで堂々たる体格。会議用のテーブルに両足をのせている。ブーツの隣に、傷がついたオークリーのサングラスが置かれている。レンズの色はとても濃く、戦場でも、充血した目と猛烈な二日酔いを隠すのにも役立つことをノマドは経験から知っていた。

「いいブーツだ」ウィーバーはそう言って、ホルトの隣に腰かけた。「それで大勢の敵を蹴飛ばしてきたのか？」

ホルトはウィーバーを値踏みするように見つめた。「これまで四つの大陸を股にかけてきた。今回の任務が南極で、そうすれば五つ目になると期待してる」

「残念ながらそれはない」ミッチェル中佐が部屋に入ってきた。すぐあとに情報部門の中尉カーク・グラハムがつづく。このふたりは長いあいだ一緒に働いてきたので、今ではミッチェルは声に出して質問をする必要すらないように見えた。バロキスタンでの戦術報告書であろうと、中国の豚脇腹肉の将来的な市場分析であろうと、グラハムは必要な資料はすべて即座に用意した。そのため、もう何年も現場には出ていないのに、その能力を認められてウィザード、すなわち魔法使いというコールサインで呼ばれていた。

ミッチェルはテーブルの上座についた。ウィザードはその隣に座り、さっそくノートパソコンを開いてキーを激しく叩きはじめる。ノマドは左側のなかほどに座り、両手を組んで待った。

「最初に言っておく。ホルト、テーブルから足をおろせ。大物ぶった態度は、そうしたこけおどしに感心してくれる新兵のためにとっておけ。これから新たな任務について説明する」ミッチェルの声にはいつになくとげがあり、そのいらだちは部屋に緊張をもたらした。「ペンギンをつかまえに行き、ホルトが鞄《かばん》に新しいシールを貼れる見込みはない。悲しいほど的はずれだ」

「状況は変わっていないということですか?」ノマドがたずねた。視界の隅で、ホルトが天を仰ぎ、〝ごますり野郎〟とばかりに露骨にさげすむ表情を浮かべたのが見えた。

「残り時間が減っている。変わったのはそれだけだ」ミッチェルは目をこすった。「いいか、理想を言えば、ウィーバーとノマドはドネツクでの激務のあと、当然休みをとるはずなのはわかっている。そしてミダス、きみのゴーストとしての最初の任務はまったく別のものになっていただろう。だが、ないものねだりをしても意味がない。きみたち四人だけにして親睦を深めさせてやりたいところだが、その時間もない。これは正式な配属ではないので、あくまで一時的なものと考えて我慢してもらいたい。現在の状況と、限られた人材を考慮すると、こうするしかないのだ。もちろん、それが気に入らない者は今すぐ出ていくことができる――そのまま歩きつづけて、基地から出ていってくれ。理解できたか？」

「よろしいですか」ミダスが口を開いた。「これが正式な配属になる可能性はあるのですか？」部屋を見まわして、つかのまウィーバーを、それからもっと長いあいだノマドを見つめる。

「可能性はある。それに、きみたちがジャングルから戻るまでに、頭のいい恐竜が地球を支配している可能性もある。この作戦を相対評価させてもらうと言っておこう。中尉？」

ウィザードは、ミッチェルのあとを引きとってすぐに話しはじめた。「今回の作戦のゴーストのリーダーは、ペリーマン少佐がつとめる。このあと二十四時間で任務に関する情報を頭に入れ、ブラジルのマナウス行きの貨物輸送機に乗ってもらう。マナウスで軽飛行機に乗り換え、ネグロ川沿いのアマゾナス州でおりる。ククイ地区の町でデヴィッド・プロタシオ隊長と合流してくれ。彼が今回の任務できみたちを支援してくれる。ブラジル政府は北部国境で銃撃戦が起きないよう望んでいることを、ホワイトハウスに強調している。何より、紛争が領土内に広がることを恐れているのだ。この地域に武力を投入するのは、アリゲーターに豆腐を食べさせようとするのと同じくらい無理なことだ。すでに市内に——といっても小さな町だが——協力者をひとり確保してある。その者が物資を手配し、プロタシオ側との調整をはかってくれる。弾薬と燃料、その他の装備はすでにマナウスから上流に送られているはずだ。そこに船も用意してある」

「船？　つまり〝ボート〟ですよね？」ホルトがあきれたような声を出した。「国境をボートで越えるんですか？」

「ほかに選択肢があるとすれば、道がなく見当識を失わせるジャングルのなかを、なんの目印もないまま衛星通信がたまにつながるだけの状況で、人質たちが疲れて倒れる前に帰り着けることを願いながら百キロ歩くか、あるいは弾薬を濡らさずにネグロ川を泳いでさかのぼるかだ。この地域には滑走路はひとつしかない。しかもそこは敵の手に落ちている。いずれにせよ、軽飛行機よりも大きなものが着陸できる長さはない。ほかに何か質問は？　それともつづけていいかな？」

言い返そうと口を開きかけたホルトを、ウィーバーが制した。「自分が苦境に立たされていると気づいたら、まずは今までのやり方を変えることだ。ホルト、自分を改めろ」

ホルトはウィーバーをにらみつけたが、無言のままだった。やがてウィザードがノートパソコンのキーをいくつか叩いてうなずいた。背後にある大きなモニタの電源が入り、目標となる地域の衛星画像が映し出される。人工芝のような緑がどこまでも広がっていた。「いい知らせは、きみたちが独力でこの問題すべてに決着をつけなくていいことだ。分離主義者の指示系統を破壊したり、カラカスかボゴタの朝刊の一面を飾るような派手な活躍をするよう命じられてはいない」ふたたび地図に焦点が合った。今度は画像に国境線が引かれており、アマゾンに向けて南にのびるネグロ川の長く黒い線がアップになる。川の近くに赤い点がふたつ浮かんでいる。「信頼できる情報によれば、このふたつの地点に、自らをアマゾナス革命自由軍と名乗る兵士たちによってアメリカ国民がとらえられている」

「すみません、中尉、それほど危険な集団が存在するなら、どうしてこれまでまったくその名前を聞いたことがなかったのでしょう?」

「いい質問だ」ウィザードは説明できるのが嬉しそうだ。「ひとつには、メディアは国際報道に関しては無能で、スポーツ以外の南アメリカの話題を放送することに関しても無能で、合衆国が直接からんでいない国際政治に関する報道についてはさらに無能だからだ。第二に、辺境の地の情報を得るのは、いまだに信じられないほど難しい。最善の方法は、マナウスに特派員を置いて川からやってきた地元住民が教えてくれるのを待つことだ。インフラは存在せず、通信ネットワークもない。何もないのだ。いいかね、人間さえほとんどいないのだ。それゆえ、緊急時以外には役立つ情報が手に入らないという単純な理由から、情報マップには常に大きな空白が存在する」

「けれども、アメリカ人を誘拐しようと計画する連中がいるのなら、間違いなく情報マップに載っているはずだ」ノマドが顔をしかめた。「理解できません」

「ふたつの可能性がある。ひとつ目は、ミッチェル中佐が伝えたとおり、彼らが隣人であるコロンビア革命軍にならって、身代金を得るための誘拐ビジネスに乗り出したというものだ。人質と交換に金《かね》を受けとるのは美味《おい》しい商売だ。ふたつ目は非常に危険な可能性だ」

「つまり？」

「これが手違いだったたというものだ。たとえば現場の司令官が英雄になろうとしたといった、なんらかのアクシデントによるもので、今では人質をもてあましているのかもしれない。弱みを見せることになるので人質を解放することもできず、かといって拘束しつづけることもできない。その場合、遅かれ早かれ誰かが愚かな決断をするはずで、そのときは一斉にニュースで騒がれることになる」ウィザードは無意識のうちにミッチェルをまねて目をこすった。「これまでのところ人質の家族は騒がないよう説得できているが、もし何かが起きたら――あるいは誰かが騒ぎはじめたら――まずいことになる」

「まるで山羊《やぎ》のロデオだ」ウィーバーがテーブルから体を引いた。「単にマスコミに騒がれるのを避けるためだけに、フランケンシュタインみたいにつぎはぎの部隊をろくに準備もできていない状態で送り込もうというんですか？　われわれも舐《な》められたものだ」

「きみたちを送り込むのは、われわれの国のすぐ近くでいともたやすく地域紛争へと発展しかねないからだ」ミッチェルの声はとがっていた。「何もしないまま人質たちが殺されたら、たちまち国の半分がこれまでなんの興味も関係もなかった地域に多数の兵力を送り込むよう圧力をかけてくる。その過程で、ベネズエラとコロンビアを敵にまわすことになる。あの二カ国との付き合いには、すでに苦労しているのだ。そこにわざわざ合衆国の武力侵攻という爆弾を投げ込むのか？　だめだ、遠慮しておこう、一等曹長。それこそが何よりも食い止めたいことだ——事態が悪化して連鎖反応的に破局になだれ込むのは避けなければならない」

ホルトは顔をしかめた。「ですが、作戦が失敗しておれたちがつかまったら、いずれにせよすべて台無しでしょうが」

ノマドはホルトに向きなおった。「それならしくじらなければいいだけだ。おまえにそれができるか？」

「おれのことを何も知らないくせに」

「そこまでだ」ミッチェルは立ち上がり、ふたりを順ににらみつけた。ホルトはにやりと笑って顔をそらした。ノマドはミッチェルと目を合わせた。「そうやって好きに言わせるのは、おまえたちがゴーストで、時期が来たら大人になることを期待しているからだ。バズ・ゴードンがクラウス・ヘンケルを酔いつぶし、それからスーザン・グレイが彼を酔いつぶしたのをおぼえている。ロシアの訓練方法をけなしたジョー・ラミレスの急所をアストラ・ガリンスキーが思いきり蹴り飛ばしたこともな。あいつはそのあと一週間ばかり、まともに歩けなかった。わたし自身、若くて生意気だったとき、ウィル・ジェイコブズに仕事についていっぱしのことを語り、そのせいでこっぴどく罰を受けた。だがほかのことはともかく、任務だけはきちんとこなした。それができないやつに用はない。わたしが自分でベネズエラに行って決着をつける。そうでなければ、その頭を少しは働かせてまともに考え、文句を垂れるのはやめて、わたしが命じている猛烈に難しい任務のための用意をはじめろ。わかったか？」

「わかりました」

「了解です」

「承知しました」

「了解しました」

つかのま沈黙が流れ、ミッチェルは一同をじろりとにらみつけた。「脱線はここまでだ。彼らに基本的な情報を伝えて、あとは宿題にしろ」

「承知しました」ウィザードは咳払いした。「ここに記されているのが、人質が最後に確認された地点だ。こちらは」ふたつの点のうち南のほうを示し、拡大して森の高解像度画像を見せる。「生物学者の研究拠点だ。少人数のチームで、この地域に自生する植物から新しい薬剤の成分を見つけ出すために標本《サンプル》を集めている」

三枚の写真が表示された。ふたりの女性とひとりの男性だ。そのうち左の顔写真が明るくなった。髪に白いものが交ざりはじめている、細面のアフリカ系アメリカ人女性だ。「リーダーのキャスリーン・クロッティ教授だ。ロチェスター工科大学《RIT》を卒業し、スタンフォードで博士号をとり、ミシガン大学とノートルダム大学で教鞭《きょうべん》をとったあと、セントルイスのワシントン大学で終身教授の地位を得た」つづいてほかのふたりの顔写真が明るくなった。丸顔でまじめそうな表情の若いアフリカ系アメリカ人男性と、はしばみ色の瞳でしゃれたピアスを鼻につけて微笑む細身のブロンドの女性。「ギルバート・スタントンとメラニー・カーペンター、どちらもクロッティ教授の大学院生助手だ。スタントンは採取したサンプルの記録と輸送の手配を、カーペンターは物資の補給を担当している。彼らは二カ月ほど前に入国し、地元ガイドの案内で現地に入った。物資の受け渡しは、そのガイドがネグロ川の東側にある合流地点で行っている。しかし一週間前、カーペンターはその合流地点に姿を見せなかった。代わりに、メッセージを携えた複数の兵士がやってきた――クロッティと彼女の連れはアマゾナス革命自由軍の捕虜になったので、彼らを自由にするためには誰かが大金を支払わなければならないというのだ」新しい写真が映し出された。三人の研究者がひどくおびえた様子でテントの前に立ち、武器を無造作に下げた武装兵士に囲まれている。

「ガイドの男はメッセージとこの写真を持って下流に戻り、セオ・ガブリエル・デ・カコエイラの基地のわれわれの仲間がそれを送ってきた。だがこの画像の興味深い点は、人質ではない。もちろん彼らは重要だが、ほかにも注目すべき点がある。具体的には、この男だ」

画面では左側にいる兵士のひとりが拡大された。背が高く細面、薄い口髭をたくわえている。リラックスした様子で、こぶしが白くなるほど武器を握りしめ、明らかに緊張しているほかの兵士たちとはひとりだけ違う。ほかの連中は素人に見えるが、その男だけが異質で、いかにも慣れた様子だ。

「こいつは何者なんです？」ホルトが間のびした声でたずねた。

「よくぞきいてくれた。この男はジルベルト・ウルビナ大佐、アマゾナスの幹部将校だ。元SEBIN、元第五〇九特殊任務大隊。筋金入りの要注意人物だ。数年前、彼は上司とぶつかり、不意にわれわれの監視網から消えた。やがて、アマゾナスでの暇な監視任務を命じられたことがわかった。おそらく彼を権力の座からできる限り遠ざけようという力が働いたのだろう」

「SEBINというのは？」ノマドがたずねた。

「秘密警察だ。非常に不愉快な連中だ」答えたのはミダスだった。「いったい何をすればあの集団から追い出されるのかわからないし、考えたくもない」

「そのとおり」ウィザードが答えた。「あっさり消されなかったことが、ウルナビの実力のほどを物語っている。そしてジャングルの奥地に送り込まれたことが、さらに多くを語っている。だが、もし彼がアマゾナス自由州のために派手なショウを演じているのだとしたら、憂慮すべき事態だ」

ウィーバーが咳払いした。「それでは、この男が目標地点にいると考えるべきなのですか？　人質たちもまだそこにいると？」

「答えはノーであり、イエスでもある。ほかにも数枚の画像があるが、どれも人質が同じ場所で写っている。それゆえ二十四時間前には、彼らはまだとらえられた場所にいた。一方で、ほかの写真にはどれも――」ウィザードは言葉を切って、モニタ上の人質の写真を素早く動かしていった。「ウルビナ大佐は写っていない。彼は別の場所に移動していると推測できるわけで、それはいい知らせだ。彼は危険な男で警備も厳重だ。彼がキャンプにいたら、護衛の人数もそれだけ多くなる」

「わかりました」ノマドは自分のタブレットの画面をいらだたしげにタップした。「もうひとつの現場はどうなんです？　考古学者たちは？」

「これから説明する」生物学者の施設の重苦しい画像が消え、新たに二枚の写真が映し出される。よく日焼けした、鮮やかな白髪の高齢の男と、それより若く、がっしりした体型で、ジョン・レノン風の丸眼鏡《まるめがね》をかけた、スキンヘッドが目立つアジア系の男だ。「このふたりは、アンドリュー・メッシーナ博士とハーバート・クワン博士だ。どちらも新大陸発見以前の文化の専門家だ。ひとりはデポール大学で、もうひとりはペンシルベニア大学で教えていて、どこから見てもふたりは猛烈に敵対している。そのふたりがどうしてこの調査に同行することになったのか理解不能だが、匿名の提供者による巨額の小切手の魅力にどちらも目がくらんだのではないかと推測される。彼らは一カ月半前に、十五人ほどのポーター、ガイド、ボディガードとともに上流へ向かった。目的は、どこかの大学院生がグーグルマップで見つけたと主張している、失われた都市が存在した証拠を探すことだそうだ」ウィザードが肩をすくめた。「理解できんね。ともあれ、十日前にそれまで定期的にあった衛星電話による連絡がとだえた。そのあと、グループの数人のメンバーがおびえきってジャングルから逃げ出してきて、武装勢力に襲われたと訴えた。プロタシオの部下が彼らを見つけて保護した。彼らがとらえられている場所として最も可能性が高いのはここだ」

ノマドは地図をじっと見つめた。「ふたつの地点のあいだには、深いジャングルが何キロも広がっています。そうした場所で、監禁されていた民間人をせきたてて歩かせることはできないし、救出の際に銃撃戦に巻き込むこともできない」

「そのとおりだ」ミッチェルの表情は厳しかった。「そこで求められるのは、両グループをすみやかに救出することだ。最初の地点に突入して人質を保護し、いったん拠点に戻ってから二番目の地点を目指す」

「ふたつのチームが同時に行動すべきではありませんか？」

「理想を言えば、答えはイエスだ。だが、今の持ち札からすると、最初の地点では第二の地点にも行くのを悟られぬよう、秘密裏にことを運ばなければならない。そのためには、迅速《じんそく》な方向転換も必要になる。A《アルファ》地点で人質を救い出して国境まで連れていき、ブラジルに引き渡す。そして備品を補給し、B《ブラボー》地点に戻るんだ」

「もし引き渡しをしているあいだに、アマゾナス自由革命軍の連中がプロタシオに向かって撃ちはじめたら？」

「そのときはプロタシオが応戦する。だが、やつらがどれほどきみたちに腹を立てたとしても、ブラジルと戦争をはじめるほど愚かではないだろう。それにわたしはプロタシオを知っている。杓子《しやくし》定規で、うんざりするほど規則にこだわる男だ。あの男は国境を一センチでも越えて挑発行為だと非難される危険は決しておかさないだろうし、もし自分の部下が脅されたら毅然《きぜん》として立ち向かうだろう」

ノマドは顔をしかめた。「聞けば聞くほどその男が好きになってきましたよ」

「好きになったほうがいい。プロタシオがきみたちの生命線だ。ほかに質問は？」

「入国したあとどんな支援を期待できますか？」

ウィザードはうしろめたそうな顔になった。「通信環境は劣悪だ。連絡のために一日に二度、上空で衛星を通過させるが、常時データを供給することは不可能だ。現地の通信回線は約一・五キロまでしか届かないので、基本的にきみたちは自力でなんとかするしかない。ほかには？」

「質問は山ほどありますが、すべての回答に失望しそうなので口にしないでおきます、中尉」

「それなら荷造りをはじめたほうがいい」

「出発は二十四時間後だ。飛行機に乗るまでの時間は何をしようがかまわない」ミッチェルはそう言うと立ち上がり、ウィザードもノートパソコンを閉じた。残された四人のゴーストは無言で座ったまま、お互いを見かわした。

ウィーバーが口を開く。「言いたいことだけ言っておしまいか」

ノマドとホルトは思わず笑ってしまった。

「いいだろう、受けて立とうじゃないか」ノマドは両手を差し上げた。「このチームの第一印象はあまりよくなかった。だが、今の持ち札で勝負するしかない。正攻法で勝てないなら、はったりでもなんでもかましてやれ」

ホルトが立ち上がった。「出発まであと二十三時間五十二分。チームとしてまとまるには充分な時間だ」口調が先ほどより明るくなっている。「失礼していいかな、少佐？」

ノマドはうなずいた。「解散だ。明日会おう」ホルトは振り返ることもなく、そのまま部屋から出ていった。

「おまえたちもだ」ノマドは椅子から立ち上がると、ミダスとウィーバーを順に見た。「おれは、ウィザードがこの作戦に必要だと考えた装備を確かめる必要がある。ほかに必要なものがあれば伝えて、オールド・マンがそれを用意してくれることを祈る。そのあと少し眠ることにする」

「そうしてくれ」ウィーバーは言った。「またな」

ミダスはノマドが出ていくのを無表情で見つめた。少佐が部屋から出ていくと、ウィーバーに向きなおる。「一等曹長、ひとつ質問がある」

「いいだろう。ノマドのことじゃないのか」

ミダスはかすかに顔を赤らめた。「彼は少し……頼りなく見える」

「あいつはまだドネツクでの出来事を引きずっているし、しかもこれは部隊を率いる初めての機会だ。神経質になって当然だが、きっとうまくやる」ウィーバーは親指をドアに向かって突き出した。「それに、おまえの友だちのホルトだって、おれたち精神科医が救いがたい阿呆《あほう》と診断するようなやつじゃないか」

ミダスは笑った。「すまない。こんな質問をする身分じゃないことはわかっているが、おれはこの部隊では新入りで、すべてが初めてだ。あんなふうにはじまったので、少し心配になった」

「いつもこんなふうだ。たとえ完璧に見えるときであっても」ウィーバーは記憶をたどるように、つかのま顔をそらした。「ゴーストの必須条件がなんだかわかるか？」

「プロ意識？　精神的な強さ？」

ウィーバーは首を振った。「違う。想像し得る最も大規模なタイヤ火災が起き、予期せぬ大混乱を招いたとしよう。それを冷静に処理し、自分に都合よく利用する能力こそ、必須条件だ。いいか、おれの見立てによれば、今回の任務でおれたちは優位に立っている――珍しく、どのメーカーのタイヤが燃えているか、つまり、相手にするのが何者かわかっているんだからな」

ミダスはまた笑い、それから立ち上がった。「たいした自信だな、一等曹長。一緒に働くのを楽しみにしているよ」

「そう言ってられるのも今のうちだ」ウィーバーは答え、歩み去った。

3

マナウスからのフライトが散々だったのと同様、ククイの滑走路は短い上にがたついていた。飛行機は年季の入ったエンブラエルＥＭＢ１２１、塗装はいいかげんで、かつてのブラジル空軍のマークが残っていて、銃弾の穴をふさいでいるらしいガムテープがあちこちに貼られている。乗客はゴーストのほかにふたりいた。ひとりは何かの違反の罰でククイ支店に左遷された電話通信会社の重役、もうひとりは都会まで家族に会いに行った帰りの地元住民。ふたりは飛行機がジャングルの上空を激しく揺れながら飛んでいるあいだ、ポルトガル語で仲よくしゃべっていた。ミダスがときおりその話に加わる。彼のポルトガル語はうまくなかったが、会話に入ることはできた。

彼らはこの旅のために、大きなピーコックバスとピライーバを釣《つ》るためにネグロ川に行くという話をでっち上げた。電話通信会社の重役は一度だけ質問し、ミダスの返事を聞くと、それきりホルト、ウィーバー、ノマドのことは無視した。

それは、正直なところノマドが望んでいたことだった。

ウィーバーは機内に乗り込むとすぐに目を閉じた。ホルトもかなり前からウィーバーと夢の国へ行っている。ふたりともプロだ。眠れるときに眠る。ふたりが寝てしまい、ミダスがほかの乗客たちの会話に加わったので、ノマドは窓の外に目をやって眼下にどこまでも広がる緑をじっと眺めることができた。折に触れて、名前も知らない川の土手に、小さな町、ときにはぽつんと建物がひとつだけ、そこだけ緑を切りとるようにして小さく開けた一画が顔をのぞかせる。けれどもすぐにジャングルがすべてを覆い、道路を隠し、果てしない緑の海が地平線まで広がっていた。

地上ではそれが問題になるはずだ。分厚い緑に覆われているせいでその下の熱源が拡散してしまい、葉むらの下で何が起きているのか知る手立てがないに等しいと、ウィザードは警告していた。チームが情報をほしいときも、ドローンを飛ばすという手は使えない。いちいち自らの足で確かめるしかなかった。一番重要である緑の天蓋《てんがい》の下の状況も、事前報告書を読む限り、見通しは暗い。望むのは素早い行動だけだとミッチェルは簡単に言ったが、実のところジャングルではそもそも〝素早い〟行動が不可能に思える。

飛行機は明らかに必要以上の衝撃とともに着陸し、虐げられた着陸装置が抗議の悲鳴をあげた。機体は一度、二度、三度とはずみ、それからようやく落ち着いてプロペラを回転させ、ブレーキが甲高い音とともに滑走路を進んでいく。前方に滑走路の終わりとジャングルのはじまりを示す緑の壁が迫ってきたが、どちらも不穏なまでに近く思えた。

操縦士がポルトガル語で何か叫び、ミダスが十字を切る一方、ほかのふたりの乗客は意に介するふうもなく、やがて機体は間に合わせの滑走路の端から五メートルほどのところでがたんと音を立てて止まった。一瞬キャビン内には沈黙が流れ、それからウィーバーが立ち上がってたずねた。「着いたのか?」

「ああ、着いた」ノマドが答えた。管制塔とターミナルを兼ねているらしい薄汚れたトレイラーから男がひとり、荷物用のカートを押しながら飛び出してくる。操縦士はドアを蹴って開け、階段を地面までおろした。熱く湿った空気がキャビンにどっと流れ込んでくる。

「やれやれ、ストローで飲めそうな空気だ」ホルトがつぶやいた。

「でかいバスを釣りたいなら、じめじめしているところに行かないと」ミダスが間髪入れずに答えた。「それとも、家に帰ってクラッピーかライギョでも釣ってるか?」

ウィーバーは笑みを隠し、ホルトはアリゲーターガーがどうとかつぶやいた。彼らはそれぞれの鞄をつかんで飛行機をおりた。この旅では真の目的を隠すために民間人を装い、そろってジーンズやショートパンツといった、ウィザード曰《いわ》く、金持ちどもが釣りに行くときの格好をしている。ノマドの黒いTシャツには早くも汗が染み込みはじめていた。一方でウィーバーの派手なアロハシャツは涼しげな印象だ。ホルトが着ている色褪《いろあ》せてしわくちゃのドライヴ・バイ・トラッカーズのTシャツは、脇の下に汗染みの輪が何重にもでき、切り裂けば年輪ができていそうだった。ミダスは暑さをまったく気にしていない様子で、ブルーの綿シャツには汗染みひとつない。

全員がサングラスをかけていた。

「迎えはどこだ？」ポーターが鞄を飛行機からカートに投げ入れはじめると、ウィーバーが呼びかけた。「おい、それはいい。自分で運ぶ」

　ノマドは男の手にレアル硬貨をひとつかみ押し込んで文句を制し、ゴーストたちはそれぞれの荷物をつかんだ。ポーターはほとんど空《から》のカートを土埃を立てながら押して戻っていき、ほかのふたりの客がそれにつづいた。そのひとりが振り向き、ミダスに何か呼びかけてから歩み去った。

「なんだって？」ウィーバーがたずねた。

「釣りに行くなら、上流に行きすぎないようにと。水かさが少し増しているので危険だそうだ。これまでも何人も釣り人が戻ってこなかったらしい」

　ホルトが皮肉っぽく笑った。「まあ、理由は神のみぞ知るってところだ」

「あそこに迎えが来てる」ウィーバーが口をはさんで指さした。ターミナルビルの脇にできているわずかな影のなかで、背が低く真っ黒に日焼けした男がボトルから水を飲んでいる。リネンのシャツに丈の短いカーゴパンツ、ピンやルアーがごてごてと飾られている型崩れした釣り用の帽子をかぶっている。

「どうしてあいつだとわかるんだ？」ノマドがたずねた。

「特殊戦略部隊の記章を、毛針やワールドカップのピンと一緒に帽子につけている」ウィーバーがその男を指さすと、相手はそれを見て立ち上がった。ノマドには何も見えなかった。

「見えるのか？」ノマドは疑わしげにたずねた。

ウィーバーはうなずいた。「おれは目がいいんだ」

男はウィーバーが話し終えるのを待って、彼らに手を振った。「オスカー・デスカルソだ。ミッチおじさんから、きみたちが楽しめるようにとことづかってる。裏に車を止めてある。こっちだ」そう言って向きなおると、一行がついてくるかどうか確かめもせずにさっさと歩きはじめた。一瞬ためらったのち、ゴーストたちはそのあとにつづいた。

デスカルソの車は八〇年代はじめの古いレンジローバーで、明るいオレンジ色に塗られ、オスカーズ・フィッシング・ツアーズという社名が英語とポルトガル語で両側に記されている。ゴーストたちは荷物を後部座席に放って乗り込んだ。後ろの座席にウィーバー、ホルト、ミダスの順で、ノマドが助手席だ。

「エアコンはついてるのか？」ノマドがたずねた。

「ああ、たいして役には立たないけどな。後ろのクーラーボックスに水とビールが入ってる。そっちのほうが役に立つ」デスカルソは手慣れた様子で車を駐車場から出し、歩行者、輪タク、それ以外の車のあいだを縫うように進みはじめた。あちこちでクラクションが鳴ったが、彼はどこ吹く風で、右に曲がってアクセルを踏んだ。

「ブラジルのど田舎にようこそ、諸君」デスカルソは言った。「きみたちが上流まで行くためのボートを借りてある。荷物はもう積んであるか、プロタシオがあずかっている。プロタシオは今夜日が暮れたあとできみたちと会う」

「すぐに出発したかったんだが」ノマドが言い返した。「時間がないと、ミッチおじさんから言われている」

「それは無理だな」デスカルソは不意に道路に飛び出してきた鶏《にわとり》と、それを追いかけてきた飼い主をかわした。「ここでは絶対に鶏をひいたらだめだ。それだけは絶対だ。人間をはねるほうが、鶏を吹っ飛ばすよりも面倒が少なくてすむ」首を振り、埃まみれの停止標識の前でいったん止まる。「きみたちは釣りに来たんだ、その役を演じてくれ。今すぐプロタシオのところに連れていったら、まわりからあれこれ質問されるだろう。昼間に川へ出ても同じだ。だからまずはホテルに連れていく。そして今夜プロタシオと会って、明日の夜明け前に壁に飾る成果を釣りに来たしょうもない金持ちらしく川に出る。わかったか？」

「いったいあんたはどこの出身なんだ？」ホルトがたずねた。

「カナージーだよ。ブルックリンのね。ここには十五年いる。ずっときみらのような連中のために南アメリカじゅうで計画の段取りをつけてきた。だからおれを信じてくれ、そうすればきっとうまくいく」

「ボートと一緒に、操縦士も手配してくれるのか？」とウィーバー。

「きみらが行こうとしている厄介な場所に、本気で民間人を同行させたいのか？　あり得ない。資料によれば川船を操縦できるそうだから、あんたがやるんだ、ウィーバー」デスカルソは必要以上にウィーバーというコールサインを強調し、自分が何を話しているのかちゃんとわかっていることを伝えた。

ウィーバーは座席に沈み込んでぼやいた。「まったくいやになる。どうして軍隊の阿呆どもはそろいもそろって、海軍の仕事と言えばでかい船を操縦することだけだと思ってるんだ？」

デスカルソはくすくす笑った。「きみたちの仕事で面白いのはそれだけだからさ」

ウィーバーが返事をする前に、デスカルソは新しい塗料の匂いがかすかに漂う二階建ての白い建物の前でブレーキを思いきり踏み込んだ。「ここだ。荷物をとってくれ、もうチェックインはすませてある。プロタシオは十九時にホテルのバーできみたちを待ってる」

「こちらに反論の余地はなしか」ウィーバーはつぶやいたが、残りの者たちと同じように車からおりた。


ウィーバーとノマドがあてがわれた部屋は驚くほど広く、ツインベッドが置かれ、壁には大ナマズを得意げに抱き上げている釣り人の写真が何枚も飾られていた。窓の上にとりつけられた小さなエアコンがぶんぶんうなって、耐えがたい暑さを少しだけましにしてくれている。ウィーバーは片方のベッドに寝転んでのびをした。「どれだけ時間をつぶせばいい？」

「同じ質問をしてからまだ五分もたってないぞ」ノマドは部屋にひとつだけある小さな机で、

タブレットを熱心に読んでいた。「ウルビナ大佐についてさらっているが、なかなかの男だぞ」

「そいつが黒幕だと思うか？」

ノマドは目をこすった。「ウィザードが言っていたように、これは誰かがパニックを起こしただけという気がする。ウルビナは収拾がつかなくなる前に、自分が指揮をとって片づけることにしたんだと思う」

「ああ」ウィーバーは体を起こした。「筋は通るな。だとしたら、そいつはたぶん優秀な部下を連れてきているはずだ。せっかく後始末をしても、へまをしたやつらがまた何かやらかしたら意味ないからな」

「たしかに。なあ、悪いが上流まで乗る船を見てきてくれないか」

ウィーバーが立ち上がった。「おれを部屋から追い出したいのか？」

ノマドは首を振った。「違う、ふたり乗りのカヌーに荷物を詰め込みすぎて、ネグロ川の底に沈むなんてことにならないようにしたいんだ。ホルトも連れていけ。ミダスとおれはここに残って荷物を見張ってる」

「わかった」ウィーバーはドアまで歩いた。「どこにも行くなよ。鍵があったところで、部屋のなかに誰かいてドアを開けてくれないと入れないだろうから」

「わかった。さあ、ホルトを連れていってくれ」

ウィーバーは廊下に出てドアを閉めた。ホルトとミダスは隣の部屋にいて、廊下まで響く大きな声で魚の話をしている。ウィーバーはドアをノックした。「うるさいぞ、ふたりとも。2－Bの小柄な老婦人が迷惑してるそうだ」

ドアが開き、裸足《はだし》のホルトが姿を見せた。「はい、奥様。どうしました?」

「靴を履け。これから散歩に行く。おまえも暇そうじゃないか」

ふたりは目を見かわし、ホルトが背を向けた。「ちょっと待ってくれ」すぐに汚いサンダルを突っかけて戻ってくる。「行こう」

ひとことも口をきかずに外の通りに出てから、ようやくホルトが沈黙を破った。「部屋のなかで話したくなかったのか?」

「ノマドが盗聴器の有無を確認したが、念には念を入れてだ。釣り客らしく船を見に行こう」彼らは右に曲がって川に向かった。

「ここには前にも来たことがあるのか?」ホルトがたずねた。

「いや。初めてだ。獲物をつかまえられることを願うよ」午後遅くの暑さのせいで、通りは比較的静かだった。同じくらいの数の車と自転車が走っている。遠くの森の向こうに見える入道雲のあたりで雷が低く鳴り、まもなくの雨を予感させた。

「ボートがどこにあるか知っているのか?」

「ノマドがオスカーから場所を聞いている。あの男は釣り旅行の手配についてはプロ中のプロだ。言ってる意味はわかるか？」

　ホルトは鼻で笑った。「その話は川に出てからにしてくれ。本気で釣りがしたいなら、ルイジアナへ来い」

「ああ、おまえとミダスが魚の話をしていたのは聞こえた。ルイジアナの小川《バイユー》にいるのは、ワニとナマズだけかと思っていた」

　ホルトは地面につばを吐いた。「ピライーバってのは要するに大きなナマズみたいなものだろう？　教えてやろう、子供の頃にボートを出して、釣りをするってのは最高だ。余計なことはすべて忘れられる――家族とか友だちのこともな――すべて捨て去って、十分もしないうちにまったく別世界にいる。先史時代に戻ったみたいにな。人間の邪魔はいっさい入らない。釣り糸を垂らして何かが食いつくのを待つだけだ。最終的に、一番賢い生き物が勝つ」

「おまえはどうだった？」

「勝つほうが多かったな。だが、負けてもいいんだ。魚にうまいこと逃げられたときは、しかたがないとあきらめもつく。自分がつまらない失敗をしてしまったときは、猛烈に腹が立つ」

　ウィーバーはうなずいた。「わかるよ。どうやらワニに食われることもなかったようだな」

「ああ、ひとたびワニのルールを学んでしまえば、あいつらは問題じゃない。丁重に扱うんだ。それと、やつらが腹を空かせているときに水に足を入れないことだ」

彼らは広い交差点に出た。ウィーバーは手書きのメモを確かめ、すぐにまたポケットに突っ込んで言った。「左だ」ふたりは信号を無視して渡った。「カイマンにも同じルールがあてはまるといいが」

「カイマンってのはなんだ？」ホルトはいぶかしげな口調でたずねた。

「前にもこの国に来たことがあるんじゃないのか。ブラック・カイマンはアリゲーターのたちの悪いいとこみたいなもので、ネグロ川にはうじゃうじゃいるんだ。六メートルくらいまで育つらしく、おまえみたいなチビはおやつにしかならない」

「ぞっとしないな」ホルトは一瞬考え込むように黙り込んだ。「そいつは人を襲うのか？」

ウィーバーはうなずいた。「もちろん。ボートも襲う。乗ってるやつを水のなかに落として、食いつくんだ」

ホルトはいらだたしげな声になった。「おれをからかってるんだろう」

「かもな」ウィーバーは答えた。「ここを右だ。川までもうすぐだ」

角を曲がってさらに一ブロック歩くと、いきなり川が目に飛び込んできた。川幅は広くて水は黒く、浮かんでいる葉や枝が流れ去っていくのを見て初めて流れがどれほど速いかに気づかされた。向こう岸には森が広がっていて、水際まで木がぎっしり生い茂り、土手が浸食されているところでは根がむき出しになっている。

川のこちら側では狭い砂地が水際までつづき、そこから流れに向かって桟橋《さんばし》がいくつかのびていた。そのひとつの端に、今日の仕事を終えたらしい連邦警察の記章がついた小型ボートが揺れている。ふたりの老人がカヌーを砂地まで引き上げながら、ポルトガル語で怒鳴り合っている。

「あいつらは何をもめてるんだ？」ウィーバーがたずねた。

「どっちが修理代を払うか言い争っている。どうやら今朝乗っているあいだに大きな枝にぶつかったようだ」

「それはしかたないな。あそこだ。あれがおれたちの船だ」ウィーバーが指さした。

細長く背の低いボートが水に浮かび、早朝の雨から守るために防水布がかけられていた。両側面は傷みが激しく、ジャングルの迷彩模様の塗装がはげて銀色のアルミニウムがのぞいている。エンジンだけは新しそうだ。このサイズのボートには充分すぎるほど強力な、ぴかぴかのヤンマー製ディーゼルエンジンだ。

「なるほど」ホルトが言った。「たしかにボートだ」

「でかい獲物を釣って乗せたあとに荒れた波をかぶれば、大惨事になりそうなボートだな。両側が恐ろしく低い」

ホルトは肩をすくめた。「注意したほうがいいかもな」穏やかに言う。「ほかに見たいものはあるか？」

「ああ」ウィーバーは岸辺までおりた。「ボートを近くでもっとよく見たい」

「ビールのクーラーボックスはあとで届く。知りたいなら教えておくが」

ウィーバーはさっと振り向いた。デスカルソが新しい水のボトルを手に持って道の端に立ち、首を振っている。「どうした、手配師を信用していないのか?」

「パンフレットに載っているような、立派なバス釣り用のボートだといいなと思って見に来ただけだ」ウィーバーはデスカルソを見上げた。「釣ったものを全部乗せられる大きさなのか確かめたくてね」

「タンクには、およそ三十キロ進めるだけの燃料が入ってる。それ以外に予備のディーゼルオイルの缶も乗せてある。定員は十二人だから、全員の荷物と道具のほかに、もちろん釣果《ちょうか》も乗せられる。時速は最高で五十キロ近くまで出る。喫水線は六十センチで、この深さの川だとたいていの枝や砂州は乗り越えられる。幅は二メートルほどあるから、狭いところに無理やり突っ込まないようにしてくれ。忘れるなよ、こいつは借り物なんだ」

「ああ。忘れたくても忘れられないよ」ウィーバーは顔をしかめた。「これで本当に大丈夫なのか?」

「大丈夫だ」デスカルソはきっぱりと答えた。「さあ、ホテルに戻るんだ。今夜バーでまた会おう。そのときはできるだけ行儀よくしてくれ。プロタシオは生まれた日に手術で尻からまっすぐな棒を埋め込まれてるような男だ」

デスカルソはじっと立ったまま、ウィーバーとホルトが戻るのを見つめていた。声が届かないところまで離れると、ホルトはウィーバーのほうを向いた。「何が一番気に食わないか知ってるか？」

「知らないな」

「これから何をすることになるか自分よりも知っているやつと、我慢して付き合わなければならないことだ」

「これからそうした連中とたくさん会うことになるぞ」ウィーバーは素っ気なく答え、ふたりは残りの道のりを無言で歩いた。


ホテルのバーの天井には、いくつもの扇風機《ファン》がついている。照明は適度に薄暗く、まばらに置かれている小さな木のテーブルはひとり客やふたり客でそこそこ埋まっていた。隅にあるテレビには、タルーナ対オリンピコのサッカーの試合中継が映し出され、音量はぎりぎり会話できる程度に下げられている。バーテンダーの老人の髪は白く、その手はボーリングのボールを包み込めるほど大きい。彼はノマドたちが店に入ってくるとうなずきかけ、すぐに「何にします？」と大声でたずねた。

「シングーを四つ」ノマドが答えた。バーテンダーは憐《あわ》れみと失望がないまぜになった顔でノマドを見つめてから、カウンターの奥から四本の冷えたボトルを持って戻ってきた。そのボトルをカウンターに置いてノマドには聞きとれない言葉を何やらつぶやく。ノマドが財布を出そうとすると、バーテンダーは手を振って制した。「いや、いや、もう支払いずみだ。あんたの友だちが伝票を持ってる」親指を部屋の隅に向かって突き出してみせた。オスカー・デスカルソがノマドの知らないふたりと一緒に座っている。デスカルソが振り向いて彼らのほうにビールを差し上げ、こちらへ来るよう合図した。

傷だらけの木製テーブルは彼らがそろって座るには窮屈で、腰をおろすと年代ものの椅子がきしんだ。「ビールというのはいい選択だ」彼らが座るなり、デスカルソが言った。「ここに来るアメリカ人の釣り客は決まってシングーを選ぶ」

「そんなにうまいのか？」ウィーバーがボトルを口に運びながらたずねた。

「アメリカ人が知っている唯一のブラジル・ビールだ」デスカルソの向かいに座っている男が言った。日に焼けた濃い色の肌、きれいに刈り込んだ口髭。クルーカットの黒髪はこめかみのあたりがかすかに白くなりはじめている。とがった眉のせいで、いつも驚いているような印象を与える。白シャツの袖をまくり、目立つ傷がたくさんある二の腕をさらしていた。意外にも、シャツのポケットには読書用の眼鏡が突っ込まれている。

「プロタシオ隊長かな」ノマドはテーブル越しに手を差し出して握手した。力強く握り返される。ただし、威圧するような感じではなく、しっかり握られたあとすぐに放された。

「よろしく」プロタシオが答えた。「きみたちの自己紹介はいらない。今回の釣り旅行のことはオスカーから詳しく聞いている。助手のマルタ・コレア中尉を紹介させてほしい。彼女がきみたちの荷物や装備を用意してくれるはずだ」

デスカルソは咳払いした。「プロタシオ隊長がブラジル当局との連絡窓口だ。彼はこのあたりでの釣り旅行のすべてを監督している。もし何かトラブルが生じたときには、彼がきみたちのボートを助け出してくれる」

「助けが必要にならないことを祈るよ」ノマドが言った。「上流での釣りについて新しい情報は？」

「今朝、三人の写真が届いた。少しやつれたように見えるが、しっかりしている。朝までにはどこへ行けばでかいやつが釣れるか示す地図がボートに届いているだろう」

「素晴らしい。せっかくの釣り旅行で空振りに終わるのはいやだからな。たくさん釣って帰らなかったら、オールド・マンから何を言われるかわかったものじゃない」

プロタシオの口もとにすっと笑みが浮かんだ。「数年前なら、きっと彼自身がここまで来ていただろう。わたしの記憶では、彼は本当にやり手だった」一語一語をとても正確に発音し、訛《なま》りはほとんどわからないほどだ。「マルタ、こちらの紳士たちに地図は用意してあるかな？」

コレアは背が低いが華奢《きゃしゃ》ではなくアスリート体型で、補給担当者の例に漏れず非常にてきぱきして実際的だ。半袖の黄色いブラウス姿で、テーブルのグラスの隣に書類を置いている。

グラスの中身がビールではなく水であることにノマドは気づいた。

「みなさん、明日はほかの誰かに先を越されるより前、四時半までには上流にある最高のポイントに着いていたいでしょう？」

「国境でトラブルになりそうかな？」

「国境にはベネズエラの見張り小屋があるけれど、最近は誰も引き止めないわ」コレアが戸惑った顔をする。「釣りには好都合だし、ほかの用事ならもっと好都合よ。わかるでしょう」

ノマドがうなずくと、彼女は話しつづけた。「もしあなたたちが国境の北側で面倒なことになったら、実のところ助けることはできない。わたしたちは何よりも、国境で事件を起こしたくないの。いくら最近はあまり干渉されないとはいえ、あそこはまだベネズエラの領土なのだから。ただ最近、非公式には、実際の国境線がどこかについていろいろ議論があるみたい。いずれにしろ、川の地図、釣り具、餌、そのほか必要なものすべては出発する直前にボートへ届けるわ。あなたたちの装備は二重底になったロッカーに隠しておく。国境を越えたらすぐ準備にかかれるけれど、川ではあくまで釣り客らしく見せかけてちょうだい」

「荷物の積み込みは、すべて彼女が現場で監督する」プロタシオが言った。「この遠征を成功させるために必要なものはすべて手に入るはずだ」

「ありがたい」ノマドはビールのボトルを差し上げ、ほかの者たちはそれに自分たちのボトルを合わせた。「釣り旅行の成功を祈って」

「旅の成功に」ほかの者たちが声を合わせた。ホルトはビールを一気に飲み干し、ボトルをテーブルに置いた。「もう一杯ほしい。誰か、何かほしいものは?」

「おれたちはもういい、ありがとう」ノマドは自分のビールを少しだけ飲んだ。濃くて強いビールだ。「明日は早いんだぞ、おぼえているか?」

「下戸じゃあるまいし」とホルト。彼がコレア中尉を見た。「それでマルタ、シングーを飲むのは旅行者だけだとしたら、地元の連中は何を飲んでるんだ?」プロタシオに目をやり、答えようと口を開きかけた彼女を、ホルトがさえぎった。「実物を見せてくれ。さあ」彼女はホルトにカウンターまで連れていかれ、そこでふたりは熱心に話しはじめた。

「おれは寝ることにする」ミダスが言い、ほとんど口をつけていないボトルをテーブルに戻した。「あんたが言ったように、出発は早い」立ち上がってノマドとプロタシオにうなずきかけると、それ以上ひとことも発さずにバーから出ていった。

「きみの釣り友だちは、それぞれ我が道を行くという感じだな」ミダスが出ていくと、プロタシオが言った。「これまで何度も一緒に釣りをしてるのか?」

「あなたほど釣りの経験は多くないが」ノマドは答えた。「いい旅になると信じてる」

「それはわたしも疑っていない」プロタシオが身を乗り出した。「ただ正直に言わせてもらうと、友だちのひとりが仕事に集中できていなくて少しがっかりしたよ」ホルトとコレアが夢中で話しているカウンターのほうを顎で示してみせる。「彼の振る舞いが度を超えた場合、われわれは協力できるかどうか定かではない」

「おれを脅しているのか、隊長？」

「いや、念を押しているだけだ。今回のように……細心の注意を要する状況では、それぞれがどんな役割を果たすか、何に集中すべきか、誤解がないようにしておきたい。きみたちのチームは川の上流に目を凝らしていなければならない」

「わかった。たしかにそうだな、あいつとは少し話しておく」

「それはありがたい」プロタシオが立ち上がった。「さて、よければそろそろわたしも寝ることにしよう。川で釣りをするのはきみたちだけじゃないものでね」ぎこちない笑みを浮かべ、コレアをホルトから引き離すためにカウンターへと歩いていく。彼女はやや不本意ながら上司に従い、ふたりのブラジルの役人は外へと歩み去った。

「出だしからまずいな」デスカルソがボトルをまわして底に残ったビールを揺らしながら言った。「いいか、プロタシオの機嫌を損ねないようにしてくれ。ここではご法度だ」

「ああ、わかったよ」ノマドはうんざりと首を振った。「ほかにおれたちが知っておくべきことは？」

「コレアが荷物の積み込みを監督しているのに立ち会うために、四時には向こうに着いておけ。あとは、きみたちが釣った魚と一緒に戻ってくるまでおれの出番はない。グッド――なんて言うんだ？　狩り《ハンティング》じゃないよな、釣りなんだから」

「幸運《グッドラック》だ」ウィーバーが答えた。「幸運がほしい」

デスカルソが笑った。「誰でもそうだろう？」ビールを飲み終えると立ち上がる。「ほかに何かほしいものは？　勘定をしてくる」

「もういい」ノマドが言った。

「ああ」ウィーバーが声をあげた。「実のところ、今はこれ以上何かを入れるよりも、少し出す必要がありそうだ。ちょっと失礼」ウィーバーがトイレを探しに行き、デスカルソがカウンターのほうに歩いていったので、ノマドはひとりきりになった。サッカー中継にちらりと目をやったが、なんの興味もわかなかったので、すぐにカウンターに視線を戻した。ホルトがデスカルソと何やら熱心に話している。おそらくもう一杯おごらせようとしているのに、デスカルソが応じないのだろう。笑うべきか、ため息をつくべきかわからず、結局ノマドはカウンターまで歩いていった。「ちょっといいか？」ホルトに呼びかける。

「ケチだから、ビールをおごってくれるわけないよな」ホルトは顔をしかめた。「なんの用だ？」

「外へ出よう」ふたりはバーを出てロビーを横切り、通りに出た。建物から数歩離れて誰にも話を聞かれないところまで来ると、ホルトはうなずいた。

「それで、なんの用だ、少佐？」

「まずは、まともなプロらしく振る舞うことからはじめたらどうだ。ここに来てまだ二十四時間もたっていないのに、緑の地獄から抜け出すために頼る相手に言い寄っているのか？　そのせいで彼女の上司が腹を立てている。ここでは彼が唯一の味方なんだ」

　ホルトは深く息を吸い込んだ。「少佐、プロタシオが何を言ったか知らないが、余計なお世話だ。もし本気で心配しているのなら、中尉のところに行って、おれと話したせいで怒っているか確かめるといい」

「問題はそこじゃない。ホルト、おまえには遊び人という評判がある。ミッチェル中佐はそれが誇張で、おまえはまともになったと請け合ったが、ここに着いたとたんに何があった？　さっそく地元の責任者から苦情が来た。どんな言い訳をする、ホルト？　おれたちの友人に納得してもらえる理由があるのか？」

　ホルトはすぐには答えなかった。代わりにポケットから煙草《たばこ》をとり出し、一本抜くと火をつけ、ゆっくり吸い込んで煙を鼻から出した。

「ひどい味だ、これはだめだな。地元の銘柄だ。ホテルのスタッフと交換したんだよ、いつもその土地の味を試すようにしている。その土地について知りたければ、そこの煙草を吸うに限る。本部がありがたくも用意してくれる報告書やら引継書やらをまとめて束にしたよりも、煙草を吸うほうがそこに住んでる人間について多くを知ることができる」また吸う。

「まあ、自分にある種の評判がくっついてるのは認める。だが、それはあんたも同じだ少佐どの。堅物ってやつさ。少しは肩の力を抜いてみな、そうすればおれたちはうまくやれる。

いちいち目くじら立てて騒いでいると、おれたちはどちらも命を落とすことになる」

ノマドは怒りに頰を染めた。「おまえとうまくやるためにここへ来たんじゃない。おまえがここにいるのは、おれの部隊に加わって任務を素早くしっかりと果たすためだ」

ホルトは煙草を深く吸い込み、地面に投げ捨てた。「いいか少佐、作戦を指揮するのはこれが初めてなのは知っているから大目に見ておくが、ひとつ忠告をして差し上げよう。あんたはこの部隊を率いている。それは、部下を支えてやらなきゃならないってことだ。地元のお偉いろくでなしが部下に文句を言ってきたときはなおさらだ。あんたはおれたちを守り、おれたちはあんたを守る。でも、それには信頼ってものがないとはじまらないのさ、少佐。部下がバーで正しいことをしているとあんたが信じないなら、おれもミダスも——あるいは友だちのウィーバーだって、あんたが恐ろしく石頭だとわかったら——いざというときあんたの命令を信じられないだろう」彼は踵《かかと》で煙草を踏み消すと、ホテルのほうに戻りかけてから振り向いた。「念のため言っておくが、コレア少尉とおれは川での船の進め方について話してたんだ。とりわけ、せっかく釣った魚を見つけられたり没収されずに国境を通り抜ける方法をな。ひょっとしたら役に立つかもしれないと思ってね」そう言うと、歩み去った。

ノマドは無意識のうちにこぶしを握りしめ、ホルトの後ろ姿を見送った。言いたいことはいろいろあったが、ホルトを追いかけて呼び止めたらリーダーシップを疑われ、意志の弱い能なしだと思われるだけかもしれない。

「あの坊やが正しいのはわかってるな」ウィーバーが背後の影から出てきた。「ちょっとばかり生意気すぎるが、言ってることはしごくまっとうだ」

ノマドは振り向いた。「いつからそこにいた？」

「全部聞かせてもらった。おまえがクイーグ艦長（小説『ケイン号の叛乱』に登場する偏執狂の主人公）みたいになる前に答えておくが、盗み聞きするためにあとをつけてきたんじゃない。トイレから戻ったらパーティが終わってたんで、外の空気を吸おうと思ったんだ」

ノマドは思わず笑ってしまった。「わかった、いいだろう。だがウィーバー、言い訳させてくれ。任務のはじめから、あいつはジャケットいっぱいに〝女たらし〟のしるしを貼りつけていた。そしていきなり現地の隊長から、ホルトが自分のナンバーツーを口説いていると文句を聞かされたんだ」

「思うに、優秀なリーダーなら、あいつが彼女のナンバーワンになることを願うんじゃないか、どうだ？　たしかにホルトは男前だ。とはいえ、オールド・マンがこうした任務でおれたちに能なしのくずを押しつけると本気で思っているのか？　あいつらはゴーストだ。そのこと自体に意味がある。たぶん新入りのふたりは、まだアリシア・ディアズほどじゃないかもしれない。だが、それはおれもおまえも同じだ。おまえは部隊の指揮をとることになる。部下を信じ、自分はその部下を指揮するのにふさわしい男だと信じるんだ。おれの言ってる意味がわかるか？」

ノマドはうなずいた。「ああ。うまくやろうとして、かえっていきなりどつぼにはまっていたようだ」

「おまえなら大丈夫だ。とにかく、プロタシオにはここでのお互いの役割を思い出させろ、それでいいだろう」ウィーバーは大きなあくびをした。「さてと、おれは寝るよ。明日は船旅らしいな。就寝時間にベッドにいるかどうかひとりひとり確かめるか、ノマド？」

ノマドは首を振った。「その必要はない。アドバイスをありがとう」

「礼なんてよせ。さあ、おまえも少しは寝ろ。さもないと、明日はホルトが心配している以上に使えないやつになっちまうぞ。そうじゃないことを証明したいはずだろ」それだけ言うと、ウィーバーはホテルの玄関へゆっくり歩いていった。

ほどなくしてノマドは大きく息を吸い込み、そのあとにつづいた。

夜明け前のまだ暗いなか、ゴーストたちが川に着いたとき、コレアは私服の男たちとともにすでに作業をはじめていた。釣り具が目立つ位置に並べられ、彼女は荷物の箱をボートに乗せるよう指示していた。重い荷物を乗せてもボートはほとんど沈まず、すぐにも旅に出たいとばかりに岸につながる綱をぴんと張りつめさせた。川面にはすでにほかのボートが何艘《なんそう》も出ていて、それぞれの目的地に向かう釣り人たちが大声で挨拶をかわしている。先日ウェイバーとホルトが見かけたふたりの老人も川のなかほどにいて、相変わらず激しく怒鳴り合っていた。その声は、ふたりを乗せたボートが下流に遠ざかるとようやく薄れた。

「準備は順調かな？」ノマドがたずねた。

コレアは、弾薬を詰め込んだ重いクーラーボックスをデスカルソの会社名が記されている平台型のトラックからおろしている男たちに呼びかけるのをやめ、ノマドのほうを向いた。

「早いのね」

「きみが作業をしているところが見たかった」ノマドは応じた。ボートのそばでは、ほかのゴーストたちが荷物を運び込むのに手を貸している。ウィーバーは先に乗り込んで、エンジンをいじりはじめていた。

「ミスター・デスカルソから指示されたものは、すべて五分以内に船に積み込むわ。川の地図は防水の袋に入れて舵《かじ》のそばに置いてある。同じものをアップロードもしてあるけれど、川では手に持って見られるほうがいいわ」

「わかった。おれたちが目指している上流まで行ったことはあるか？」

コレアは小さくうなずいた。「理解してほしいのは、あなたたちが足を踏み入れることになる場所は未開の地だということ。川は穏やかに見える。ジャングルでも水が黒いところは思っているより木がまばらだから、たいていの場所は意外と簡単に歩ける。少なくとも陸地には、たぶんあなたが想像しているよりも野生の生き物は少ない。でも、だからといって快適なわけでも、安全なわけでもない。ジャングルは無慈悲よ。あなたたちが追いかけている

「彼らは危険じゃないほうがいい」

「おれたちが追いかけているのは人質だ」ノマドは言い返した。「彼らは危険じゃないほうがいい」
連中より危険だわ」

「ジャングルのなかでは、誰もが危険よ」コレアは答えた。「ちょっと待って」ノマドの返事を待たずにほとんど荷物がなくなったトラックの荷台まで歩いていき、釣り人が使うような小さなクーラーボックスをつかんだ。彼女は何も言わずにそれをいきなりノマドに渡した。受けとるとき、なかで何かがぶつかってかすかに音を立てた。

「あなたの友だちに。シングーより美味しいわ。彼に対する態度を改めることね。そうしたら分けてくれるかもしれないわよ。旅の安全を祈るわ」コレアは振り向き、ポルトガル語でいくつか指示を出した。最後の箱がボートに積み込まれると、作業をしていた男たちは川べりからトラックへと戻った。三人が荷台に飛び乗り、残るひとりが助手席に乗り込んで、コレアが運転席につく。それからトラックは激しく土埃を巻き上げて遠ざかった。ウィーバーがボートに乗るようノマドに手を振る。

ノマドは頭を振り、川べりまでおりていった。ホルトもすでにボートに乗っていたので、ノマドは彼にクーラーボックスを渡した。

「これはなんだ?」

「おまえの友だちからのプレゼントだ。彼女はみんなで分けろと言っていた」

ホルトはクーラーボックスの蓋を開けてにやりとした。「ありがたい」ボックスをベンチの下に押し込み、ノマドに手を差し出す。ノマドはその手を握って乗り込んだ。彼の背後でミダスがぐらぐら揺れる桟橋につないでいた太綱をほどくと、ボートは漂いはじめた。

「上流に連れていってくれ、ウィーバー」

「了解」ウィーバーがアイドリングしていたエンジンをかけると、ボートは黒い水を切って進みはじめた。

4

「暗視装置はつけたか?」ホルトがたずねた。

「必要ないだろう」ウィーバーが答えた。「太陽がのぼりはじめている」

ホルトは肩をすくめ、岸辺の監視に戻った。鬱蒼《うっそう》と茂る樹木や蔓《つる》、よくわからない草がどこまでも切れ目なくつづいている。川に危険な気配があると伝える、鳥の鳴き声や警戒したホエザルの叫び声が響いた。

ミダスは舳先《へさき》に座り、前方の水面をじっと見つめている。ときおり〝倒木〟とか〝浅瀬〟とウィーバーに呼びかけ、そのたびにボートはわずかに向きを変えてそれらの障害を避け、また進みつづけた。

ノマドはボートのなかほどの舷側に座り、コレア中尉が用意してくれた懐中電灯をかざして地図を確かめていた。「ウィーバー、そっちはどんなふうだ?」

「順調だ。ずっと川の真ん中を進んでいる。水が一番深くて、きれいだからな。それに、こうしてまわりに何もない場所にいれば……」

「どこからでも狙い放題ってわけか?」茶化すホルトを、ウィーバーは無視した。

「こうしていれば、木の上から何かが落ちてくる可能性がずっと減る。それとも、アオハブやシボグモがボートに落ちてきてほしいか？」

「なんて蜘蛛《くも》だって？」ホルトがきき返した。「でたらめ言うな。そんな蜘蛛がいるはずがない」

「それがいるんだよ」ウィーバーが答えた。「どぎついオレンジ色で、世界中で最も有毒な蜘蛛だ。しかもおれたちは解毒剤がある場所から遠ざかる一方だ。こいつに嚙《か》みつかれると、毒がたちまちまわって――」

「もういい！」ノマドがさえぎった。「ウィーバー、川にいる何かに食べられたり、嚙まれたり、つぶされたりしないように気をつけてくれ。川幅が充分に広くて、土手から何かが飛んできて嚙みつかないことを祈るよ。ホルト、オレンジ色で毒があるやつがいないかどうか見張ってくれ、そうすれば安全だ。わかったか？」

「まじかよ」ホルトはつぶやいた。ミダスが口笛を吹いたので、ホルトは振り向いた。

「これを」ミダスが投げた缶をホルトは片手でつかんだ。「虫よけスプレーだ。これをかけるといい。不愉快なものをくっつけて帰りたくなければな。川にいる蚊《か》はたちが悪い」

ホルトはすでにスプレーを体にかけはじめていて、次に缶をノマドに渡した。ノマドはそれを受けとると自分の体にかけ、ウィーバーに差し出した。

「かけてくれないか。しばらく舵から手が離せない。流れがきつい」

「わかった」ノマドはウィーバーにかけてやった。「このあとの見通しは？」

「国境に予想より早く着いてしまいそうだ。ちらほら釣り小屋が見える――ほとんどは西側だ。それが岸辺に近づかないようにしている本当の理由なんだ。とはいえ、どこまでもジャングルだ。ベネズエラとコロンビアの国境は川の真ん中に引かれているから、いろいろと面白いことになる」

「コロンビアはさしあたり問題じゃない。よし、ホルト、そろそろ釣り具を出してくれ。このまま進もう。可能な限り芝居をつづけるんだ」

「それで本当にいいのか？」ウィーバーは疑わしげな声を出した。「地図によれば、川の西側に島があって、その先っぽが国境を越えてのびている。川は深いから、島の陰をこっそり通り抜けることができそうだ。それじゃまずいか？」

「だめだ。国境を見張っている連中がときどき町にやってくると、ウィザードが言っていた。最悪なのは、見おぼえのない釣り船が上流へ向かったと彼らが耳にすることだ。それに」ノマドはにやりと笑った。「オスカーがわざわざ立派な道具を用意してくれたんだ。使わない手はないだろう」

「わかった」ウィーバーは納得がいかない様子だったが、針路を川の真ん中に保った。「止められたときの段取りをもう一度さらえるか？」

ノマドはうなずき、座ったまま体の向きを変えた。「リハーサルは大事だ。ミダス、もし誰かに呼びかけられたら、おまえが話をしてくれ。仲間と釣りに来た頭の悪い金持ちを案内してる役を演じろ。ホルト、おまえが何をすべきか心得ていることはよくわかった。すべてまかせる。うまくやってくれ。ウィーバー、こじれたときは強行突破だ」

「あんたは何をするんだ、少佐？」ミダスがかすかに笑みを浮かべてたずねた。

ノマドはコレアからもらった小さなクーラーボックスを開けた。ビールを一本とり出し、ボトルの隙間に拳銃をしまう。「はるばる釣りに来た、たちの悪い金持ちになりきってみるよ。それに、なりゆきをのんびり見学させてもらう」

ホルトはさっそく釣り具を座席の下のすぐ手が届く位置に置き、デスカルソが用意してくれたやたら目立つ大きな箱を引っ張り出した。餌用のバケツに水をくみ、ミダスが問いかけるような視線を向けているのに気づいて説明した。「ピライーバは生き餌に食いつくんだ。こいつを置いとかないと、間抜けにしか見えない」釣り具を確かめて満足げに何やらつぶやきながら、二メートル以上の竿に六十五ポンドの強度がある糸とワイヤーを結んだ円形の針をとりつけた。

「ずいぶんと複雑なんだな」ウィーバーがホルトの様子に思わず見入りながら言った。

「でかい獲物を釣りたいなら、錘《おもり》を足さないとだめだ」ホルトが応じた。「そうすればピラニアは食いつかない」

「そのあたりはまかせる」ウィーバーはスロットルを絞った。「少佐、今の状況は？」

「国境に近づいてる。ミダス、何か見えるか？」

ミダスは川面を確かめた。「水上には何もない。右舷に国境の警備施設が見えてきた」

「ゆっくり慎重にな、ウィーバー」ノマドが言った。「さてどうなるか」

ボートが進むにつれて朝の霧は薄れ、不格好な二階建ての木造建物がはっきり見えてきた。事務所か兵舎として使うには充分な大きさだ。正面には旗のないポールだけが立っている。川岸の一部はコンクリートで覆われているが、あちこちにひびが入り、そこにゴーストたちが乗っているのとよく似たボートが何艘か引き上げられていた。どれも見るからに古く、使い込まれていて、ベネズエラの国旗の塗装をこすりとってなんとか消そうとした跡が残っている。あれなら、たとえ四人が乗っている上に荷物がどっさり積まれていても、こちらのほうが絶対に速いはずだ。ノマドはそうあたりをつけた。ただ、どのボートにも舳先にはマシンガンが据えられている。

建物には明かりがついていて、ボートが国境にさらに近づくとベネズエラ軍の制服を着た男が表のドアから飛び出してきた。肩にはＡＫ‐03をかけている。男はすぐに手を振りはじめ、ボートを岸に寄せろとスペイン語で叫んだ。

「どうする？」ウィーバーが問いかけた。

ノマドは姿勢を変え、ビールを左手に持ち替えた。「言われたとおりにしよう。ただし近づきすぎるな。ミダス、出番だ」

ミダスはうなずいた。ウィーバーは針路をゆっくり変え、大きく弧を描くようにして東側の岸辺に向かった。

　ボートが浅瀬まで近づいたときには、兵士は川べりまでおりてきていた。小柄で丸顔、口髭はぼさぼさで、誰かに何度もつぶされたような鼻だ。息をするたびにぜいぜい音が聞こえる。彼はライフルを肩からはずして歩いてきた。「何をしてる?」スペイン語で呼びかける。「ここが国境なのを知らないのか?　通り抜けはできない」今にも癇癪《かんしやく》を爆発させそうだ。

「友だちが迷惑をかけてすまない」ミダスが巧みに話しかけた。「こいつらは合衆国から釣りに来てるんだ。規則ってものをわかってない。おれが世話をしてるんだが、アメリカ人がどんなふうか知ってるだろう」そこで言葉を切り、処置なしといった表情をつくって仲間意識に訴えかけた。

「ちぇっ」兵士は吐き捨てた。「こいつらにはうんざりしてるんだ。札束をばらまけばなんでもできると思ってやがる。何を釣りたいんだ?」

「ピライーバだ」ミダスが答えた。「ピーコックバス。あわよくばピラルクも」

「だろうな。でかいやつか、珍しいやつがお望みってわけか」兵士は顔をしかめた。「ピラルクを釣るのは禁じられてないか?」

「それは知ってるのさ」ミダスが言った。「なのに気にしてない」

　ノマドはタイミングを見計らい、ミダスに突っかかった。「おい、何をぐずぐずしてるんだ?　さっさと行こうぜ!」ミダスは、このとおりだ、という表情をしてみせた。兵士がうなずく。

「いつまで世話をするんだ？」兵士はたずねた。

「食料は一週間分ある。ビールは三日分だ」

「それなら三日だな」兵士は面白くもなさそうに笑った。「いいだろう、道具をどれか見せてくれ」そう言われて、ミダスは後ろから竿を一本とった。ホルトの抗議も無視して、竿を岸辺に立つ兵士に渡す。兵士はそれを受けとると、慣れた様子で調べた。「ふむ。少し傷んでいるが上等だ。いいリールだ。あまり使ってないな。ただ、この糸じゃピライーバには細すぎるし、バスには太すぎる。あんたの友だちはピラニアしか釣れないよ」一歩下がって手を振ってみせる。「いいだろう、行っていい。釣りを楽しんでくれ」

「おい、おれの竿だぞ！」ホルトが声をあげてみせた。ミダスはもっともらしく見せるため、ホルトをあえて強く肘でつついた。「敬意のしるしだ。さあ、行こう」ミダスが目配せすると、ノマドは小さくうなずいた。ウィーバーは何も言わずにボートをまた流れに戻した。彼らの背後では、兵士が竿を試すように何度か川に投げ入れる格好をしてから、建物に戻っていった。

建物が遠ざかって見えなくなるまで、誰もひとこともしゃべらなかった。「うまかったぞ、ミダス」ノマドが呼びかけ、ビールのボトルを掲げてみせてからクーラーボックスに戻した。

「ありがとう、少佐。それほど難しくなかった。あいつは本気でおれたちを止めたいわけじゃなかった。ただ少しばかり手間賃がほしかっただけだ。通行料として」

「早朝勤務だと実入りはよくなさそうだな」ウィーバーがつぶやいた。「竿はまだたくさんあるのか？」

「まあね」ホルトが不機嫌そうに答えた。「親愛なるオスカーは、あれに五ドル請求してくるぜ」

「気にするなって」ウィーバーがからかった。「あの男の話を聞いただろう。どっちにしろ一匹も釣れなかったさ」

「試してみるか？　おれがあんたより釣ることに二十ドルだ」

「おまえの勝ちでいい、おれは釣りに来てるんじゃない」ウィーバーは注意をノマドに戻した。「このあとの予定は？」

「コレアの地図によれば、上陸してキャンプに近づくためには、まだ川をさかのぼらなければならない。このまま上流に向かい、頭上に衛星が来たら岸に上がってオールド・マンと連絡をとり、それから準備だ」

　ホルトがうなずいた。「今夜やるのか？」

「できれば。できないときは、夕食を釣ってきてくれ」

「二十ドルだぞ」ホルトがウィーバーに呼びかけた。「首を洗って待っていろ」

5

正午近く、彼らは西側の土手の、浜辺という泥や砂地、むしろ水たまりのようなぬかるみにボートを寄せた。ウィーバーとノマドが飛びおりてボートを引き上げ、そのあいだにホルトが装備を用意しはじめ、ミダスは周囲を偵察に行って数分後に戻ってきた。「問題なし。下生えは邪魔にならない程度。準備できる場所を確保する」

ノマドはうなずいた。「了解。おれはオールド・マンに連絡する。ウィーバー、誰かが近くにいないか見張ってくれ。ホルト、ミダスを手伝って、そのあと何か食べるものをとってきてくれ」

「了解」ホルトは答え、デスカルソというロゴと、飛び跳ねる魚のシルエットが派手に描かれている重い箱を引きずった。「中佐によろしく」

「おぼえていたら伝えておくよ」ノマドは素っ気なく応じると軽量の通信機ハリス117Gをとり出し、ボートからおりて電源を入れた。「上官《オーバーロード》どの、こちらブルーキャット。オーバーロード、聞こえますか？」

「よく聞こえる、ブルーキャット」ミッチェルの返事が聞こえてきた。「状況は？」

「国境を越えて上流にいます。おそらく最適侵入地点まであと半分です。そうそう、オスカーに釣り竿とリールの借りができました」

ミッチェルの愉快そうな声が答えた。「その報告は必要なのか？」

「いいえ、失礼しました」

「まあいい。チームの様子は？」

ノマドは一瞬ためらってから答えた。「これまでのところ問題ありません。まだ救出活動は具体的にはじまっていませんが、ここまではすべて順調です」

部下の一瞬のためらいに気づいたとしても、ミッチェルは何も言わなかった。「よろしい。目標に関する新しい情報はない。生存の新たな証拠を期待していたが、さしあたりは死体が見つかっていないことでよしとしよう。ほかには何か？」

「いいえ。ただ、プロタシオ隊長の補給係には感心させられました。彼女は優秀です」ノマドはつかのま考えてからつづけた。「ほかに報告すべきことはありません。頭上に衛星が来たら、明日また連絡します」

「了解、ブルーキャット。難しい状況なのは承知しているが、弾薬は乾かしておけ。任務中、残りの装備もだ。最近は猫も杓子《しゃくし》も砂漠での作戦仕様だ。連中は、世界には雨が降る場所がまだ多くあることを忘れている」

ノマドは笑った。「おっしゃるとおりです。ブルーキャット終わり」

彼は接続を切って通信機をしまい、川から離れた。鬱蒼と茂る木立が幕となって広がっていたが、それをかき分けていくと目の前が開けた。ホルトとミダスはすでに食事を終えていた。ミダスは戦闘服に着替えているところだった――ヘルメット、アイピース、手首には通信機。一方ホルトはじっと立って、ジャングルを油断なく見まわしている。

「何か面白そうなものは見つかったか？」ノマドは呼びかけた。

「何もない。このままだといいが」ホルトは、迷彩服に着替えはじめたノマドに目をやった。

「本当にここで準備するのか？」

「ああ、ここまで入り込んだら、釣り客を装うのはもう無理だ。状況がこじれたとき、今度は武器を使うことになるだろうから、そのための準備をしておきたい。それに、敵が目の前に現れてから準備をはじめたくない」

「わかった。ウィーバーの言っていたカイマンとやり合うことにならない限り、おれはオーケーだ」

「ワニなら口に皿をぶち込んでやれば、歯を折っておまえを食えなくなるだろう。本当に心配すべきは蛇と虫だ」

ホルトが大げさにうめいた。「なぜ蛇でなくちゃいけないんだ？」

「インディ・ジョーンズのまねか。傑作を馬鹿にしている」ミダスはすでに服を脱いでいた。

「見張りを交代しようか？」

「ありがたい」ホルトは箱に近づいて自分も服を脱ぎはじめた。

「着替え終わったら、ウィーバーと交代してくれ」

「わかった」ホルトは箱に頭を突っ込んで何か探しはじめたので、そのあとの言葉は聞きとれなくなった。

「センサーを投げてみるか？」ミダスがノマドの隣に来てたずねた。「安全を確かめるために」

センサーはゴーストの通常装備ではない。ウィザードが実践テストをかねて持っていくようホルトを説得したのだ。起動させて手榴弾のように放り投げると、味方であれ敵であれその探知範囲内で動いている者の画像をヘッドアップディスプレイに表示する。だが実際には、ホルトが基地で試したときには動作が不安定で、まだ実戦では頼れそうになかった。

「やめておこう。ここで無駄使いしても意味はない。それに、そいつがどれだけ役立つか、まだはっきりしない。何より出発までの装備は最低限にしておこう。コレアが気をきかせて電池と充電器を用意してくれたので何度も充電できるが、それでも電力が足りなくなる危険をおかしたくない」

「わかった」ミダスはリラックスしてライフルを肩にかけ、ジャングルに挑むように鉈《なた》を持って構えながら森を見つめた。

ジャングルは何も教えてくれない。コレアの言うとおり、川の水が黒いところは水が茶色いところよりも木が少なかった。それでもあちこちに濃密な下生えがのびている。四方から生き物の音が聞こえ、透かし見ることのできない緑の天蓋に響いていたが、動くものといえば、ときおり鳥やほかの動物が驚いて隠れていた場所から飛び出し、ぱっと鮮やかな色がよぎるくらいだ。遠くのほうで、貘《ばく》が鼻息を荒らげる音が聞こえた。ホエザルの一団が馬鹿にしたように応えた。

「平和だな?」ミダスが呼びかけた。

「だが、本当のところ、おれの好みじゃない。視界が悪く、遠くまで見通せない。コンビニがない」ノマドは答えた。

「おれは静けさを楽しんでる」ミダスが答え、猿たちが何かに騒ぎ出すと微笑んだ。

「これが静かだというのか?」

「ある種の静寂と言える」

ウィーバーがノマドの肩を軽く叩いた。「お役ご免だ、少佐。何か食べてパジャマに着替えるといい」

「ホルトは?」

「川岸でボートを見張っている。釣りをしてるかもな」

「ボートに百キロのナマズは乗せられないと言ってやれ」

「そんな大物を釣り上げる心配はないだろう」

「たしかに」ノマドは荷物のほうに動いた。「わかった。着替えさせてもらう。それから川に戻ろう」

ホルトは実際に何匹か魚を釣ったが、どれも小さく、おまけに棘《とげ》があって食べられそうになかった。チームがふたたび上流に向かう前に、彼は釣果をすべて川に戻した。もはや演技をつづける意味はない。釣り具は片づけられ、ウィーバーは思いきり速度を上げた。

「順調だ」ノマドはまたコレアの地図を見ながら言った。「このペースでいけば――」

次の言葉が発せられる前に、大きな雷が鳴り響く。「たまげたな！」ホルトが声をあげた。「いったい今のはなんだ？」

ミダスが背後の上流を指さした。いつのまにか、黒雲がむくむくとわき起こって壁のようになっている。太い雷の矢がその雲を次々に切り裂いて光り、直後にまたしても爆発的な雷鳴がとどろいた。

「あの雲はどこからわいて出たんだ？」ウィーバーがたずねた。

「このあたりでは嵐が急に吹き荒れる」ミダスが答えた。「こっちに向かってる」

「ちくしょう」ノマドの目にも、雲が迫っていることは明らかだ。「たしかにそのようだ。ウィーバー、すぐにボートを岸に寄せてくれ。こんなところで巻き込まれたくない」

「逃げる場所を探してるところだ」ウィーバーが強まる風に逆らうように叫んだ。「どちらの側にも船を寄せられる場所がない！」

「早く見つけろ！」ノマドは怒鳴ったが、いきなり雨が襲いかかってきた。

雨は無数のスネアドラムを激しく打ちつけるように叩きつけ、川に分厚い幕がおりた。光は金色から灰色に変わり、すぐに真っ暗になって土手が見えなくなった。雨が肌を痛いくらい打ち、風が川に沿って吹きつけ、うなりをあげる。

ボートの底にはたちまち三センチほど水がたまり、みるみるそのかさが増していった。頭上では、雷光が上流に向かって鋭くのび、川べりの木に突き刺さった。メリメリと裂ける音が響き、木のてっぺんが燃え上がって破片が飛び散る。耳を聾《ろう》する雷鳴のせいでウィーバーの声が聞こえなくなったが、彼の行動は揺るぎない。祈りの言葉をつぶやいてエンジンをかけ、水かさが増して暴れはじめている本流へとボートを一気に進めた。

「右舷は問題なし！」ホルトが舷縁ぎりぎりから目視して怒鳴った。分厚い雨のカーテンにさえぎられ、建物はどこにも見えない。

「視程はほぼ五メートル！　岸が見えない！」ミダスが反対側から叫んだ。

「岸にぶつかる心配はない」ウィーバーが応えた。ボートが川の真ん中に来ると、あたりは灰色の雨に覆い尽くされた。水をかき出そうとするホルトを、すぐにミダスが手伝う。ノマドは舳先でできるだけ身を低くして雷を避けながら、流れてくる障害物に目を凝らした。水面に黒い染みのようなものが浮かんで迫ってくるのが、激しい雨の向こうにおぼろに見える。

「木の幹が流れてくる」ノマドは叫んだ。「取り舵いっぱい！」

「取り舵いっぱい！」ウィーバーが応え、ボートの向きを素早く変えた。川面がせり上がり、横から波が叩きつけてボートを揺らし、ちぎれた根や流されてきた枝がからみあった大きなかたまりが通り過ぎていく。ウィーバーは針路を変えてふたたび上流に向かいはじめた。またしても雷光がきらめき、大木がこらえきれずに苦しげにうめいて倒れてくる。「つかまれ！」ウィーバーの叫びは雷鳴にのみ込まれた。川に落ちた木の幹が猛烈な速度で迫ってくる。ウィーバーはボートを強引に右へ向けた。「前方！」ノマドが叫んだが、遅すぎた。流れてきた枝がぶつかる衝撃でボートは大きく揺れ、本流に押し戻された。前方では、倒れた木が水面に浮かび上がり、傾いたまま流されてかぎ爪のような根が雨に飛びかかっているように見える。

「逃げきれない！」ホルトが声をあげた。

「おれを信じろ！」ウィーバーが叫び返し、エンジンを切った。

たちまちボートは流れにつかまり、下流へと一気に押し流されはじめた。すぐあとを巨大な木の幹が追いかける。そのかたまりは流れにあおられてぐるぐるまわり、川幅の半分をふさいでいるように見えた。

「いったいどうするんだ？　国境をまた通り過ぎてしまうぞ！」

「言っただろう、おれを信じろ！」

ウィーバーはふたたびスロットルを思いきり前に押した。

エンジン音がとどろいてボートはまた上流に進みはじめ、木の根がせり上がって目の前に迫ってきた。その根が頭上を越える寸前で、ノマドは船底に這いつくばってそれをかわした。何本もの根がボートの脇をがりがりと引っ掻《か》きながら通り過ぎていく。それも一瞬で、木の根のかたまりは勢いよく流れ去ってすぐに見えなくなり、ウィーバーはボートを東側の土手に寄せた。

「いったいどうなってるんだ?」ノマドは振り向いて叫んだ。「まったく、ひやひやさせやがる」

ウィーバーは会心の笑顔になった。「葉がついてる枝は根よりも抵抗が強い。それで幹が持ち上がって、ボートが通り抜けられるスペースができるのはわかってた……いずれはな」

「無茶しやがって!　とにかく……ゆっくり上流に連れていってくれ。こんな綱渡りは二度とごめんだぞ!」

「了解、次はボートを沈めることにしよう」ウィーバーは、雨で増水した冥界《めいかい》の河ステュクスの陽気な渡し守カローンさながらに、かがんで作業をはじめた。

幕間《まくあい》——ウィーバー

「馬鹿げてる」コレイ・ウォードことウィーバーはひとりつぶやいた。

　標的名サリム・アル・ラーマン、ニックネームはセールスマン。イスラム国《ISIS》の重要人物で、ISISの資金戦略のキーマンでもある。アル・ラーマンはトルコとレバノンの活発な闇市場を通して違法な金をISISに流している男で、組織の大きな財源となっている破壊された古代遺跡から略奪した文化財の闇取引も仕切っていた。パルミラのような遺跡を破壊し、奪った工芸品を注意深く集めて事前にカタログに載せておけば、節操のないコレクターたちが群がる市場での値段を効果的に釣り上げることができる。そのアイデアを思いついたのも彼だった。そして、そうした貴重品を嬉々として高値で取引するディーラーと競売人を注意深く選び出したのだ。利益をあげるために文化財の略奪に関わる以外にも、ISISとさまざまなその関連組織とのあいだの複雑な財務処理ネットワークを統括し、金が常に正しい方向に流れるよう指示している。

　アル・ラーマンは、アブ・サレフや、戦場の伝説的存在アブ・スレメイン・アル・ナセルほどには名を知られていなかったが、ISISのなかで最も危険なメンバーのひとりであることは間違いない。彼の活動が組織に年間数億ドルをもたらしている事実は、分析家《アナリスト》たち全員が認めている。

アル・ラーマンは現在ウズベキスタンにいた。アメリカ国防総省の誰かが、今こそ彼を始末する完璧な機会だと考えたのだ。

ウズベキスタン政府は、アル・ラーマンを処分するのを大喜びで手伝うと誰もが考えるだろう。ＩＳＩＳが支援する〝ウィラーヤ〟と呼ばれる行政区画がウズベキスタン全土に根をおろしており、それを根絶やしにしようとする同国の正規軍による攻撃に頑固に抵抗していたからだ。

しかしウズベキスタン政府とアメリカ政府の関係は最近悪化しており、ドローンを使った作戦や、大規模な軍事活動は不可能になっていた。

それは地上軍の投入を意味する。迅速な対応が求められていた。なぜなら、アル・ラーマンを急襲する機会は今しかないという分析がなされていたからだ。この機会を逃せば、次のチャンスはないかもしれない。彼を暗躍の舞台から引きずりおろすことができれば、その影響は計り知れないだろう。

あるいは、同じことをする別の男がその地位に就くだけかもしれないが。ウィーバーは心のなかでそうつぶやいた。

ウィーバーはテパールの東に急ごしらえでつくった滑走路を見渡せる、ごつごつした岩場にひそんでいた。二日前の夜に到着したあと自ら掘った浅い溝に身を隠している。傍受した情報によれば、標的が推定目的地に到着する日時には三日間の幅があった。ウィーバーの部隊は国境のキルギス側に降下したのち、厳しい地形を徒歩で越えてこの区域までたどり着いた。部隊の残りのメンバーは身を隠し、状況がこじれた際の援護のために控えているが、ウィーバーは最前線でひたすら待ちつづけている。滑走路とその周辺をくまなく見まわして狙うべき場所を計算して時間をつぶしていたものの、それもすぐに飽きてしまった。今はとにかく忍耐強く待つしかない。

ウィーバーはのびをして、レミントンMSRにかけてある偽装用のネットを引っ張った。金属製の銃身に光が反射して気づかれないようにするための工夫だ。銃身はまさにそうした危険を避けるために艶消《つやけ》しの黒色に塗られているが、彼は日頃から細心の注意を払うことを信条としている。塗装が一箇所でもはげて輝く銃身がさらされたら致命的なことになりかねず、最低でも任務を中止するはめになるだろう。

最悪の場合どうなるかは考えたくもない。

「ウィーバー、こちらはバッカニア、聞こえるか？」部隊のリーダーの声がヘッドセットから聞こえてきた。

「聞こえる、バッカニア。どうした？」

「第一に、小犬ほどの大きさのサソリがおれたちのすぐそばを通り過ぎていったのをたしかに見た。第二に、アヤックスがおまえの位置に向かっている飛行機の音を拾ったと言っている。エンジン音からすると民間機だ。ショウタイムのはじまりだ」

「了解。その飛行機の映像は手に入るか？」

「やってみる。方位は1－6－9……映像入手。セスナ・キャラヴァンだ。ロゴやマークはない。高度は三千フィート、徐々に降下中。乗客の映像は手に入れられない」

「わかった」ウィーバーの前方では、暑い朝の日射しを浴びて、滑走路に蜃気楼《しんきろう》がきらめいていた。もう何週間も雨がなく、そよ風がオレンジ色の土埃を巻き上げている。

今ではウィーバーにも飛行機のエンジン音が聞こえた。ときおり吹く風の音の合間に、甲高いプロペラの回転音が割り込んでくる。正面から飛んでくるので、未舗装で極端に短い滑走路に着陸するためには、彼の右から左へと横切る形でおりてくるはずだ。滑走路の端には吹き流しがだらんと垂れ下がり、ときおり風にはためいている。滑走路の脇には、窓に埃がべったりついた、塗装されていない板でつくられた小屋があった。その近くに三台の車が止まっている。一台は軍用のピックアップトラックで、後部に五十ミリ小銃の輝きが確認できた。残りの二台は土埃で真っ白になっているぼろぼろのランドローバーだ。

ウィーバーが見つめているあいだに、男が数人その建物から出てきた。真ん中の男だけがグレイのビジネススーツ姿で、ひとり目立っている。残りは作業着姿で、これ見よがしに肩にアサルトライフルをかけていた。全員が立ったまま、近づいてくる飛行機を見つめている。

「バッカニア、こちらウィーバー。セールスマンの歓迎パーティを監視中。建物の外に武装した男が四人、なかにいる人数は不明。それと、この会合の主催と思われるＶＩＰがひとり」

「わかった、ウィーバー。ＶＩＰの画像は撮れるか？」

「撮影中」ウィーバーはイオテックのヴードゥ3.5－18ｘライフルスコープをまたのぞき、焦点をスーツ姿の男に合わせた。カメラはまさにこのような場面を想定して、コロナドで技術者のひとりが応急的にとりつけたものだ。スコープ本体に小さなデジタルカメラがとりつけられているので、数キロ先の標的の写真を撮ることができる。その画像をアップロードして部隊のメンバーと共有できるため、こうした種類の作戦においてはきわめて有用だった。

「さっさと振り向くんだ、このくそったれ」ウィーバーはスーツ姿の男をせっついたが、男はなかなか姿勢を変えてくれない。ボディガードたちが彼の前で動きつづけているのが邪魔で、撮影できなかった。近づいてくる飛行機の音がますます大きくなる。「時間がなくなってきたぞ」ウィーバーは自分に言い聞かせ、息を整えて待った……

……ついにグレイのスーツの男が振り向いた。かすかにいらだった表情を浮かべている。ウィーバーは素早く三枚写真を撮った。「バッカニア、こちらウィーバー。画像をアップロード中」

「了解。衛星へのアップリンクで受信して確認する。運がよければ今日は魚を二匹釣れるかもしれない」

「だが、銃弾は一発しかない」

バッカニアは笑ったが、そこにほかの声が割り込んできた。「こちらアヤックス。標的が機内にいることを確認。くり返す、飛行機と管制塔との交信から、標的は機内にいることが判明」

ウィーバーは大きく、ゆっくり息を吐き出した。「それはいい知らせだ。悪い知らせは、飛行機がここからは狙撃できない進路で入ってくることだ。標的が車に移動するまで待つしかないし、その際もすんなりとはいかないだろう」

「弾は二発持つべしだ」バッカニアが応えた。「画像に関する回答が届いた。スーツ姿の男はハリス・アバナシーという海外居住のイギリス人だ。本部が確認した。〝アル・ブリタニ〟、すなわち〝イギリス人〟と呼ばれる男で、カタールのテロリストの支援者たちとつながる不正資金の専門家だ。この男がそこでアル・ラーマンと会うということは、ISISがウズベキスタンで金を集めるつもりであることを意味する。あるいは、シリアが騒がしくなっているので、ラッカから重要人物を何人かこちらに移すつもりなのだろう」

「なるほど。それで、お偉方はおれに何をさせたいんだ？　アバナシーを連れて帰るのか？　任務をやめるか？　このままつづけるか？」

飛行機の爆音は今ではさらに大きくなっている。ウィーバーがそちらに目をやると、小さな単発機が空港がある平原の西側に低くそびえる山の稜線から降下をはじめているのが見えた。

「向こうではどうすべきか喧々諤々《けんけんがくがく》だ。ウィーバー、新たな指示があるまで、当初の作戦どおりとする。くり返す、当初の作戦を遂行せよ」

「了解」ウィーバーはまた身を沈めてライフルのスコープをのぞき、即席の駐車場を見まわして銃撃に最適の位置を探した。アル・ラーマンがどちらかのレンジローバーの後部座席に乗ることは確実だ。彼は賓客だし、ビジネスの話は対等の相手としたいだろう。標的が使いそうにない道筋やドアを頭のなかで確認していき、狙う場所を決めた。建物と車のあいだの動線が目標になる。簡単ではない——早足だった場合、チャンスはわずか数秒——けれども、これまでウィーバーはまさにそのための訓練を受けてきた。忍耐。正確性。そして最後には結果を出す。

「ウィーバー」バッカニアはじれたような口調だった。「上はどちらが重要な標的か、あるいは写真撮影だけにとどめ、ふたりが会った証拠を持ち帰るだけにすべきか、まだ決めかねているようだ」

「写真がほしいだけなら、無人航空機を飛ばせばよかったんだ。そうすれば、あんたの股間をサソリが這いまわることもなかった」

「もっともだ。だが、中止という指示はまだない。別の命令が届かない限り、標的を撃つことになる。ただし、標的だけだ」

ウィーバーは一瞬考えた。「アル・ブリタニはこのまま行かせてしまうのか？」

「新たな指示が出るまでは、そのとおりだ」

「それでは不満が残る」

「命令だ、ウィーバー」

「わかってる、わかってるよ」

　飛行機はすでに着陸態勢に入り、速度を落とし急角度で進入してきた。ほどなく着陸し、標的がボディガードに守られて歩いていくだろう。ウィーバーは、自分がいかに優秀であっても、この狙撃が成功する現実的な可能性は低いことを知っていた。不確定要素があまりに多いだけでなく、狙える範囲が狭すぎる。必ずやれる――おれのレベルはとてつもなく高い――そう思いたいが、これは賭けだった。

　一方で、飛行機がどこを通るかは正確にわかっている。

　もちろん、その場合はきわめて長距離の狙撃になる。飛んでいる飛行機を狙うのは、たとえ速度が遅く、着陸態勢に入っていて飛行経路がはっきり予測できるとしても、きわめて難しい。まして飛行機の機内にいる誰かを撃とうとするのは、頭がいかれた者のみだ。

　かつて、一緒に訓練を受けたペッパーというスナイパーが、Ｍｉ-24《ハインド》を撃ち落としたと聞いたことがあった。それで、バーで偶然会った際に、本人にそれについてたずねた。「第一に、標的はトラックでヘリではなかった。第二に、おれが狙ったのはエンジン部分だ。邪魔をしてきたやつがいたんで、そいつの首に撃ち込んでやっただけさ」

はたして……？

「撃つぞ」自分の声が聞こえた。

「なんだって、ウィーバー？　飛行機はまだ着陸していないぞ」

「撃つと言ったんだ」

「何を撃つんだ？」

それからウィーバーは引き金を引いた。

すさまじい轟音《ごうおん》が響き、眼下に広がる平原にのみ込まれていく。弾は飛行機のコックピットのガラスを突き破り、操縦士の耳のすぐ後ろに命中した。操縦士は前のめりになり、そのはずみで操縦桿が前に押し出され、飛行機は急降下をはじめた。

地上にいた男たちはプロだった。ふたりがアル・ブリタニをつかんで滑走路から引き離し、ほかの者たちが身を守るために脇に身を投げた次の瞬間、セスナは地面に激突した。金属がゆがみ、ガラスが砕けるおぞましい音が響く。機体は鼻先を滑走路にめり込ませ、壊れた部品が飛び散った。セスナは尾翼から裏返り、逆さまになって滑走路をすべっていく。一分後、機体は管制塔として使われている小屋の脇でようやく止まった。胴体にぽっかり口を開いた裂け目のあちこちから、小さな炎が吹き出している。ボディガードがふたり、セスナに向かって走ってアル・ラーマンを引き出そうとし、そのあいだに残りのふたりがアル・ブリタニを助けるためにランドローバーへ向かった。

ウィーバーは彼ら全員が目指す場所にたどり着くまで待った――アル・ラーマンがランドローバーに乗り込み、ふたりの男が飛行機の壊れたドアを引くと、慎重に狙いを定め、もう一発を飛行機の燃料タンクに撃ち込んだ。

飛行機は轟音とともに爆発した。炎が空中に吹き上がり、燃えた金属の破片があたりに降り注ぐ。破片のひとつがアル・ラーマンが乗っているランドローバーのフロントガラスを砕き、別の破片が小屋の脇に置かれたプロパンガスのタンクに落ちた。またしても爆発が起こり、それがまた別の爆発を引き起こす。ついにあたりは焦げた金属と炎と土埃ばかりになり、動くものは何ひとつなくなった。

「ウィーバー、いったい何をやらかしたんだ？」

「二発目の銃弾を見つけました」

長い沈黙が流れたのち、バッカニアの声がふたたび聞こえてきた。「アヤックス、ゴーレム、おりて死体を確認しろ。ウィーバー、ふたりを援護するために少なくとも銃弾を三発持っていることを願うぞ。死体を確認したら、脱出のためにヘクター２‐９に集まれ」

「了解」

「それからウィーバー、フォート・ベニングからお越しの軍の幹部が話したがっている。おまえが戻ったらいろいろ聞きたいことがあるようだ」バッカニアの口調には不吉な威嚇が込められていたが、ウィーバーは気づかなかった。

「それなら待たせないようにしないとな。アヤックス、ゴーレム、急いでくれ」

6

半時間後、さらに何度かあやうい状況を切り抜けたのち、ミダスが土手沿いに風雨をしのげそうな場所を見つけた。ウィーバーは、船体に致命的な被害をもたらしかねない漂流物がないか鋭く目を光らせながら、ボートを川べりの鬱蒼としたジャングルの下へと寄せていった。

やがて雨が弱まり、不意に日射しが差してきて、ジャングルはたちまち様相を一変させた。濡れた葉は鮮やかに輝くエメラルド色になり、あちこちから蒸気が立ちのぼって、まだ荒れ狂っている川面へと広がる。遠くでは、また鳥の歌が聞こえはじめ、嵐が去ったことを高らかに告げていた。

「まだしばらくは水かさが増しつづけるはずだ、少佐。ピークになる前に出発したほうがいい。さもないと、いつまで足止めを食らうかわからない」

ノマドはうなずいた。「そうだな。とっととボートを川に戻してくれ。もしまた天気が崩れたら、岸に戻ろう。潜入地点まであとどのくらいだ？」

ミダスがＧＰＳを調べた。「約十五キロ」

「歩くには長い」ホルトが言った。

ミダスがホルトを見た。「本気で言ってるのか?」

ホルトはわざとらしくストレッチをしてみせた。「こういう贅沢《ぜいたく》な旅はどうも落ち着かない」ボートの脇を軽く叩いてみせる。ミダスは天を仰いだ。ノマドは笑いをこらえて顔をそらした。「ウィーバー、行こう」

川に戻ると、黒かった水面はまだらな泥茶色に染まっていた。朝の穏やかな流れとは一変して、隙あらばボートを押し戻して下流へと運ぼうとしている。低木のかたまりや太い枝、ときおり木の幹までもが流されてきたが、ウィーバーは巧みに舵をとってかわしつづけた。「まずいな、予定よりも燃料を食ってしまう」強調するように指で燃料計を軽く叩いてみせる。

その心配を、ノマドは一蹴した。「ブラジル側で再補給する。とにかく前進あるのみだ」

「仰せのとおりに。おれはこのでかいボートを運転するだけだ」

「それでいい」ノマドはそう言ったが、微笑んでいた。「ホルト、案内役をつとめてくれ」

「どういう意味だ?」

「森を見張れ」ノマドは後ろに戻り、入れ替わりにホルトが舳先に座って、威嚇するように武器を構えた。そのあと一時間ほど無言で進みつづけたのち、ホルトが警告するように片手を差し上げた。

「あれはいったいなんだ?」ホルトは上流の一画を銃で示した。水面が激しく泡立ち、血のようなしぶきが吹き上がっている。

ウィーバーはスロットルを引いた。「穏やかじゃないな。あそこには突っ込みたくない。なんだかわからんが、落ち着くまでここで待とう」

ホルトは身を乗り出した。「双眼鏡をくれ」ミダスが無言で双眼鏡を渡した。ホルトはそれを受けとると、水面の様子を確かめた。

「どうだ？」

ホルトは顔をしかめ、双眼鏡をノマドに渡した。「自分の目で確かめてくれ」

ノマドはサングラスを上げて双眼鏡をのぞき込んだ。最初、見えるのは血のように赤い泡だけだった。銀色の魚が大量に飛び跳ねているが、その動きがあまりに速いので赤い水のなかでぼやけて見えるほどだ。双眼鏡の焦点を合わせなおしてやっと、獰猛《どうもう》な魚が何を食べているのか気づいた。

「溺死体《できしたい》だ」

「それも、少なくともふたつ」ホルトが答えた。「気に食わないな。国境を越えてから何もなかったのに、いきなりこれか？　死体を近くから確かめないと」

「GPSによれば、三十キロ以内に村はない」ホルトの声には警戒の響きがあった。「ということは当然、次の疑問が出てくる。あの死体はどこから来た？」

「とても近くからだ。あの食らいつき方からすると、長いあいだ浮かんでいたとは思えない」

ノマドは双眼鏡をおろした。「ホルトの言うとおりだ。いやな予感がする。死体を水からあげられないのはわかっているが――」

「手をなくす覚悟があれば別だがな」ウィーバーが混ぜっ返した。

「――事態をもっと把握する必要がある」

「あの近くには絶対に行かないぞ」ウィーバーが言った。

「その必要はない」ノマドは水面を見やった。「東側の岸に寄せてくれ。森の影に隠れたい。ミダス、枝から何か落ちてこないか注意して見張ってくれ。ホルト、おまえの出番だ」

「了解」ホルトは手慣れたしぐさで防水バッグから回転翼が四つあるドローンをとり出した。すぐに〇・九ギガピクセルのカメラを搭載した鈍い黒色の機体が空中に浮かび、泡立つ水面に向かって飛んでいった。「画像を送る」ホルトがそう言った直後、泥水がすごい勢いで流れていく画像がノマドのヘッドアップディスプレイに映し出された。

「届いた」

「了解。ドローンを動かす。高度を低く保たないと、ここらを飛びまわっている大きな鳥が餌と間違えて食いつくかもしれない」ボートの側面が、岸から突き出している太い根にぶつかって軽く揺れた。頭上に森が覆いかぶさり、明るい日射しがさえぎられ、ひんやりした緑色の影に包まれている。ミダスは武器を構えて土手に飛びおり、深い森をのぞき込んだ。

「妙だな」彼はつぶやいた。「あまりに動きがなさすぎる」

「静かに」ホルトは前かがみになってドローンのリモコンを操作し、急速におさまりつつある水面の泡に近づいていった。「あと一メートル……あと少しだ……これで……よし」ドローンのエンジン音が強まって濃密なジャングルの空気を切り裂き、危険なまでに低い位置で停空飛翔《ホバリング》をつづける。ノマドのヘッドアップディスプレイに、川面の様子がはっきり映し出された。死体は激しく食い荒らされ、凶暴な魚がたくさん食いついたままだ。服はぼろぼろで、まだ食いちぎられていない箇所にTシャツの切れ端や、ほぼ無傷のデニムのジーンズが張りついている。

「このあたりの住民だ」ノマドがつぶやき、ホルトもうなずいた。「やっぱり近くに村があるんじゃないか」

「かもしれない。もう少し近づけるか……」むさぼり食う魚の群れのあいだからひときわ激しく泡が吹き出し、ドローンの視界が赤くぼんやりと染まった。ホルトが悪態をつく。「行くぞ。そこ、そこだ。見えるか？」

不意に画像が鮮明になり、片方の胴体が画面に飛び込んできて水中でゆらりとまわった。肉のほとんどは失われている。ピラニアやほかの魚が食い散らしたあととはいえ、何があったのかわかるたしかな証拠が残っていた。ほんの一瞬、いくつもの銃痕がはっきりと見え、次の瞬間に波が覆いかぶさってすべてはしぶきに隠れてしまった。

ねた。

「弾痕で間違いないな？」ホルトはドローンをボートに戻したあと、淡々とした口調でたずねた。

ノマドはうなずいた。「ああ。つまり、少なくともひとりは不意打ちされたということだ」

「あるいは逃げようとしていたか」

「そうだ」ホルトが脚を組んで座っている舳先にドローンが戻ってくるのを待つあいだ、彼らは無言で目の前の光景が何を意味するか考えをめぐらした。「いい子だ」ホルトはドローンを手にすると、マイクロファイバーの布で機体を拭いた。「汚い川の泥がレンズにつくのは勘弁してほしいぜ」

ノマドとウィーバーはつかのま目を合わせた。ウィーバーが片方の眉をゆっくりと動かす。

「おれから話してもいいか？」

ノマドはうなずいた。

「ここでは何かよくないことが起きている。だが、おれたちの目標は上流だ。おれたちが救うべき相手は、ここから離れたところにいる。これは任務にはないことだし、ここで手間どっていたら、本来救うべき人質が危険にさらされる。余計なことにかかずらっている暇はない」

ミダスが不意に鼻を動かした。「気がついたか？」

「煙？」

「煙だ」

「ちくしょう」

ノマドは顔をしかめた。「わかった、ホルト。位置につけ。争いごとに巻き込まれる前にここを離れる」

「待ってくれ」ミダスが深い森のなかを指さした。「どうやらもう遅い」

サルノコシカケがぎっしり生え、蔓《つる》がからみつく倒木の背後に飛び込んだミダスだけでなく、全員がそれを聞いた。

足音。誰かがジャングルをかき分けて必死に走ってくる。その背後から立てつづけに三発の銃声が響き、追っ手の足音も聞こえてきた。

「こっちに向かってくる」ホルトはすかさず武器を手にとり、土手にすべりおりた。「逃げたところで、川には隠れる場所がない」

「ボートに戻れ！　おれがなんとかする！」

ノマドは川と森をくり返し見た。ホルトの言うとおり、川には隠れられる場所はなく、流れに乗っても見つかって土手沿いに追われ、銃撃戦になる可能性が高い。一方で、もしこのままここにいたら、友好的ではないかもしれない住民のために不利な状況のもとで見知らぬ敵と一戦交えなければならなくなる。

次善の策をとるしかない。

「いいだろう、毒を食らわば皿までだ。ホルト、左にまわって隠れられる場所を探せ。ミダス、おまえは右にまわれ。ウィーバー、背後を固めてくれ。かがんで身をひそめ、銃を構えて狙いを定めておくんだ。ただしおれが命令するか、相手が先に撃たない限り、攻撃するな。まだ状況がわからない」ノマドは土手に飛びおり、ホルトはそのさらに前に軽やかにおりて草むらに姿を消した。

「ウィーバー？」

「すぐ後ろにいる」

通信回線が割れるような音を立てた。「位置についた」ホルトの声が聞こえた。

「了解。ミダスは？」

「準備完了」

ノマドは緑の葉が茂る倒木を見つけ、その背後にすべり込んだ。地面は柔らかい。彼は土を少し掘り、蔓に覆われた木の陰に精いっぱい体をおさめた。銃身に光が反射してきらめいても葉むらが隠してくれると信じ、ライフルを幹にのせて構える。体を起こして撃つのは危険を伴うが、下生えが濃密すぎるためにうつぶせのままではうまく狙えない。

深く息を吸い込み、冷静になろうとつとめた。いつでも、戦闘がはじまる直前の瞬間が最悪だ。銃弾が飛び交いはじめてしまえば、あとは自然に反応するだけ。体は何をすべきか知っているし、心は目の前の事態に冷静に対処する。けれども、一発目の銃弾が飛ぶ前はそのあとどうなるか予想できず、選択肢をあれこれ考えすぎて、かえって間違いをおかすことになりかねない。

これはノマドが指揮をとる最初の銃撃戦だ。もししくじったら、そのときはすべて自分の責任だ。自分の決断。自分のあやまち。

逃げてくる者が向きを変え、いっさい関わらずにすむことを願ってしまう。

一方、さっさと引き金を引いてどっちつかずの状態を脱したい気持ちもある。

「大丈夫か、ノマド」ウィーバーの口調はぞんざいだが、友情と気配りがにじんでいた。

ノマドは一瞬だけ考えた。「ああ。やろう」

ついにひとりの男が恐怖に目を見開いて飛び出してきた。〝ニューイングランド・ペイトリオッツ――スーパーボウル第四十二代チャンピオン〟というロゴのついたネイビーブルーのTシャツを着ている。そのシャツは汗でぐっしょり濡れ、茂みを走り抜けてきたせいであちこちが裂けている。走りながら何度も後ろを振り返っている。道ではなく、目の前の草むらにところかまわず飛び込んでは、川の土手に向かって猛然と走っていた。

ノマドが最初に口を開いた。「このあたりの住民だ。撃つのは控えろ」

「了解」ホルトがつぶやいた。「えらくおびえてるな」

ミダスの返事は簡潔だった。「自分の庭であんなにおびえるなんて、いったい誰から逃げてるんだ？」

「もっと重要なことがある。あいつがおれたちのほうに向かっているのは気づいてるか？」

それは事実だった。男はジグザグに走って水辺に近づいていたが、その前にホルトとミダスが隠れている土手を通ることになりそうだ。

「ちくしょう。このままだと、追いかけてるやつらもこっちの喉もとに飛び込んできそうだ」ウィーバーはあきらめたような口調だった。「ボートを西側の岸に寄せるべきだったとわかってたよ」

「少し遅かったな」ノマドは丸太の上に銃をのせ、ホルトに左手の大きな木の陰に隠れるよう身振りで伝えた。「おれの合図で撃て。追いかけてきているのが何人だろうと、まとめて倒したい。誰ひとり逃がさず、警告の声もいっさいあげさせるな」一斉に〝了解〟という声が響く。「ミダス、逃げてきたやつはおまえにまかせる。しっかり守れ、ただし静かにさせておけ。叫ばれたりしたら、追っ手を殺したところで意味がなくなる」

「了解」ミダスは張りつめた声を出した。「所定位置につく」

逃げてきた男はすぐそばまで迫っていて、汗が飛び散っているのが見えた。その背後から断続的に銃声が響き、弾丸が木立のあいだから飛んでくる。そのうちの一発が川にせり出している枝にあたり、ボートにいるウィーバーの脇に葉がひらひらと落ちてきた。

「へたくそが」

ノマドは首を振った。「やつらはあの男を川に追いつめているんだ。弾があたらなくてもいいのさ。いずれにせよ逃げられない」

「誰かが助けに来ない限りは」ホルトが抑揚のない声で言った。

「ああ、だが助けが来る可能性は？」

男はミダスが隠れている倒木のすぐ近くまで来ていた。その幹に手をのばそうとして、這い伝う蔓に足をとられてぐらつく。

倒れる寸前の男を、ミダスが腕をまわして抱きとめた。男が目を見開いてミダスの顔を見つめる。「静かに」ミダスは低い声で呼びかけ、相手の口を手でふさいで地面に押さえつけた。スペイン語で呼びかける。「おれたちは友だちだ。じっとして音を立てるな」

男が応える前に、追っ手が視界に飛び込んできた。全部で三人、冗談を飛ばして笑いながら歩いている。ふたりは標準的なＡＫ－１０３ライフルを持ち、真ん中にいる士官らしき男だけが大きな拳銃を持っていた。脇を固めるひとりが歩きながら適当に銃を撃ち、そのたびに残りのふたりがふざけてはやしたてる。

地面では、逃げてきた男がおびえきって目を見開き、ミダスから逃れようと必死にもがいた。男の体を素早く確かめると、脚の裏側を何度か撃たれたようで血が流れている。なぜあれほど速く走れたのか謎だ。

「殺《や》るか？」ウィーバーがささやきかけた。

「まだだ」

「立ち止まりそうだぞ」

実際、真ん中の士官が手を上げて、残りのふたりに止まるよう合図した。ふたりが彼のほうを見ると、士官はたちまち訛りのあるスペイン語でわめきはじめた。「見失ったとはどういう意味だ？　あいつがどこに行けるというんだ？」

踵《きびす》を返せ。ノマドは心のなかでつぶやいた。踵を返してそのまま退散しろ……

アサルトライフルを持ったふたりのうち大柄なほう、禿《は》げ頭に凶暴な口髭をたくわえたたくましい男が、ふてくされたように言い返した。「頭がいいつもりなら、その目を使ってみろよ。ずっとおれたちと一緒にいたくせに」

士官の顔が紫色になった。「命令に従うんだ、逆らったら——」

「逆らったらなんだ？　軍法会議にでもかけるつもりか？　くそったれ、ここはジャングルだ！」

「標的を選べ」ノマドはささやいた。

「左を撃つ」ホルトが答えた。

ウィーバーがつづいた。「おれは真ん中だ。右はおまえだ、ノマド」

「まだだぞ。茂みが邪魔をしている。もう少しだけ引きつけろ」

「ノマド！」

「聞こえてる。状況は？」

「逃げてきた男は撃たれてる。ふくらはぎと太腿《ふともも》に弾が入っていて、出血がひどい。急いで処置しないと死んでしまう」

「こっちが片づくまで眠らせておくことはできるか？」

「この状態では無理だ」

「くそっ」ノマドは銃の狙いを定めた。左側の大柄な男は、まさか敵がいるとは思ってもいない様子で、武器を肩にかけたままいらいらと手を振りまわしながら士官と言い争っている。一方で右側の男は、逃げてきた男が押しのけた茂みの跡をたどりながら、銃を構えて慎重に進んでいた。

「標的《タンゴ》スリーがおまえのほうに向かっている。ミダス、やれるか？」

「無理だな。この男を押さえておくので手いっぱいだ。いい知らせは、木の幹の下にいるのであいつらには見られていないことで、悪い知らせはあまり大きな木じゃないことだ」

「わかった」ほら、踵を返せ。ノマドはほかのふたりが言い争っているあいだもジャングルを進んでくる男に向かって強く念じた。さっさと基地に戻って、全部忘れて——

倒木の向こうから、驚いたような短い叫び声があがった。言い争っていたふたりが凍りつき、さっと振り向いて銃を構えた。右側の男が勝ち誇ったような声を出して歩きはじめ、でたらめに撃ちまくる。木のかけらがあちこちに飛び散った。

「ミダス？」

「こいつが脚をぶつけた。止められなかった。今は伏せさせてる」

「了解。よし。全員、位置につけ」

敵の先頭の兵士が倒れている丸太に飛びのった。「見つけたぞ！」と叫び、獲物の脇にミダスがいるのに気づくと、驚きに顔をゆがめた。あわてて銃を向けようとしたが、その前に一発の銃声が響く。銃弾は男の喉にあたり、彼は後ろに倒れて激しく痙攣《けいれん》した。

「マルコ！」士官が叫んだ。

「くそっ、撃て！」

二発の銃声が同時にとどろき、残りのふたりがばったり倒れた。

「全員やったぞ！」

「ミダス、そいつの状態は？」

ミダスが短く答える。「今落ち着かせてる。出血がひどい。手を貸してほしい」

「了解。ウィーバー、おまえが――」

そのとき新たに四人の敵が飛び出してきた。仲間が倒れている姿を見るなり、状況を悟って銃を撃ちはじめる。

「ちくしょう！　伏せろ！」それまでいたところに銃弾の雨が降り注ぎ、ウィーバーは素早く伏せた。次の一撃がノマドの頭上の蔓を切り裂く。兵士たちは身を隠した。

「ミダス！　そいつのそばにいろ！　こっちはおれたちにまかせてくれ！」ノマドは丸太の

上から掃射して、敵をいったん下がらせた。彼が撃つのと同時にホルトが動き、川に沿うように這い進んだ。アマゾナスの兵士のひとりが木の背後から飛び出してきてノマドのいるあたりを撃ちまくり、銃弾が立てつづけに丸太にあたっておがくずや破片が飛び散った。兵士が下がって隠れようとした兵士の肩に一発あたった。彼は体をぐるっとまわしながら叫んだが、次にもう一発が背中の真ん中にもろに命中した。力を失った手からアサルトライフルが落ち、兵士はジャングルの地面に崩れ落ちた。

「おれはいつも銃弾を二発持ってるんだ」ウィーバーが言った。「ほかの三人はどこだ？」

「ひとりは道の左側、ふたりは右側だ。おれはひとりのほうに近づいている」ホルトは一拍置いて呼びかけた。「そいつの注意をそらしてもらえるか？」

「まかせとけ」ノマドが応じ、さらに撃ちまくった。「位置についたら知らせてくれ。それと、おれの爆竹に気をつけろ」

「スタン手榴弾を投げるつもりか？　本気かよ？　ジャングルがまるごと燃えちまうぞ！」

ウィーバーはあきれたように言った。

「雨が降ったばかりだ！　投げるぞ！」

「了解」

またしても銃弾が連続で木にめり込み、最後の一発でメリメリと裂ける音がしはじめた。このままここにいてはまずい。ノマドはそう決断すると、また撃ちまくってから右に這い進んだ。

「やつらのひとりが動いてる」ウィーバーが注意した。「ミダス、おまえのほうに向かってるぞ」

「確認できない。こちらに近寄らせないようにできるか？」

「やってみる」ウィーバーは木の切り株から上半身を出して撃った。足もとで土が跳ね上がり、兵士があわてて身を隠す。次の一発で彼はもとの方向へ這い戻ったが、牽制《けんせい》するように銃弾が飛んできたので、ウィーバーは伏せなければならなかった。「どうなってる、ホルト？」

「もうすぐだ」ホルトが顔を上げると同時に、反乱軍兵士も彼を見た。兵士はライフルを構えようとしたものの、一瞬遅かった。ホルトが彼の胸に三発ぶち込んでいた。「今だ！」ホルトが叫ぶ。

「爆竹だ！　伏せろ！」ウィーバーが手榴弾を放り投げたので、ホルトとノマドは地面に伏せた。残っていたふたりの兵士が警告を叫び、悲鳴とともにあたりは真っ白になった。

ふたりの兵士のうちのひとりが、隠れていた切り株の背後から転がり出て目をこすった。その男をノマドが一発で仕留める。

もうひとりは逃げた。

「ちくしょう。見失っていた」ノマドは左、それから右に目をやった。「ウィーバー、ミダスのところに行け。ホルト、逃げたやつはおまえにまかせる」

「その言葉を待ってたよ、少佐」ホルトは男を追いかけて飛び出し、すぐに姿が見えなくなった。

幕間――ミダス

高校時代、課外活動はいいことだと教わったことを、ルビオ・デルガドはおぼえていた。外に出て勉強以外のことをしろ。ガイダンスのカウンセラーたちはそう言った。大学がほしがるような人材になれ。人間として成長しろ、と。

けれども軍隊では、事情は少し違う。課外活動は眉をひそめられた。規範からはみ出さず、目立つことはせず、何よりも命令されたこと以外はいっさいするな。

それでは、現在自分がしていることをどう考えるべきなのだろう。これは間違いなく課外活動で、規範を大きくはずれてもいるが、現実的に世界のためになることを成し遂げるチャンスでもある。これは正しいことなのだろうか。そもそもおれは、ここにいるべきなのだろうか。ひとつたしかなのは、こんなことをしてもよりよい大学に入る助けには絶対にならないということだ。

デルガドは窓の外に目をやった。左側には橙赤色《とうせきしょく》の土と岩、右側も橙赤色の土と岩、前方から背後にハイウェイとは名ばかりの二車線の埃っぽい道路がのびている。協力者からも避難所からもはるかに離れてここまで来た二台の小型車両の列を、空から太陽が白い光をぎらつかせて見おろしていた。

デルガドはカフィエ（頭巾のような民族衣装）を整えた。膝の上の散弾銃の安全装置を確かめる。この旅で三十回目だ。サーブ・スーパーショーティは実のところ軍の正規の武器ではないが、そもそもこの作戦が正規のものではない。彼は車列の二台目、くたびれた白いトヨタのランドクルーザーの助手席に座っている。運転手はハリという名前の陽気なクルド人で、彼はこの車を〝ワナウシャ（英語名が発音しづらいため、現地の女優の名前をとってこう呼ばれている）〟と呼びつづけていた。数百メートル前を走るもう一台は、国連軍から強奪したことを示す明るいブルーの塗装がまだ残っている。二台とも偽造ナンバープレートをつけ、貴重な積み荷を運んでいた。ISISに誘拐され、無理やり奴隷にされたヤジーディー族の女性と子供だ。今回の作戦は、ヨーロッパにいるヤジーディー族の亡命者が資金を提供し、彼らを解放して安全なクルジスタンまで連れていくために計画されたものだった。

この計画はきれい事ではすまず、かなりの危険を伴う。関わっている者たちは誰もがそのことを充分に理解している。計画を実行するために雇われたのは百戦錬磨の密輸業者たちで、その多くは逃げたがっている者たちの足もとを見て全財産を差し出すよう求めていた。けれども彼らに選択の余地はなく、その支払いに応じるしかない。

デルガドはこの作戦に加わるにあたり、いっさいの報酬を拒んだ。一週間前、二組の家族をモースルから脱出させるため、移動用の車に同乗して護衛役をつとめる任務を打診され、即座に志願したのだ。

道中ずっと落ち着きはらい、悲観的な見通しを陽気にしゃべりまくっていたハリに、デルガドは向きなおった。「国境を越えるまであとどれくらいだろう？」

ハリが肩をすくめた。「わからない。ＩＳＩＳの連中がどんな一日を過ごしているかによる。運がよければ、すぐに越えられる。運が悪ければ、一時間は余分にかかる。地雷を踏んで吹き飛ばされ、とうとう越えられずに終わるかもしれない。すべてはアラーのおぼし召しだ」バックミラーの向きを直す。「シートベルトを締めるんだ。安全のために」

デルガドはそれを無視して体をひねり、後部座席の女性の様子をうかがった。小さな子供ふたりを抱えた二十代後半の女性が見つめ返してくる。彼女は回収地点で合流したときそれまでかぶっていたベールをはずしたが、黒いアバヤ（アラビア半島の民族衣装）とヒジャブ（頭や体を覆う布）は今もまだつけていた。子供はどちらも男の子で、この車に乗る際にデルガドが渡したパックのジュースをしつこく吸っている。これまで、どちらもひとこともしゃべっていない。

「すぐに着く」デルガドが呼びかけても、返事はいっさいなかった。

「彼女は英語がしゃべれないんだ」ハリが明るい声で言った。「クルド語、アラビア語、ペルシャ語はできる――とても頭がいい。ＩＳＩＳにとらえられる前は教師だった」

デルガドはため息をついた。「もうすぐ着く、きみたちは安全だと伝えてもらえるか？」

ハリがデルガドをにらみつけた。「彼女に嘘《うそ》をつけってのか？　おっと、ちくしょう」

前方では、先を行く車が速度を落としていた。理由は明らかだ。ＩＳＩＳの兵士の一団が、砂嚢《さのう》とがらくたを積み上げた即席の検問所の後ろに立っている。ひとりが道の真ん中に立ちはだかり、止まるよう手を大きく振っていた。

「ハリ？」

「おれにきかないでくれ。前回はあんなものはなかった」

「前の車はどうするつもりだ？」

それに応じてハリは携帯電話の番号を押し、早口のクルド語で話しはじめた。すぐに相手が応えた。「車を止めるようだ。そうするしかあるまい。運がよければ、やつらは賄賂《わいろ》を受けとる。運がよくないときは……」声が途切れた。

後部座席では、女性がいつのまにかまたベールをおろしていた。露骨に体をこわばらせている。彼女はデルガドとちらりと目を合わせ、かすかに首を振った。戻るつもりはないのだ。

デルガドはハリに向きなおった。「いいか、もしまずいことになったら、おまえのすべきことはこうだ。ぶっ飛ばせ。振り返るな。速度を落とさず、とにかく突っ走れ。前の車にもそう伝えろ。後ろの女には伏せて子供たちを守れと言え」

ハリはデルガドを見つめた。「どうかしてるぜ。おれたちを殺すつもりか？」

「いや。たぶん死ぬのはおれだけだ。さあ、伝えろ」

「どうなっても知らんぞ」それでもハリは後部座席の女性に短く話しかけた。彼女が子供たちをしっかり抱き寄せる。そのあと前の車とまたやりとりがあったが、検問の兵士のひとりがその運転席に近づいて窓を叩きはじめ、会話は不意に途切れた。後ろの兵士が汚れたアサルトライフルを運転手に突きつけているのが見える。別のふたりの兵士が、土埃のなかエンジンをかけたまま止まっているハリの車に近づいてきた。

「最初におれが話す」ハリは冷静に言った。「誰も怪我をせずに助かるチャンスがまだある」

デルガドはうなずき、静かにスーパーショーティの安全装置をはずした。

兵士のひとりが車に近づいてきて窓を叩いた。もうひとりの兵士が威嚇するように撃鉄を起こす。

ハリは慎重に窓をおろした。「どこに行くんだ？」兵士が訛りの強いアラビア語でたずねてきた。

「いとこと一緒に、妹を連れて家族に会いに行くんです。母親が病気で、ひとり娘に会いたがってるもので」

兵士は後部座席に目をやって確かめ、デルガドに向きなおった。「いとこと言ったな。どこから来た？」

「バトネイだ。どの道も危険なんで、一緒に来るのがいいだろうと考えて」

「それで、こいつはそこで何をしている？　自分で答えさせろ」

ハリは絶望のまなざしでデルガドを見つめた。デルガドはアラビア語もクルド語もしゃべれない。ハリはそれを知っていた。

「おれはアル・ハムドゥリに仕えてる」デルガドは、まっすぐ前を見据えたままアラビア語で答えた。

ハリは舌を嚙んだ。窓のそばにいた兵士は驚いてまばたきし、微笑んでハリに向きなおった。「おまえはきっと強い戦士に違いない。ここでの安全は保証されているぞ、友よ」

ハリはつかのま何も言うことができず、それからたどたどしく答えた。「そう言ってもらえるとありがたい。彼は名誉を――」

一発の銃声が響いた。ＩＳＩＳの兵士もハリも、その音がした前の車のほうを向いた。運転席側に立っている兵士が銃を構えている。後部のガラスに血が飛び散っていた。

車の近くにいた兵士たちが振り向いて銃を構えるのを見て、ハリの目は恐怖に見開かれた。デルガドが最初に動いた。膝の上の銃を構えて二発撃つ。最初の一発は車の一番近くにいた兵士の胸にまともにあたった。腕を激しく振りまわしながら後ろに倒れる。二発目はもうひとりの兵士の右肩を直撃。その衝撃で体をぐるっとまわして叫び、銃を落とした。「行け」デルガドは叫び、ドアの外に後ろ向きに身を投げた。

地面に倒れ込むのと同時に転がる。車は右に曲がって道をはずれ、激しい土埃をあげて加速した。前の車の運転手がハンドルに突っ伏したせいでクラクションが鳴り、そこにいたふたりの兵士はどちらを見ればいいか迷った。倒れた仲間か、逃げていく車か、土埃のなかから自分たちに襲いかかってきた男か。

デルガドは止まっている車の脇に飛び込み、銃弾があたって車の窓ガラスが割れて飛び散る下に身をかがめた。車のなかから悲鳴が聞こえ、デルガドは乗っている者が撃たれていないことを願った。いっそう体を沈めて車台の下から撃ち返す。

弾倉は残りひとつ。これに賭けるしかない。

その一撃は、車の脇にいた兵士の足首にあたった。悲鳴をあげ、銃を撃ちながら後ろに倒れる。もうひとりの兵士が悪態をつきながら地面にあわてて伏せ、デルガドはその隙を突いた。車のボンネットに沿ってまわり込みながら撃ちつづける。銃弾ははずれたが、相手の兵士は伏せたまま這い進むしかなく、そのあいだにデルガドは車の反対側にたどり着いた。スーパーショーティを捨て、地面に落ちている死んだ兵士のアサルトライフルをつかむ。伏せていた兵士が必死に撃ち返してきて、銃弾が地面を縫うようにして迫ってくる。デルガドは右に飛んでかろうじてかわし、また撃ち返した。三発つづけて銃声が響き、伏せていた男が倒れ込んだ。

デルガドはようやく大きく息を吐き出し、倒れている兵士を確かめていった。ふたりは死んでいて、ふたりは出血して意識を失っている。

デルガドは前の車に近づいた。運転手は座席に突っ伏し、顔は血まみれだ。あちこちに血が飛び散っている。窓、座席、床、後部座席のふたりにも。そのふたりは女性と子供で、デルガドが割れた窓越しになかをのぞき込んだとき、じっと見つめ返してきた。窓すべてとドアには銃痕が刻まれている。車内は焼けたプラスチックと生臭い血と煙が混ざり合った強烈な匂いが漂い、割れたガラスのかけらがあちこちに飛び散っていた。ダッシュボードに置かれた携帯電話の真ん中を銃弾が貫いている。その穴が、あまりに近くで起きた虐殺のおぞましさを実感させる。

「おれはきみたちを傷つけたりしない」デルガドは穏やかに呼びかけた。アサルトライフルを捨て、両手を開いて上げてみせる。「言葉はわからないかもしれないが、助けに来たんだ」

子供は――女の子だ――今では母親にすり寄っていた。女性はデルガドを見つめている。外では、死んだ兵士のひとりの腰にとりつけられた通信機から、返事を求めて呼びかける声がむなしく聞こえていた。彼方には、もはや連絡をとるすべもないほど遠ざかったハリの車が立てる土煙が見えた。

またしても、通信機から切迫した怒鳴り声が響く。あの調子だと、返事がないことにいらだってすぐに確かめに来るだろう。そのときまだここにいたら、助かる見込みはない。

するべきことはひとつだけだ。

デルガドは車内に手をのばしてボタンを押した。奇跡的にトランクが開く。

彼は素早く戦闘の痕跡を消していった。敵の薬莢《やっきょう》は固い地面に落ちたままにし、自分の薬莢だけを拾い集める。死体を見つけた者は、いったいここで何が起きたのか戸惑うだろう。残っている武器を集めて助手席側に投げ入れ、ＩＳＩＳが死体を見つけたとき、それ以外の痕跡ができるだけ残っていないようにした。重傷だった兵士のひとりは、改めて確かめるとすでにこときれていた。もうひとりは治療を受ければまだ助かるかもしれない。デルガドは振り返って車に目をやり、運転手の命を奪い、後部座席の女性の命を守った運命のいたずらについて考えた。正当防衛と報復とを隔てる、とてもわずかな違いについても。

それから膝をついて兵士の肩に包帯代わりの布を巻いてやり、その体を起こして支えた。男はうめいたが、デルガドは無視した。慈悲にも限りがある。そのあと兵士をトランクに投げ込んでボンネットを閉めた。窮屈だろうが、座席に座らせるつもりはなかったし、熱い日射しのもとでこのままここに放置すれば、ゆるやかな死が待ち構えているだけだ。

デルガドは心を決めて運転席に戻った。そこには死んだ運転手がまだ突っ伏している。大きな体、もじゃもじゃの髭、かつては笑いじわがあったように見える顔。

「彼をここに残していく気はない」デルガドは、自分の言葉が理解されないことを知りつつ、それでも口調で何かが伝わることを、そして彼がしたことを見てその意図を理解してくれることを願いながら言った。

死体をできる限り丁寧《ていねい》に助手席に移し、積み上げた武器の脇にそっと置いた。ここに残して敵の手に渡すつもりも、ハゲワシの餌にするつもりもない。ハリの仲間が家族のもとに連れ帰り、埋葬してくれるかもしれない。運転手の名前を知っている誰かが家族を見つけてくれるかもしれない。

デルガドが乗り込むと、運転席はまだ乾いていない血でべたついていた。その血がシャツやパンツを通して肌まで染み込む。ハンドルも濡れていたが、彼はそれを無視した。キーはイグニションに差し込まれたままで、エンジンがうなりつづけている。それはささやかな恩《おん》寵《ちょう》、彼の行為への祝福のしるしなのだろう。デルガドは感謝の祈りをそっと口にし、ギアを入れた。車もこの場所から立ち去ることを待ちかねていたのか勢いよく飛び出し、彼も関わった惨劇の場から遠ざかった。

車が走り出してからしばらくして、ようやく幼い少女は泣きはじめた。

はるかのち、ハリはどうしてあのとき口にすべき言葉を知っていたのかとデルガドにたずねた。デルガドは顔をそらした。「あれは、おれたちがとらえた囚人を尋問するたび、相手が口にしていた言葉だ。あの言葉しか口にしなかった。そして通訳から、それが部隊の名前であり、名誉のしるしだと教えてくれた」

「尋問?」

「尋問とは呼べないしろものだった」デルガドは言った。「おれがあそこにいたあいだは。おれは……中央情報局《CIA》から交代の男が来たとき、反対したんだ。そのせいで職務をはずされ、それであの日あんたと一緒にいることができた。神のはからいは謎だ」

「神は偉大だ」ハリが答えた。「アッラーフ・アクバル」ふたりはドホークの静かな店でコーヒーを飲みながら、親密な沈黙にひたった。

やがて、ハリはコーヒーを飲み終えてカップを置いた。

「家に帰るのか？」

「合衆国に戻るんだ。家じゃない。おれと話したがっている男がいる。おれがしたことに興味を持ったようだ。立派な行為だと思ってくれたのかもしれない。あるいは、少なくともおれが何かに使えそうだと思ったのかもしれない」

「そのふたつはまるで違う。とても危険だぞ、友よ。気をつけてくれ」

「ああ」デルガドは立ち上がり、金をテーブルに投げた。「あのときの女と子供は……」

「幸い恵まれた環境にいる。サビーンと彼女の子供たちは、ハンガリーに向かっている。あそこには支援者がいる。難民の経済支援に全力を尽くしているヤジーディー族の資産家だ。アミラと娘のサナアは、キルクークにいる。そこで彼女たちの家族が難民として暮らしているんだ。少なくとも家族が一緒になることはできた」

「おれが運んだ男は？」

「手術台で死んだ。そう聞いている」

「そうか」

「それでも、とても寛大で慈悲深い行為だった。きっと報われるだろう。そう信じている」

「たまにはあんなことを考えるやつがいてもいいだろう。さよなら、ハリ」

「さよなら」

デルガドが去ると、ハリはもう一杯コーヒーを注文して、一台目の車の修理費用はどれくらいかかるだろうかと考えはじめた。風変わりなアメリカ人と一緒であろうとなかろうと、脱出したいと願う人々がまだたくさんいるのだ。

7

ジャングルに道と呼べるものはなく、逃げる男と追っ手が茂みを乱暴にかき分けた跡が残っているだけだ。先ほどとは逆に、今度は追う者が追われる者になっている。

兵士はホルトよりゆうに二十メートルは先んじていたが、ジグザグに逃げているのに加えて地面がでこぼこなせいで、全力で走ることができなかった。一方で、ホルトは湿ったジャングルの地面を無駄なく、たしかな足取りで走りつづけた。

「ホルト！　やったか？」ノマドの声が耳に響いた。

「追跡中！」ホルトは曲がり角で足をすべらせ、自動小銃の掃射にあやうくずたずたにされかけた。

「くそっ！」ホルトはすべった勢いにまかせて、そのまま深い下生えに飛び込んだ。銃弾が背後の葉むらを切り裂く。銃撃音がやみ、素早く遠ざかっていく足音が響いた。

「間抜けだった」ホルトは悪態をつきながらすぐに立ち上がり、今度は用心して少し速度を落としながらまた追いかけはじめた。「待ち伏せされることくらい予想しておくべきだった」

やつはもう一度試すかもしれない。今はたまたま幸運に救われただけだ。同じ轍《てつ》は踏まない。

ホルトはつかのま立ち止まった。草むらをかき分けて兵士が逃げる音が左手前方から聞こえる。「見つけたぞ」そう言うなり、道を離れてジャングルに飛び込んだ。

ママ・モレッタの息子が知っていることがひとつあるとすれば、それは森のなかでの走り方だ。

実のところ、このジャングルと、子供時代に走りまわったイトスギの湿地帯にさしたる違いはない。地面はここのほうが少しだけしっかりしている。植物の種類は違うが、基本は一緒だ。動きつづけること、足もとを見ること、目標に向かってまっすぐ走るのではなく木立のなかを抜けていくこと。前方でまた銃声が聞こえた。見えない追っ手におびえて、やみくもに撃ちまくっている。ホルトは微笑んだ。いいぞ。ああして時間をかけてくれればこちらの思うつぼだ。彼は細い流れを飛び越えた。水音が足音を隠してくれる。ホルトは走りつづけた。兵士の立てる音が今ではさらに近づき、緑の茂みと湿った重い空気を通してさえ荒い息づかいまで聞こえる。また間があき、銃声が響いて悪態が聞こえた。兵士はまた走りはじめたようだが、足音はいっそう乱れ、ペースが落ちている。

ついにホルトは兵士を追い越した。

今では混乱したざわめきが聞こえていた。叫び声、悲鳴、炎がはぜる音、小型銃器の発射音。どうやら近くに村があるようだ。逃げている兵士がそこまでたどり着いてしまうと、少しばかり厄介なことになる。

そうはさせない。

ホルトはいったん歩調をゆるめ、道があるはずの方角に向きを変えた。緑のカーテンをかき分けつつ進む。こんなとき、ミダスの鉈があればとつい思ってしまう。それから木立を抜けて道に出た。近づいてくる足音が聞こえる。疲れ果て、よろけ、息を切らす姿が見えるようだ。兵士は立ち止まり、最後にもう一度後ろに向かって撃ってから、角を曲がって待ち受けていたホルトの前にもろに飛び出した。

兵士はパニックになって目を丸くした。あわてて銃を構えようとし、その勢いであやうく後ろに倒れそうになり、助けを呼ぼうと口を開いた。

ホルトは兵士の胸に三発撃ち込んだ。叫び声があえぎになって、彼は地面に崩れ落ちた。兵士が倒れるのを待たずに、ホルトは動いた。数歩でその脇に立ち、男の銃を森のなかへと蹴り飛ばし、同じように草むらに隠すために死体をつかんだ。この男の仲間が来たとき、道端に彼らを警戒させる何かがあってはまずい。

それに巡回中の兵士にとって、不意に仲間が消えるほうが、その死体を目にするよりもはるかにやる気をなくさせる。そのことをホルトは遠い昔に学んでいた。

死体を道からはずれた濃密な木立の背後、念入りに調べない限り見つからないあたりまで引きずった。

「ホルト」ノマドの声がまた聞こえてきた。「逃げたやつは始末したか？」

「仕留めた。ただ、助けを呼ぼうとしていたようだった。村にはまだ敵が残っているかもしれない。戦闘のような音が聞こえている。ここから五百メートル以内だ」

「調べてくれ。ただし撃たれない限り手を出すな。ウィーバーがそちらに向かっている」

ホルトはかすかに笑った。「急がないと美味しいところはもらっちまうと伝えてくれ」

ノマドは冗談を楽しむ気分ではないとばかりに言った。「命令に従うんだ、ホルト。何か起きてるかどうか確かめて報告しろ。敵がうじゃうじゃいる村に単独で飛び込むな」

「おれも信用がないな。相手が住民だけならいいのか？」

間があいた。「やってみろ。ただし慎重にな」

「わかった。ホルト終わり」

ホルトは死者に向かって会釈した。兵士仲間に対する別れの挨拶だ。それから村へと歩きはじめる。

ジャングルはすぐに開け、村の様子が目に飛び込んできた。全部で十軒ほどの家があるが、そのうちのひとつが激しく燃えている。開けた一画の奥には、ネグロ川までつづく排水路とおぼしき深い溝が掘られ、キャッサバ畑が川まで広がっていた。わだちが刻まれているのでかろうじて道路とわかる筋がのび、小川にかかる粗末な橋を越えてジャングルまでつづいている。広場の真ん中には使い込まれたトヨタのピックアップトラックが停車し、そこに緊張しているふたり組の兵士が見張りに立っていた。村人たちはふたりから少し離れたところにまばらに集まっている。兵士が銃を持っていなければ、すぐにも飛びかかりそうに見える。それから、ふたりの村人が倒れている姿が見えた。撃たれたか、あるいは鈍器で殴られたような傷があり、村人たちがその脇にかがんで介抱しようとしていた。

「ホルト、こちらウィーバー。そちらに向かっている。おれが着くまでお楽しみはおあずけだ、いいか？」

ホルトは振り向いてジャングルを見た。ウィーバーがあとどれくらいかかるかも、いつ状況が変わるかもわからない。

「約束はできないな、ウィーバー。のんびりはしてられそうにない」ホルトは片膝をついてライフルで左側の兵士を狙った。村人たちは騒ぎはじめており、あたりには血と煙の匂いが垂れ込めている。もうひとりの兵士が何か叫んだが、村人たちは素直に応じなかった。不満のつぶやきがしだいに大きくなり、村人たちが前進する。兵士たちはトラックの運転台のほうに一歩あとずさった。右側の兵士が銃を構え、村人たちが迫ってくるとその砲身を乱暴に振りまわした。

ホルトはちらりと振り返ってみた。「ウィーバー、急いだほうがいい」しかし視線を戻す前に、銃声があたりを切り裂いた。

「ホルト！　状況は！」

ホルトは引き金に指をかけて村に向きなおった。ぴりぴりしていた右側の兵士が、警告代わりに空に向けて何発も撃っている。しかし、効果はないように見えた。村人たちはなおもじりじりと前に進んでいる。女がひとり、地面に倒れている者を抱いてすすり泣いていた。その様子が村人たちの怒りをかきたてている。

何かひとこと発せられるか、あるいは何かが少しでも動くだけで、たちまち暴動が起こりそうだ。兵士が撃ちはじめて死体が積み上がる前に、おそらくふたりのどちらかしか倒せない。ホルトはそう判断した。

「まだ死者は出ていないが、やばい状況だ。武装した敵がふたりとトラック。集まっている村人たちが興奮してそのふたりに迫ってる」

兵士たちはまた一歩下がった。どちらもおびえている。ホルトが隠れている位置からも、目を大きく見開いているのが見えた。片方の兵士がトラックの後部にぶつかった。もうひとりがそちらを向いて何か怒鳴る。相手はうなずき、運転席に近づきはじめた。

兵士は運転席側のドアに手をのばしてさっと開け、木立に向かってまた銃を乱射した。それを合図に、もうひとりが運転台のほうに動きはじめる。どうやら、ジャングルのなかに駆け込んだあと戻ってこない仲間たちを待つつもりはないようだ。

となると、まったく別の問題が生じる。

「おい、ウィーバー、聞こえるか」ホルトはささやいた。ふたり目の兵士が運転台のドアを開け、仲間に合図した。彼が乗り込むとトラックのエンジンが大きくうなり、黒々とした煙を吐き出した。

村人のひとりが咳き込み、前によろける。

それが引き金になった。

ホルトは銃口が上がるのが見えた。兵士の引き金にかかる指に力が込められるのと同時に、ホルトは銃を撃った。

銃弾は兵士の耳の下にもろに命中した。彼はもんどり打って倒れ、痙攣を起こした指が引き金を引いてライフルが空中に向かって怒ったように吠えた。

村人たちは散り散りになった。地面に倒れ込む者、逃げまどう者、負傷者を守るように覆いかぶさる者。もうひとりの兵士がドアを叩きつけて閉め、アクセルを踏み込んだ。タイヤが地面に食い込んで泥が跳ね上がり、トラックは急発進してそばにいた男をなぎ倒した。ホルトはさらに何発か撃った。銃弾がトラックの側面にあたり、金属同士がぶつかる音が立てつづけに響く。兵士はハンドルを左に切り、ホルトとのあいだに逃げようとしていた村人たちをはさみ込む位置になった。

ホルトは森から猛然と飛び出した。村人たちの何人かが銃を手にした新たな乱入者を見ておびえ、悲鳴をあげる。ホルトは彼らを無視した。今はとにかく、村人たちをどかせてトラックが走り去ってしまう前に運転している男を殺さなければならない。

進路の先には家がある。ホルトは鋭く左に曲がり、その角をぐるっとまわって走りつづけた。建物の裏手から、そのあいだに距離を稼いだトラックのエンジン音が聞こえてくる。前方にはジャングルまで道がのびる開けた一画が見えたが、相手をうまく狙える角度が確保できない。ホルトはライフルを胸に抱えたまま向きを変えた。

そこにトラックが飛び出してきた。車体が大きく揺れ、タイヤを泥に食い込ませ、ホルトめがけて猛然と迫ってくる。

逃げる余裕はない。ホルトは銃を構えて撃ちはじめた。最初はタイヤ、次に運転席を狙う。ガラスが砕けて飛び散り、兵士は素早く伏せた。トラックはなおも迫ってきたが、左右に大きくぐらつき、裂けたタイヤがはずれてフレームだけで走りつづけた。銃弾がボンネットを這いのぼって運転席まで穴をあけていく。煙が吹き上がり、シートの詰め物が飛び散ったものの、それでもトラックは止まらなかった。

ホルトは最後にもう一度引き金を引き、衝撃に身構えた。

その刹那《せつな》、ジャングルから銃声が響き渡った。ハンドルの向こうから赤い泉があふれ出て、トラックが右に曲がった。ホルトは脇に飛んでかろうじて逃れ、トラックはそのまま木に激突した。

「大丈夫か、ホルト？」ウィーバーは、その答えをもう知っているかのような口調だった。

「遅くなってすまない」

「まったくだ」ホルトは体を起こして土を払った。「引き続き援護を頼む。村人がおれたちは味方だと思っているのか、まだわからない」村人たちはすでに彼に近づいている。

ウィーバーの声が冷静に響いた。「銃をおろして、両手を上げるんだ。おまえが危険じゃないことを伝えろ」

「本当にそれが正解か？」ホルトは銃を肩にかけたまま、ゆっくり両手を上げた。「援護してくれているんだろうな？」

「もちろんだ。さあ、にっこり笑え」

ホルトは無理やり笑顔をつくった。「やあ、おれは友だちだ」近づいてくる村人たちにうなずきかけ、笑ってみせる。

村人たちはホルトをよけるように脇を通り過ぎ、トラックに近づいた。少なくとも今はまだ燃え上がっていないが、車体は正面から木にめり込み、かろうじて残っているボンネットもゆがみ、つぶれている。それでもドアを開けることができたので、彼らは息絶えた兵士を引きずり出した。本当に死んでいるのか確かめるかのように地面に横たわらせる。頭はぐしゃぐしゃにつぶれ、ウィーバーの一撃が確実かつ迅速に命を奪ったことは明らかだった。

村人たちは満足したらしく、ようやくホルトに向きなおった。

ホルトは一歩下がった。英語で、次にスペイン語で話しかけてみる。「わかるか、おれは友だちなんだ」

がっしりした体格で禿頭の男が地面に倒れている兵士とホルトを指さし、スペイン語で答えた。「おまえは兵士か？　アメリカ人か？　ここで何をしている？」

ホルトは精いっぱい親しげな笑顔をつくってみせた。「あんたの村を襲ったやつらを、あいつらをなんとかするために来た。それで……ミダス？　助けてくれないか？」

それに応じて、村の向こうから大きな声が聞こえてきた。その場の全員が振り向くと、ミダスが両手を上げ、スペイン語で早口にしゃべりながら茂みから出てくるところだった。それまでホルトに質問していた男がすぐにミダスに駆け寄り、しばらく緊張した様子で話したあと、振り向くと大声でいくつか指示を出した。何人かが家のなかに駆け込み、すぐにシーツと太い木の棒を何本か持って出てきた。それを組み合わせて間に合わせの担架をつくると、ジャングルのなかに走っていく。村の年長者がそれを見送り、ミダスに向きなおった。彼はまた少し話したあとミダスを抱きしめた。残っていた村人は散り散りになり、ある者は怪我人の手当てをはじめ、ある者は燃えている家にバケツリレーをするため川に走っていった。

やがて、抱擁を終えたミダスがホルトのところにやってきた。「あれがこの村の村長だ。名前はエルビエル、彼らはバニワ族だ。助けてくれてありがとう、ぜひともお礼をしたいと言っている」

「おれはスペイン語を話せるが、それはあいつが言った科白《せりふ》そのままじゃない。そこまで友好的ではなかった」ホルトは吐き捨てた。ウィーバーが笑う声が聞こえる。

ミダスはかすかに戸惑った顔になった。「川の近くでおれたちが助けた男は、エルビエルの息子だ。村長は感謝しているが、いささかややこしい事情があるそうだ」

「そうだろうさ」ホルトは周囲を見まわした。「それでどうする？　遅かれ早かれ、トラックがいつまでも戻ってこないことに誰かが気づくだろう」

ウィーバーが木立から出てきたのと同時に、ノマドの声が回線から聞こえた。「担架が到着したぞ、ミダス。手配してくれてありがとう。ホルト、こっちに戻ってくれ。荷物をおろして、ボートを動かしたい」

「まったく人使いが荒いぜ」

ミダスが割り込んだ。「村にはまだ怪我人がいる。支援する許可を」

間があいた。「認める。ウィーバー、おまえはミダスの後ろについて、また敵がやってこないか目を凝らしていてくれ」

「了解」彼らは解散し、ホルトは木立のなかに姿を消した。


ホルトはノマドが待つ地点まで戻る途中、担架を運ぶ村人とすれ違った。道からは離れ、その脇を歩いていたので、彼らには気づかれなかった。けれどもノマドのほうは、包帯を巻かれ、青ざめているがまだ生きている村長の息子の姿をしっかり見ることができた。村人たちは彼を揺さぶらないよう気をつけながら急いでいた。

ノマドはボートに乗っていて、袖とパンツには血がついていた。「ホルト、ドローンと必要なものを選び出してくれ。そのあとボートを引き上げて、川から見えないように隠す」

「人質のところまで歩くのか？」

「そうだ。歩ける距離だし、川を進むのは考えれば考えるほど得策でない気がする。さあ、急げ」

ふたりは協力して、ホルトのドローンのほかに数日間はかかりそうな旅に必要な荷物や、人質が拘束されている場合それを解く装具、予備の弾薬をおろした。ホルトはコレアから渡されたビールのクーラーボックスもおろした。

「本気か？」

「走ると喉が渇くんだ」ホルトは弁解めかして答えた。ビールを一本とり出し、クーラーボックスはボートに戻す。「やらないぞ」ホルトのひとことに、ノマドはあえて何も言い返さなかった。

荷物をおろしたあと、彼らはボートを土手のできる限り奥まで運び、ふたたび嵐になっても流されないよう、とりわけ太い木に紐《ひも》で縛りつけた。しっかり固定したあとカムフラージュ用のネットをかけ、ホルトが切った枝をノマドが船体に積み重ねていく。作業が終わったときには、ふたりとも汗だくで疲れきっていた。太陽が川の向こうに沈みかけている。ビールはとうになくなっていた。けれども作業の甲斐あって、よほど注意して見ない限りボートは茂みか堆積物にしか見えなかった。

彼らは荷物を背負って内陸に向かいはじめた。しばらく無言で歩きつづけたが、ホルトがこらえきれず口を開く。

「少佐、言わせてもらうが、こいつはうまくないぜ」

ノマドは彼を見つめた。「歩いていくことがか?」

ホルトは首を振った。「違う。村人との一件だ。たしかにあの時点ではああするしかなかったが、めでたい結末が見えないんだ」

「どういうことだ」

「第一に、そのせいで遅れればそれだけ人質たちの危険が増す。第二に、おれたちは——待ってくれ」ホルトは小径《こみち》をはずれて駆けていった。逃げた兵士たちの武器を持って戻ってくる。「こいつは役に立つかもしれない」

「そうだな。ほかの武器も誰かにとりに行かせよう」

ホルトは袖で額をぬぐった。「とにかく、話がややこしくなったのは間違いない。あいつらが戻らなければ、ウルビナかその手下が何か起きたと気づくだろう」

「たしかに。だが、もう後戻りはできない」

ホルトは首を振った。「いいだろう。だが、これはどうだ? ウルビナは手下がやられたことに気づいたら、仕返しをしようとするだろう。きっとあの村を襲って皆殺しにしようとするだろうが、おれたちには村人を助けることはできない。エルビエルたちを守るために残ったら、任務がおしゃかになって人質は死ぬ。目標に向かうしかなく……」

「何が言いたいんだ、ホルト？」ノマドは静かな声で問いかけたものの、表情は険しかった。

ホルトは咳き込むように言った。「言いたいのは、助けるべきじゃなかったということだ。よかれと思ってしたことが、結局は裏目に出てしまうんだ」

つかのま沈黙が流れ、ふたりは木立を抜けて村に入った。「いいか」ノマドが口を開いた。

「おれたちはもう関わってしまった。せめて状況を少しでもよくするために、対策を考えた」荷物を地面に置く。「ミダス！　こっちに来てくれ！」彼はホルトに向きなおった。「これを村長に渡してこい。彼は村の誰が銃を使えるか知っているはずだ。それから話をしよう」


兵士たちがジャングルに逃げ込もうとした道は、実のところ、人がくり返し通り、ときおり草を燃やしたり鉈で刈ったりして通り抜けられるようになっているわだちでしかなかった。ノマドは、その表面に深くえぐれたタイヤの跡があるのを見た。雨が降ったら、四輪駆動車と熱烈な祈りなくしては、まず通れそうにない。

簡素な木の橋を渡ってしばらく進み、村から百メートルほど離れたあたりで、その道は急に右に曲がる。カーブの先は見通しがきかなかった。沼地が広がり、地面から飛び出している巨大な根があるせいで、大きく迂回《うかい》しなければならないのだ。

その曲がり角を過ぎると道はジグザグになってジャングルのなかに入っていく。その先はいっそうでこぼこになるため、まともな頭の持ち主であれば道をつくろうなどとは絶対に考えないはずだ。

「これならいける」ノマドは心のなかでつぶやき、通信機のスイッチを入れた。「ミダス。状況は？」

返事があるまで少し間があいた。「撃たれたふたりは助けることができた。ひとりは脚、ひとりは肩を撃たれてる。もうひとりは死んだ。おれたちがここに着く前に、ほかに三人が殺されてる。手の施しようがなかった。それ以外にも何人か殴られ、脳震盪《のうしんとう》を起こしたり、骨折したりしてる。できる限りの手当てはした」

「了解。よくやった。ここで何があったかわかるか？」

「だいたいのところは。どうやらアマゾナスの警備兵が定期的にこの村を通っていたようだ。ときどき物の売り買いをしたり、村人のものを勝手に奪ったりしていた。村人たちは争うよりはましで、みかじめ料のようなものだと思ってあきらめていたようだ。けれども搾取があまりにひどくなり、今回、警備兵が村に来たときエルビエルが要求を突っぱねた。最初は兵士がこづく程度だったのが小競り合いになり、ついには発砲に至ったというわけだ」また間があいた。「兵士たちは激怒した。エルビエルの息子の話では、そいつらが銃を撃ちはじめたので村から引き離そうと考えて逃げたらしい。それ自体は正解だったと思う。だが今は

――やつらがまた戻ってきて、武力に訴えると考えている。それで荷物をまとめてこの村を出るつもりだが、動けない怪我人もいる」

「いったいどこに行くつもりだ？」

「そこまではわからない。今は混乱しきっている。ボートは沈められ、川を渡ることができない。かといって、われわれが下流まで乗せていくこともできない……」ミダスの声が途切れた。「命令は？」

「彼らに伝えろ――」ノマドは一瞬考えた。「待ってくれ。こんなことになる前、彼らは兵士たちに何か売ったりしていたんだな？」

「そうだ」

「村人が兵士たちのところに行っていたのか、それとも兵士が姿を見せるのを待っていたのか、わかるか？」

「わからない」

「確かめろ。もしキャンプまで歩き慣れたルートがあるなら、それを知りたい。村をまだ離れないよう頼んでくれ。今回の件は、おれたちの問題でもある。ウィーバー、聞いているか？」

「聞いている。どうすればいい？」

ノマドは深く息を吸い込んだ。「トラックだ。動くかどうか確かめてくれ。ミダス、村の誰かに手伝ってもらえないかきいてみろ」

「こいつはもう動かないぞ」ウィーバーが割り込んだ。

「わかってる。それを押してここまで持ってきてほしいんだ」

「ここというのは？」

「敵のトラックが猛スピードでカーブに突っ込んでくる場所だ」

ウィーバーは愉快そうに笑った。「いいアイデアだ。のったよ」

「ホルト？」

「ああ？」

「逃げた連中は敵の銃を持って戻ってきたか？」

「ああ、だが銃弾には限りがある」

「それは気にするな。村長と相談して、その銃を使える連中に渡すんだ。そして、できる限り使い方を教えろ」

ホルトは驚いたような声を出した。「言わせてもらうが、おれはエンジニアで射撃のインストラクターじゃない」

「おまえはゴーストだ、くだらん言い訳はやめろ。銃の撃ち方を教えられないなら、この部隊にはいないはずだ。本当に自信がないなら、ウィーバーの助けを借りろ」

「了解」ため息交じりの返事が聞こえた。

「全員わかったな。日が暮れかけている。急ごう」

十五分後、ゆがんだ金属がきしむ音が聞こえてきて、ウィーバーがトラックを運んできたことがわかった。

ノマドは道に鋼線を張って手榴弾を仕掛けていた手を止めて立ち上がり、トラックを押してきたウィーバーと村人たちに手を振った。彼らがカーブから数メートルのところまで来ると、止まるよう合図する。

「止まれ、止まるんだ。充分に離れてくれ」

トラックは甲高い音を響かせて止まり、運転席に座っていた男が飛びおりた。ウィーバーはその男の背中を軽く叩き、ノマドに歩み寄った。「トラック一台、注文の品を梱包して配達完了」

「素晴らしい」ノマドはトラックを見つめた。「よし。サイドミラーをはずして、残っているガラスも全部払い落としたあと、葉や枝で覆って隠すんだ。木漏れ日が反射して気づかれたくない」

ウィーバーがうなずいた。「そのあとは？」

「誰もこの道に近づかないようミダスに監督させてくれ。ほかのサプライズも仕掛けるから、われわれの〝お友だち〟にそれを壊されたくない」

「それから目標に向かうのか？」

「そうだ。それからできれば――」

「ここを通るやつを狙える手頃な狙撃地点を探したあと、村に隠れる場所をつくれってか？　とっくにやってるよ」ウィーバーはいかにも不本意そうに首を振ってみせた。「知ってたら教えてくれ。こうしておまえの命令を予想しつづけてる姿を見て、複雑な命令を思いつく明《めい》晰《せき》な洞察力に感じ入って、おれにもチームを持たせてもらえるかな？」

ノマドは笑った。「それはどうかな。それに、おまえにはおれがつけ上がらないよう、そばにいてほしい」

「その気持ちはわかる」

トラックを隠す作業がほぼ終わった頃、ミダスがエルビエルと並んで道を足早に歩いてきた。ノマドは立ち上がってふたりに歩み寄り、村の長に敬意を示した。

「少佐」ミダスは何か思いついたことがあるらしかった。「村長が話があるそうだ――」彼が言い終える前に、村長はジャングルを身振りで示しながら話しはじめた。

「彼はなんと言っているんだ？」

ミダスは待てとばかり指を差し上げ、村長がひと息つくと答えた。「兵士たちは怠け者だと言ってる。彼らが村に来るときに使うこの道は、楽だけれど時間がかかるし、曲がりくねっていて一番の近道じゃない。やつらのキャンプまでもっと早く行ける道を知っているぞうだ。ジャングルを抜けることになるが、今から行けばたぶん二時間で着くらしい」

「それは素晴らしい。だが、おれたちはやつらのキャンプに行きたいわけじゃない。それはおぼえているか？　研究者を救わなければならないんだ」

「少佐」ミダスは一拍置いてつづけた。「村長は、村人たちが先日そのキャンプに立ち寄ったときに、兵士ではない人々を見かけたとも言っている」

「兵士じゃない？」

ミダスは手首の端末を軽く叩いた。「村長にクロッティ教授と助手たちの写真を見せた。村長がそばに呼んだ男は、キャンプで見たのはこの三人だと断言した」

「そんなあいまいな情報だけで、人質が移動していると信じるのか？」

「ああ」ミダスがエルビエルに目をやった。「このことで彼が嘘をつく理由はない」

「ずっと悩まされてきた敵をおれたちに始末させたいと思っているなら、嘘をつくかもしれない」ウィーバーが割り込んだ。「その点は考慮に入れといたほうがいい」

「その場合でも、有用な情報を得られる可能性は高い」ミダスの声は落ち着いていた。「少佐、おれは村長を信じている。ウィザードの情報よりも最近の話だし、やつらが自分たちの基地に連れていくのも理にかなっている」

ノマドはミダスの目を見つめた。「わかっているのか。もし間違っていたら、とり返しのつかないことになるかもしれないんだぞ」

「承知してる」

「それでも信じるのか？」

ミダスは二度うなずいた。「信じる」

「わかった、いいだろう」ノマドはウィーバーに向きなおった。「計画を変更する。これからやつらの拠点を襲う」周囲を見まわす。「これ以上の遅れは許されない。ミダス、エルビエルに近道を教えてもらうんだ。礼を伝えておけ」

「わかった。彼は、その、心配はいらないとも言っている。殺した兵士から奪った銃とおれたちの支援があるので、自分たちだけで守れると。おれたちが残る必要はないそうだ」最後のほうはミダスも戸惑った口調だった。

ウィーバーが顔をしかめた。「少佐、おれたちが渡した武器を駆使したところで、戦闘のプロが本気でかかってきたら勝ち目はないぞ」

「その話はやめておけ、ウィーバー」ノマドは静かに答えた。もっと大きな声で告げる。

「命令はわかったな、ミダス。ウィーバー、遊びの時間は終わりだとホルトに伝えてくれ。太陽はまもなく沈む。当初の予定に戻る」

幕間──ウィーバーとノマド

作戦は簡単だった。あまりに簡単で、ジョーカーはそもそもどうしてゴーストを呼んだのかとぼやいていた。無人機の試作機がペルーの紛争地域に落ち、アメリカ──そして国防情報局《DIA》──は、ほかの誰かにそれを奪われたくないと考えた。〝ほかの誰か〟というのは、麻薬カルテル、コロンビア革命軍、手っ取り早く金がほしい政府軍、あるいは合衆国政府が雇っていない誰かのことだ。

「どうしておれたちがここにいるのか、もう一度言ってくれるか?」

新しく加わったウィーバーという呼び名のスナイパーが口を開いた。ノマドは彼とともに訓練をしたことがある──GSTすなわち特殊作戦部隊では、どこかで一緒に訓練することになる──けれどもノマドとジョーカー、それにセージは、ウィーバーとはこれまで一度も同じ任務についたことがなかった。ウィーバーは謎の存在で、元海軍特殊部隊であることと、とても目立つ顔の傷を負った経緯を決して話そうとしないことしか知らない。

ヘリコプターの回転翼の音にかき消されないよう、セージは忍耐強く説明をつづけた。

「DIAは、これまで安全とされていた空域でコカノキ畑を偵察するという名目で試作機を飛ばしていた。将来の危険区域での活動のための予行演習だ。だが、なんらかの問題が生じて、それが無人地帯に落ちてしまった。なんとしても回収しなければならない。回収に失敗した場合は破壊しなければならない」

「ちくしょう、おれならここから撃てるのに」ウィーバーが言った。ノマドは思わず笑ってしまい、ジョーカーににらまれた。ジョーカーの部隊では、誰もふざけてはならない。そうやって彼は今の評価を手に入れた。

セージは何もなかったかのようにつづけた。「落ちた地域のことはよくわかっているが、正確な落下地点はつかめていない。そのため、ジョーカーとおれは捜索区域の端におりる。ウィーバー、おまえはノマドと反対端におりるんだ。両側から調べていって、真ん中で落ち合う。敵と接触するか目標を見つけたとき以外、通信機は切っておけ。わかったか？」

「了解」ノマドがそう答えてからウィーバーを見ると、彼はこの任務にはまったく興味がわかないといった顔だった。長い間があいたのち、ウィーバーはうなずいた。「わかった」

「よし」セージが立ち上がり、小柄なシルエットがベル・ヘリコプター205の開いたドアを背に浮かび上がった。ゴーストが通常使う輸送機のほうが飛行は安定しているが、この古いヘリコプターのほうが目立たない。多数の武装した無口な兵士を乗せるときにはよく使われるので、それについてあれこれ質問する者はいなかった。

操縦士からあと一分という指示が出ると、ジョーカーが腰を上げてセージの反対側に立った。「最初におれたちがおりる。着陸地点で会おう」

ヘリコプターが速度を落としてホバリングし、高度を下げはじめる。ジョーカーとセージはロープをつかんで結び目を確かめ、外に投げ出した。ロープはするすると落ちていき、ふたりの男は分厚い手袋をはめた。次の瞬間、彼らは開口部から飛び出し、ロープを伝って途中で三度スピードをゆるめながらおりていった。

ヘリコプターはしばらく同じ位置にとどまった。地上におりたふたりが離れたのを確認して、乗務員のチーフがロープのピンを抜いた。ロープは地面に落ち、身軽になったヘリコプターは木々がまばらに茂る険しい稜線を越えて西に向かった。

「どうして着陸しないのかわかったよ」ウィーバーが言った。「着陸できる平らな場所がどこにもない」

ノマドはうなずいた。「帰りに乗り込むのが相当に厄介だぞ」

「そうだな」

「あと一分」操縦士の声が聞こえた。

「聞こえたな」ノマドは分厚い手袋をはめる前に、最後にもう一度自分の装備を確認した。ウィーバーがその確認をしていないことを察する。

ウィーバーはノマドに見つめられているのに気づいた。「もう確認したんだ。自分の仕事を信じろ、そうだろう？」

「ああ」ノマドは言った。操縦士の〝三十秒！〟という呼びかけで、出口に近寄ってロープを結ぶ。ウィーバーも手袋をはめて同じようにし、ふたりは開口部の縁まで動いて内側を向き、ロープを両手でつかんだ。ヘリコプターが速度を落とす。まず装備を脇から落とした。操縦士の声が通信機から明瞭に聞こえてくる。「ロープ！　ロープ！　ロープ！」

ノマドはロープをつかんで飛び出し、降下をはじめた。反対側でウィーバーもつづく。彼らは地上におりるとすぐに移動した。一瞬のち、ロープがたわんで落ちてきて、ヘリコプターが一気に遠ざかった。

ノマドは体についた土埃を払い、ロープを隠すために巻きはじめた。ウィーバーもすでに同じ作業をはじめている。「ここからどこに行く？」

ウィーバーは手首の通信機を叩いた。「地図に調査区域が出ている」木に覆われた急峻《きゅうしゅん》な丘陵《きゅうりょう》を見まわした。稜線に雲の筋がからみつき、雨と、それより速い風を予感させる。「金をかけて、もっとしっかりした地形図をつくってもらえるとありがたかったんだがな」

ウィーバーは地図をタップして、現在地とおぼしき場所を拡大した。「合流地点は西北西十キロ、そこまでの地形は厄介そうだ。ひとっ走りというわけにはいかないのだけはたしかだ」

「あの尾根までのぼってみよう」ノマドが言った。「まずは谷全体を見渡したい。やみくもに歩きまわるのは無駄だ。ドローンは両翼の幅が九メートルある。光が反射して見えるはずだ」

「同時におれたちの姿をさらすことになる」ウィーバーは言い返した。

「ここに誰かいるか？」

「まだいない」それでもウィーバーは葉むらの下にロープを隠し、歩きはじめた。一瞬のち、ノマドのほうに向きなおる。「行くか？」

「ああ」

ふたりは緑の稜線を目立たぬように気をつけながら一時間近くのぼり、ナイフのようにとがった岩場をゆっくりしたペースで進んだ。頂上に着いたとたん霧に包まれ、しばらく晴れないだろうというウィーバーの見立てに従い、稜線に沿って見晴らしのきくもっと低い地点まで動いた。

思いがけない光景が目に飛び込んでくる。

眼下には、なだらかな緑の谷が広がっていた。森が途切れたところに小さな農家が点在し、その真ん中をわだちが刻まれている一本の土の道がのびている。その道の西側の畑に、ガラスと金属の破片が散らばって光っていた。無人機が落ちてできた地面のくぼみもはっきりと見える。

機体のまわりに、農民らしき五、六人が集まっていた。ひとりはピックアップトラックにもたれかかっている。

「伏せろ！」ウィーバーは身をかがめ、稜線の背後にじりじりと下がった。ノマドもそれにつづく。

「ドローンをどうするつもりだろう？」ノマドが問いかけた。

「あいつらが何を育ててると思う？」ウィーバーはノマドに双眼鏡を渡した。素早く確かめると、あたり一面どこまでもコカノキ畑が広がっている。「ドローンがここで落ちたのも不思議はない。ここはたぶん地図に載せられない場所なんだ」

「ドローンは招かれざる客ってわけか。誰かがあれに気づいて、泡を食って撃ち落としたんだ」ノマドが引きとった。「これでは持って帰るのは無理だな」

「たぶんな」ウィーバーはつかのま考えた。「最大の問題は、着陸地点まで行くにはこの谷を越えなきゃならないことだ。あそこにのこのこおりていってみろ、戦闘は不可避だ」

「だが、もしおりていかなかったら……」ノマドは双眼鏡の焦点を農民たちに合わせた。そろってチェックの格子縞《こうしじま》のシャツにブルージーンズという格好で、そのほとんどがさまざまなモデルのアサルトライフルを肩にかけている。「やれやれ。あいつらは鉛も育ててるらしい」双眼鏡をウィーバーに戻した。「きっとヘリコプターの音を聞いてパニックになったんだ。それであわててドローンをとりに来たんだろう」ノマドはうめいた。「つまり、おれたちがここにいることはばれてる」

「居場所までは特定されていない」ウィーバーが訂正した。「ここにいるとわかっていたら、今頃向かってきているはずだ。とはいえ……」谷にある一番大きな農家を示す。ダークグリーンの建物はあちこちに枝分かれしたつくりで、隣には低く細長い納屋があった。「ドローンをあそこに運ぶつもりだろう」

「ということは、やつらはおれたちの前を横切るわけだな」はるか下では、男たちがうめきながらドローンの残骸をピックアップトラックに乗せていた。ひとりが背中を押さえてしゃがみ込む。ほかの者たちは彼を無視して作業をつづけた。

「報告するか?」

ウィーバーは首を振った。「まだだ。おれの見立てが正しいかどうか確かめよう。もし正しいときは、相手は無防備でちょろいものだ。もし違ったとしても、いずれにしろ、おれたちの前を通る。ジョーカーとセージを待ってる時間はない」

ノマドはウィーバーを疑わしげに見つめた。「いったいどうしておまえはこの作戦に選ばれたんだ?」

「どうしてだと思う?」

「今回はちょろい任務で、おまえが新入りだからだと思っていた。だが、これまで海軍特殊部隊でどれだけの作戦に関わってきたんだ?」

「たっぷりと」ウィーバーはぼんやりと顔の傷をなぞった。「充分すぎるほどだ。自分が何を話しているかおれがわかっていると信じるな?」

「今回に限っては」ノマドは姿勢を変えて左に体を寄せた。「あそこにおりていったら、あいつらと鉢合わせになる。だが、このままじっとしていたら、あいつらはいつまでも銃の射程外だ」

「そうじゃない」ウィーバーは首を振った。「おまえの射程外だ。おれは違う」深く息を吸い込む。「これからすべきことはこうだ。あいつらが近づいてきたら、おれはドローンの芯を撃ち抜く。おまえの役目は、あいつらが撃たれていることに気づいて丘をのぼりはじめたとき、おれに近づけないようにすることだ。そのあとは、英雄としてここから抜け出せるか、銃を持った怒れる男たちにリマまでずっと追いかけられるかのどちらかだ。やれるか？」

「援護を要請しなくていいと本気で思ってるのか？」

「要請したら何か違いがあるとまだ思っているのか？」

ノマドは笑った。「おまえはいかれてる」

「現実的なんだ」ウィーバーは答えた。「やつらがこっちに向かってくる。さあ、やっちまおう」

ノマドはうなずいた。「やろう」

8

エルビエルから教えられた道は、実際にそこに立つまで見えなかった。ジャングルのなかを人や動物が歩いて踏み固められた細い筋で、毒蛇なみに近寄りがたい。夕暮れが近づいてのびた影に包まれ、まるで虚無への扉のように見えた。

「ここなのか？」ノマドはたずねた。

ミダスがうなずいた。「エルビエルによれば、何かのはずみで兵士たちが足を踏み入れないよう、わざと草がのびるにまかせているそうだ」村長は怪我人を世話し、悲しむ人々をなぐさめるためにすでに村に戻っていたが、その前にミダスを道の起点まで連れていき、ジャングルで役立つ知恵を授けてくれた。

「あの男は信用できると思うか？」

ミダスが鉈を鞘《さや》から抜いて、試しに何度か振った。「信じられると思う。村人や息子にあれだけのことをされたんだ、アマゾナス革命自由軍に好感を抱くはずがない。それに彼は――」

「村長はおまえが好きなようだな」ウィーバーが引きとった。「だからといって油断は禁物だぞ。だが、おまえは正しいと思う。あの男は兵士たちの目に太い棒を突っ込んでほしがっている」

「いいか」ミダスがかすかにじれたような口調で言った。「理解しなければならないのは、これが映画ではないということだ。エルビエルや村の連中は、おれたちとずっと友だちでいるつもりはない。おれたちがしたことに感謝しているだろうし、今はお互いの利害が一致している。けれども彼らにはすべきことがあるし、ここで長いあいだうまくやってきていたんだ」

「おれが言いたかったのは――」

ミダスが制した。「はっきりさせておくべきだと思っただけだ。彼らは信用できるが、頼るべきではない。心配してはもらえない。おれたちは一週間もすればここを去るが、彼らは何が起きようがそのあともずっとここで暮らしつづける。彼らなりのやり方で」

ホルトは軽く咳をして、道をのぞき込んだ。「今こうして見ているものが、村にしても道路にしても衛星にはいっさい映っていないことが気になる。情報が現地と合わない。それが気に入らない」

ウィーバーは意に介していなかった。「これだけ木が生い茂っているんだ、人工衛星では何も見えなくてもおかしくない。ジャングルがまるごとひとつの生き物みたいだ。何度かまばたきしているうちに、緑の植物が家をのみ込んでしまう」

「決めるのはあんたじゃない」ホルトは言い返し、ノマドのほうを向いた。「ボス？　どうする？」

ノマドは細い道を示した。「ミダス、おまえの言うとおりだ」

「鉈を持ってるミダスに先導してもらわないとな」

「黙れ、ホルト。おまえはしんがりだ。許可なく交戦はするな。それに野生の生き物に気をつけろ。誰かがカエルの毒にやられたら、そいつは置いていく。いいか、ミダス？　行くぞ」


彼らが出発したときにはすでに太陽は沈み、ジャングルは息苦しいほど濃密な闇に包まれていた。枝が折り重なってできた天蓋のそこかしこに小さな切れ目があり、そこから夜空がごくわずかに望めた。道はどこまでもつづき、永遠に目指す場所に着けないのではないかと思えた。どの木も同じように見える。あたりが闇に包まれると暗視装置に切り替えたが、それでもジャングルのなかはゆっくりとしか進めなかった。エルビエルの教えてくれた道は充分に歩けたものの、彼が兵士の使う道のほうが楽だと話していたのは冗談ではないようだ。

周囲では、夜のジャングルが彼らの存在を認めないかのようにつぶやき、うなっていた。ホルトがくり返し鉈を振る音が響き、そのリズムにときおり猿や鳥の鳴き声が重なる。

「たしか二時間と言っていたな？」三時間が過ぎた頃、ホルトが口を開いた。「あのじいさんのランニングシューズを貸してほしいぜ」

た。

「この道をおれたちより少しだけよく知っているということだろう」ウィーバーが言い返した。

「ふたりとも、そこまでにしておけ」ノマドが制した。「この先に何かあるぞ。ホルト？」

「調べてみる」ホルトは鉈を素早く鞘におさめ、十メートルほど慎重に進んだ。木立のあいだから、前方にハロゲンランプのようなかすかな光が見える。耳をすませば、発電機が過熱してうなるような音も聞こえた。近づけば、暗視装置を通して目が痛くなるほどの光が見えるはずだ。もっと近づけば、おそらく暗視装置そのものがいらなくなるだろう。

ホルトは通信機に呼びかけた。「前方に宿営地らしきものが見える。明るくて大きい。見つけたと思う」

「了解。GPSも、ウィザードの推定地点を示している。ホルト、もう少しだけ近づけるか？　明るい光と大きなジャングル以上の確証がほしい」

「了解」

「おれたちはすぐ後ろをついていく」

「おっと。そのまま待っててくれ」

「どうした？」

「動いていない赤外線源を複数確認。ほとんどは目の高さ」

「動物か？」

「違うな。単独の発信源だが明るい。赤外線カメラかもしれない。もっと近くに寄らせてくれ」間があいた。「見つけたぞ。改造された遠隔操作カメラだ。たぶんマニアから盗んできたんだ」

「映像をキャンプに送っているのか？」

ホルトは一瞬考えた。「おそらくは。だから、とり外すというのは選択肢にない」

「迂回できるか？」

「だめだ。敷地全体に張りめぐらされてる。しかも監視範囲が重なってる——いささか偏執的だ」

「それだけの理由があるのだろう」ノマドは考えた。「いいだろう、突入もできないし、迂回もできない。とすれば上空からだ」

「少佐、残念ながらターザンを演じるには木が足りない」

ノマドはあくまで真剣だった。「おれたちが飛ぶんじゃない。ドローンを飛ばすんだ。敷地内がどんなつくりになっているのか、人質が閉じ込められている可能性が高い建物はどこか、確かめたい」

「了解」

「それと、カメラの操作元の場所を特定できるか、やってみてくれ」

「それも了解」

「ミダス、ホルトを援護しろ。カメラを見張っているあいだ、背後に気を使わずにすむように」

「了解。すぐに向かう」ミダスはそう言うとすぐに動き、灰色の姿が漆黒《しっこく》の闇に溶け込んだ。

「あいつは大物だ」ウィーバーが、ノマドと同じ考えを口にした。「あいつが殺されないよう気をつけよう。長く語り継がれる存在になるかもしれん」

「あいつのことは大切にするよ。おまえは、まずい状況になったらここに戻ってほしい。突入したあと、カメラに仕掛けてある警報が鳴りはじめるまで十秒か十五秒だろう。鳴りはじめたらすぐに、敷地の真ん中で標的を倒してほしい。そうしてやつらの注意を引きつけてくれ。おれたちは人質が拘束されているテントの裏から入って、素早く全員を確保する。おまえの役目は、やつらに何が起きているのか気づかれないようにすることだ」

暗闇のなか、ウィーバーが小さくうなずいた。「ボートの操縦よりましだ」

「それはあとでしてもらう。来た道を歩いて村に戻ることになる。最優先は、人質たちをここから連れ出すことだ」

ウィーバーが咳をした。「真っ暗闇のなか、暗視装置をつけていない民間人におまえが罠を仕掛けた道を歩かせるのか？」

「罠には目印をつけてある。誰かが踏んでしまう前にはずせばいい」

「それは安心だ」ウィーバーがスコープを通してじっと見つめた。「なあ、三十メートルほど動いていいか。ここだとまわりの木が邪魔になる」

「自然が好きなのかと思っていた」

「大好きさ。テレビで見る分にはな」ウィーバーが中腰になった。「許可してくれればすぐに移動する」

ノマドは彼に笑顔を向けた。「おまえがそばにいないと寂しいな。位置についたら知らせてくれ」

「了解」ウィーバーも姿を消した。

ホルトが呼びかけてきた。「鳥を浮かべた。これから中をのぞいてみる」

「了解。幸運を祈る」

ホルトは応えなかった。代わりに、ドローンを木立のすぐ下まで慎重に上昇させ、前方監視暗視赤外線モードにした。それまでインクの染みのようだった画像が、ジャングル、カメラ、その背後のキャンプ、ミダスの鮮明なモノクロ画像に変わる。

ホルトは険しい表情のまま、ドローンをカメラの列を越えてキャンプの敷地内へと進めた。施設は予想よりも大きく、道路の倍の幅がある中央の広い一画のまわりに配置されている。真ん中にいくつかの建物が固まっていた。兵舎、士官用と思われる小屋、ふたつある本部と兵器庫らしき建物。照明は台座の上にとりつけられたり、木にくくりつけられたりしていて、木立の隙間から光が漏れて上空から察知されないよう、すべて下向きになっていた。それらをとり巻くようにテントが並び、そのうちのひとつのなかに複数の淡い熱源が、その手前にもっと明るい熱源がふたつある。敷地のはずれにあるとりわけ明るい熱源が注意を引いた。ホルトはドローンをさらに近づけ、それがトラックであることを確かめた。先ほど村で見たのと同じ型だ。兵士の一団がその荷台に乗り込みはじめる。

「ノマド、問題発生だ」

「どうした？」

「どうやらやつらは、あの村にささやかな仕返しをするために車に乗り込んでいる」ホルトが一拍置いた。「彼らに警告する方法はない、そうだな？」

「その答えは知っているだろう」

「了解」ホルトはしばらく考えた。「命令は？」

「人質は見つけたか？」

「見つけた。本部の場所と、敵の人数も突き止めた。二十人プラス人質だ。人質が拘束されているテントの外に見張りがふたり。なかに人質と一緒に誰かがいるかどうかはわからない」

「わかった。ほかに何か情報は？」

「ああ。カメラの制御装置を壊せると思う」

「どうやって？」

「ウィザードと相談して、ドローンにひとつ武器を搭載したんだ。指向性の高い電磁パルスを発射できる。至近距離からなら、建物のなかにある保護されていないものはすべて焼き焦がせる。やつらが防御を強化するためにサイバーセキュリティの専門家を連れてきていると は思えない」

「わかった。ほかには？」

「ちょっと待ってくれ」ホルトは夜のジャングルの音が回転翼の音を隠してくれることを願いながら、ドローンを敷地内のさらに奥へと進めた。「あれはなんだ？　発電機だな。その隣は……燃料の缶が六つ置かれているように見える」

ノマドはつかのま考えをめぐらした。「それは使えるかもしれない。おまえの鳥は、電磁パルスを出したあとも飛びつづけることができるか？」

ホルトは見えないことを知りつつ肩をすくめた。「理屈では電磁パルスには指向性があるし、こいつは保護されている。だが実際にはどうかとなると……」声がそこで途切れた。

「いいだろう、人質が拘束されていて、外に見張りが立っているテントの場所を教えてくれ。おれが合図したら、カメラに電磁パルスをぶつけろ。もしも鳥がそのあとも飛べたら、発電機と燃料缶を狙え。ミダス、おまえはおれと一緒にこい。テントの裏側を切り裂いて、そこから人質を連れ出す。ウィーバー、おまえは指示どおり頼む」

「やってるよ」安心感を与える、落ち着いた声が応えた。「脱出プランは？」

「死ぬ気で走れ。村へ向かえ」

「いいだろう。道路とジャングルのなかのどっちを？」

「やつらはトラックを持っている。道路は絶対にだめだ。車はジャングルのなかを走れない。ミダス、おまえが先頭だ。なんとしても人質をボートまで連れていけ。ウィーバー、おまえはミダスに同行してくれ。ホルト、おまえとおれは必要に応じてふたりのケツを守る」

ホルトは笑った。「まかせてくれ」ドローンを新しい地点に動かしているらしく、かちかちという音が聞こえた。「鳥は位置についた。合図を待っている」

「ウィーバー？」

「準備完了」

「ミダス？」

「移動中」

ノマドはカメラに映らないよう気をつけながら、キャンプの周縁に沿って動いた。ときおり足音が聞こえ、ミダスも同じ方向に動いているのがわかった。

ようやくノマドも監視カメラを見つけた。キャンプの照明を背にして、四角くがっしりしたシルエットが浮かんでいる。暗視装置で素早く確認すると、ほかにも複数のカメラがそれぞれ監視範囲が重なるよう木立のなかに巧みに仕掛けられている。厳重に警戒しようと考えた者がいるに違いないが、村で目にした兵士たちのだらしない振る舞いと、ここの隙のなさとの落差に戸惑った。さしあたり、敵はとても優秀で頭がいいと仮定しておくべきだろう。実際にはそれ以下だったときは、儲《もう》けものと思えばいい。

ノマドはカメラの届かない範囲を見極めて位置につき、通信機を調べた。「ミダス？」

「接近中、あと十五メートル」

「わかった。ウィーバー、画像はあるか？」

「あるにはある。ただ、どこも緑色だ」

「暗視装置だから当然だ。スタンバイしてくれ」草がこすれる音がして、振り向かなくてもミダスが隣に腰を落としたことがわかった。「ホルト？」

「鳥は位置についた。発射準備完了。あとは合図を待つだけだ」

ノマドは深く息を吸い込んだ。「やれ」

「了解」ホルトは冷静な声で応えた。「パルス発射」

通信機に雑音が響き、キャンプの照明がいくつか消えた。周辺では、監視カメラのランプも同じように消えていき、ジャングルの音をかき消すようにパニックになって騒ぐ声が初めて聞こえた。

「ウィーバー、武器は自由に使っていい。ミダス、行こう」

ノマドが最初のひとことを言い終える前に早くも銃声が響き、敷地のなかから苦しげな叫び声があがった。立てつづけに二発の銃声がして、たちまち大騒ぎになる。兵士たちは姿の見えない敵に向かって撃ち返し、隠れようとして身を伏せた。夜のしじまを切り裂いて銃声が響き渡る。

ノマドは状況を頭の隅で分析しつづけた。「センサー投入！」そう叫んでセンサーをテントの脇に投げた。なかにいる四つの人影が浮かび上がる——周囲が大混乱のなか、三人の人質と彼らに覆いかぶさろうとしている兵士だ。「テントのなかの敵はひとりだ！」ノマドは叫び、ナイフを手に持ってテントへと走った。確認しなくても、ミダスがすぐ脇につづいていることがわかった。ふたりは木立を抜けてテントの裏側に体あたりした。衝撃でキャンバス地が内側にへこむ。「援護してくれ」ノマドはそう命じるとテントにナイフを突き立て、左右に、そして下に切り裂いた。それから体を脇に引くと、ミダスがその裂け目から先になかに飛び込んだ。

テントのなかで、ミダスはセンサーがとらえていた四人を確認した。三人は寝台に手錠でつながれている。女性ふたりと男性ひとり。彼らを見張っていた男はミダスの顔がのぞいた次の瞬間、キャンバス地の裂け目に向かって銃を撃った。それをかわしたミダスのすぐ脇を銃弾が飛び去る。「無駄だ！」彼は叫んだ。

「人質は生きてるか？」ノマドがベルトから閃光弾をはずした。

「生きてる！」ふたたび銃弾が生地を切り裂き、ノマドのすぐそばをかすめた。

「爆竹を飛ばすぞ！」ノマドは左手で裂けたテントを引きおろした。まだ速球が投げられることを祈りながら、右手で閃光弾を投げる。兵士は不意に現れた新たな敵に向きなおって撃ち、ノマドのまわりに銃弾の雨を降らせたが、次の瞬間あたりは真っ白になった。テントのなかで入り乱れる悲鳴が防音用のイヤーマフ越しに響き、背中に手をあてられてノマドは地面に押し倒された。顔を上げると、ミダスらしい男が切迫した声で人質のことを話している。

「おれは大丈夫だ！」ノマドは言った。「人質を確保しろ！」

ミダスはテントのなかに踏み込んだ。キャンプの奥から激しい戦闘音が聞こえるなか、一発の銃声が鳴り響いた。ノマドは首を振り、通信機に向かって怒鳴った。「ホルト！　おまえの鳥はまだ飛んでるか？」

「ああ、まだ飛んでる」

ノマドは満足して命令を出した。「いいぞ。ターゲットB《ブラボー》をつぶしてくれ」

「了解、目標に向かわせる！」ウィーバーのライフルの発射音が夜を切り裂き、それに応戦してマシンガンが乱射される。これまでのところはとてもうまくいっている。ノマドはテントに足を踏み入れた。

地上は混乱の極みだった。ドローンのカメラからそれが見てとれる。ホルトがとりつけた間に合わせの防御装置は指向性パルスと同じように役割を果たし、キャンプの電気設備の半分は機能不全に陥った。そこにウィーバーが先制攻撃を仕掛けたことで、期待していたよりもはるかに大きな混乱をもたらすことができた。兵士たちはあわてて身を隠そうとしてあちこちに飛び込み、あるいは散り散りになってジャングルに逃げ込んだ。ひとりの士官が本部の建物から出てきて大声で命令する。しかし最後まで言い終えることなくウィーバーが放った銃弾に倒れ、まわりの兵士たちはさらなる混乱に陥った。

銃弾が近くの木に立てつづけにめり込み、砕けた樹皮がそこらじゅうに飛び散った。ホルトは一瞬固まりかけたが、素早く右手に戻った。とっさの判断は正解だった。丈の低い草むらの後ろには地面にくぼみがあり、彼はそこにすかさず飛び込んだ。

その直後、またしても銃弾が激しく降り注ぐ。「くそったれ」ホルトは吐き捨て、様子をうかがった。

敵が迫っている。三人の兵士がキャンプから飛び出して、こちらに向かっていた。ひとりが立ち止まり、敵の動きを封じるように乱射する。銃弾はホルトが隠れている低木の上端を刈りとった。ちぎれた葉が降り注ぐ。葉はかすかに火薬と煙の匂いがした。

「ちくしょう」ホルトは左に転がった。兵士たちが素早く左右に広がって、お互いに呼びかけ合いながら進んでくるのが見える。

逃げるにはもう遅すぎる。ホルトはそう判断した。迂闊《うかつ》に立ち上がったら蜂《はち》の巣になる。かといってこのままじっと待っていたら、誰かに見つかるか、相手がくぼみによろけてもろに鉢合わせになるかだ。

戦うしかない。ドローンはノマドに命じられた次の目標に迎えず、無防備に空中に浮かんだままだ。

ホルトは顔をしかめながら拳銃を抜いた。銃身が長いアサルトライフルは下生えにからまりやすい。今の状況で何よりも避けたいのは、決定的な瞬間に、垂れ下がっている蔓が銃口にからまることだ。そう、ここはナイフと拳銃の出番だ。

今では兵士たちはさらに近づき、一番近くの男はほとんどホルトの真上に迫っていた。彼はそっと膝をついて慎重に狙い、まず一番遠くにいる兵士を撃った。

銃弾が腹にあたり、男は苦悶の叫びをあげた。そのはずみで指がアサルトライフルの引き金を引き、夜の闇に銃弾の雨が降り注ぐ。予期せぬ攻撃にほかのふたりが振り返り、その瞬間ホルトが待っていた突破口が開けた。

隠れていたくぼみから飛び出すと、一番近くにいる兵士に銃弾を撃ち込んだ。一発が相手の肩に、もう一発が喉にあたって、男はごぼごぼという音を立てて倒れた。

最後に残った兵士は馬鹿ではなかった。銃弾がどこから飛んできたか見極め、ホルトのいるあたりを撃ちまくる。ホルトが後ろ向きに倒れ込み、地面にへばりついた次の瞬間、頭上を銃弾が飛び去った。彼が顔を上げたとき、兵士はすでにいなくなっていた。

ホルトは転がって立ち上がり、木の背後にすべり込んで耳をすました。暗視できれば間違いなく今の男の姿はローマ花火のように浮かび上がったはずだが、先ほどの混乱の際に装置がまともに作動しなくなっていた。

ただ幸いにも、それ以外にも選択肢はあった。「センサーを投げる」ホルトは通信機に呼びかけ、センサー手榴弾をあたりをつけた方向に放り投げた。

センサーは鈍い音を立てて地面にぶつかった。ヘッドアップディスプレイに柔らかな青いパルスが素早く広がっていく。パルスは地面にからみつき、木の上を動き、そして——。いた！　思いがけないほど近くに、兵士の姿が黄色い輪郭となって浮かび上がった。ひそかに茂みを通り抜けようとしている。あと一分もすれば、ホルトの真上に来るはずだ。

けれども、その一分を与えるつもりはない。

ホルトは慎重に狙いを定めて撃った。しかし銃弾は狙いをはずれ、黄色い輪郭が走り去るのが見えた。彼は悪態をつき、身を投げ出すようにして伏せた。次の瞬間、銃弾の雨がそれまで彼が隠れていた木にめり込んだ。ホルトは撃ち返してはかがみ、銃弾が尽きたことを伝えるかちりという音が聞こえるまでその動作をくり返した。

相手の兵士もその音をはっきりと聞いたに違いない。ホルトは木のあいだをジグザグに進み、わざと音を立てながら走った。

その罠につられ、背後から兵士が追いかけてきて暗いジャングルを走る音が聞こえた。

それこそが狙っていた展開だった。ホルトは木にぶつかると幹をすべるようにまわり、そこで気配を消した。息をひそめてじっと待つ。

今では彼らはセンサーの届く範囲からはずれていたが、新たなセンサーを使うつもりはなかった。代わりにホルトは耳をすました。兵士が近づいてくる。追いかけはじめたときの興奮がおさまるにつれ、歩調もゆるやかになった。注意深く左右をうかがいながら進み、一歩ごとにブーツがかすかな音を立てる。今では男の息づかいが聞こえ、自分の真上に来たのがわかった。完全に体が隠れていなかったら、そして、男が一歩でも危険な方向に足を踏み出したら……。

兵士はそのまま通り過ぎた。

ホルトは木の背後から飛び出して、拳銃を男の首に突きつけた。「武器を捨てろ」

「もう弾がないはずだ」兵士は言い返し、つかまれていた体をひねった。

ホルトは引き金を引いた。

「再装填した」ホルトは死んだ男にそう言い、手首の装置からドローンの操縦プロトコルを呼び出した。「あの子はまだ飛ばしておいたほうがいいな」

ミダスは振り向いて、テントに入ってきたノマドを見た。「少佐。問題がある。見張りを調べたが、鍵がない」寝台の枠に手錠で拘束されている三人の人質を示す。

「必要な道具は持ってきた。キャスリーン・クロッティ教授は？」背が低くて年上のほうの、真ん中にいる女性が拘束されていないほうの手を上げた。見るからに疲れてはいるが警戒を解かず、意志の強さを感じさせる表情だ。

「わたしたちを助けに来てくれたのね？」彼女は言った。

「そうだ」ノマドはテントの入口に目をやり、ミダスに視線を戻した。「あなたたちを無事に帰国させるために来た。だがそのためには、全員がおれの言うとおりにしなければならない。たとえ命令に従わなくてもここから連れ出すが、そのときは楽しい旅にはならないことを覚悟してくれ」

「どうでもいいから、とにかくさっさと助けて！」若い女性が声をあげる。寝台に固定されている手錠を乱暴に引っ張り、それでもはずれないことがわかると力なくがたがたさせた。

「落ち着きなさい、メラニー」クロッティ教授が注意した。「きっとこの人たちには、わたしたちをここから安全に連れ出す計画があるはずよ」ノマドに向きなおる。「そう信じていいわね？」

ノマドはうなずいた。「ミダス、例のキットを出してくれ。クロッティ教授、お手数だが手を寝台の枠にぴったりあてて、手錠を思いきり引っ張ってもらえるか？　ホルト、何をそんなに手間どっているんだ？」

「教授の手を切り落とすつもりか？　あり得ない！　ぼくはここに残る！」もうひとりの助手が手錠の限界まで後ろに下がった。

「ギルバート・スタントン！」クロッティの声は、ミダスの武器と同じくらい鋭利だった。

「落ち着きなさい」腕を引き、手錠をぎりぎりまで引っ張る。「もしも失敗するときは、うまく失敗して」彼女はそう言って目を閉じた。

「こういう状況は想定ずみだ」ミダスはキットから小さなボルトカッターをとり出した。

「鉈を使って間に合わせでつくらなければならなかったが、よくあることだ」ボルトカッターを手錠の鎖にあて、ぐいと押し込む。金属が短い悲鳴をあげ、壊れた鎖があちこちに飛び散って甲高い音を立てた。ミダスはすぐにクロッティ教授の脇に来て、手を貸して立ち上がらせた。「大丈夫か？」彼がたずねると、彼女はうなずいた。「走れるか？」

「走らなければいけないでしょう」クロッティは答え、驚きで口を呆然《ぼうぜん》と開けている助手たちのほうを向いた。「メラニー、ギルバート、しっかりして」ほかのふたりが手錠を強く引いて待っているあいだに、クロッティはミダスに渡された水筒からごくごくと水を飲んだ。

「ありがとう、ミスター……」

「われわれに名前はない」ミダスは答えた。「これが仕事だ」

「でしょうね」クロッティが鼻を鳴らした。「ふたりとも大丈夫？」

「はい、クロッティ教授」ふたりは同時に答えた。ミダスはクロッティに小さくうなずき、懸命に震えをこらえようとしているスタントンに近寄った。「心配するな、あっという間に……」そう言って鎖を切断する。手錠は壊れ、不意に拘束を解かれたせいでスタントンは後ろに倒れた。

「……切れただろう」ミダスは呆然と見つめているカーペンターのほうを向いた。「いいか？」

「ええ」カーペンターは弱々しく答えた。

「じっとしていてくれ」

ミダスがボルトカッターを持ち上げたそのとき、テントの前面の裂け目から兵士がなかにいる仲間に向かって何か叫びながら飛び込んできた。顔に驚きの表情を浮かべ、次の瞬間にノマドに撃たれてそのまま床に崩れ落ちた。「ホルト！　さっさとやって、ここから注意をそらしてくれ。早く！」

「すまない」ホルトの声は張りつめていた。「もしものときのために、捕虜をつかまえようとしていた。だが、うまくいかなかった。標的までの時間は三……二……一」

外で爆発が起こった。それからさらに二度。

「標的を破壊。ドローンとの接続が切れた、爆風にやられたようだ。合流地点に戻る！」いったん間があき、ホルトの声がまた聞こえてきた。「よっしゃ！」

「ミダス？　いつでもいいぞ」

ミダスはまた切断作業にかかり、最後の手錠も切り離された。カーペンターは後ろによろけてしまい、ミダスが彼女を支えて立ち上がるのに手を貸した。カーペンターは彼を見つめ、大きく息を吸い込んだ。「もう大丈夫。行きましょう」

「でもノートパソコンが。ここでの成果がすべて入ってる」スタントンがそっと口を開いた。

「あれを置いていくことなんてできない」

「できるし、そうするしかないのよ」クロッティが答えた。「研究はとても大切よ。でも、それと引き換えに死ぬつもりはない。少なくとも今日のところは」教授はテントの奥を示した。「それで、これからどうするの？」

ノマドはテントの破れている箇所を指さした。「この男が道案内をするから、あとについていってくれ。あなたたちを人質にしていた連中が知らないはずの道を進む。いいか、できる限り速く、長いあいだ走りつづけるんだ。彼についていけ。常に一列で進むんだ。おれもすぐ後ろから行く」

クロッティがうなずいた。「いいわ、行きましょう」

ミダスが最初にテントのフラップをめくって出ていった。腕を曲げて〝来い〟というしぐさをするのが裂け目から見える。クロッティがつづき、それからカーペンター、最後がスタントン。ノマドは死んだふたりの兵士の拳銃を素早くつかむと、一同につづいて夜の闇のなかへと出た。


狙う。待つ。撃つ。動く。

頭のなかで考える限り、手順はとても簡単だ。けれども実行するのは難しい。

ウィーバーが撃った一発目の銃弾は、仲間の兵士たちに威張り散らす態度が不愉快きわまりなかった男を倒した。ウィーバーはその男に不快感をおぼえながらスコープ越しに狙いを定め、ノマドの許可を待っていた。もし標的を選ばなければならないとしたら、立候補してくれたこの男にしようと決めていた。命令が出ると真っ先に彼を始末。混乱をいっそう深めるためにさらに何発か撃ち、即座に別の位置に移動して体を丸めて様子をうかがった。ノマドが命令を出し、ホルトがときおり応える声が通信機から聞こえていたが、ウィーバーは無言を保った。

将校が建物から出てきて怒鳴り、兵士たちを集める。散発的な発砲の音がやんだ。兵士たちは場あたり的な行動をやめ、これまでの訓練を思い出しはじめた。

「そうはいかないぜ」ウィーバーはささやき、引き金を引いた。スコープ越しに男が倒れるのが見える。遠くでかすかな叫び声があがり、彼は体を起こしてまた動き出した。

ジャングルはもはや暗くはない。オレンジ色の火柱が夜空に向かって吹き上がり、周辺の森の半分をたいまつに変えようとしている。兵士たちが森にいる正体不明の敵よりもその炎に動揺しているせいで、キャンプから聞こえる叫び声はこれまでとは違った響きになっていた。いまだに銃声がときおり響いていたが、キャンプの半分は火をなんとかして消そうとあせっているようだ。

運がよければ、その混乱とウィーバーの攪乱《かくらん》行為に気をとられ、しばらくは誰も人質の様子を確かめに行かないかもしれない。だが作戦がどれほどうまくいったとしても、遠からず誰かが確認に行ってしまうだろう。

ミダスは火明かりのせいで自分たちの姿が浮かび上がってしまうことを強く意識しながら、下生えのなかをじりじりと進んだ。クロッティがすぐ後ろで、残るふたりも支え合い、よろけながらついてくる。合流地点にはすでにホルトがいて、追っ手が現れたら援護射撃をするために構えている姿が見えた。

「ウィーバー？　もう時間だ」

「わかってる」少しいらだっているような声だった。「そっちの蟻塚《ありづか》は思いきり蹴り飛ばしてある。あと少しだけ待ってくれ——」通信機を通して、銃声が大きく響いた。「——それから向かう」

「了解。待っているぞ」

「先に行ってくれ。すぐに追いつく。ウィーバー終わり」

ミダスは一拍置いてから、指示を求めてノマドを振り向いた。

「このまま進もう」ノマドは言った。「あいつは人質を連れていないから、おれたちよりも速く動けるはずだ。ただし、それはやつらも同じだ」燃えているキャンプに向けて肩越しに親指を突き出す。「行くぞ」

「了解」

一同が合流地点に着くと、ホルトが素早くノマドの隣に来てかがんだ。「人質たちはかなりやばそうだ」ホルトがいきなり言った。「あれでボートまで戻れるのか？」

「この方法が無理なら、敵のピックアップトラックに乗せてくれと頼むしかない。車を使えなくしておかなかったのは失敗だった」

「いろいろと忙しかったからな。トラックが一台、騒ぎがはじまったあとすぐに飛び出した。村とは違う方向だ」

「まずいな」ノマドは息を吐き出した。「最悪のシナリオは、やつらが助けを求めに行き、援軍と一緒に戻ってくることだ。素早く動くしかない。人質たちをとにかく急がせて、少しでも遠くまで進む」

「その考え方は好きだぜ」ホルトの顔から笑みが消え、不意に真剣な表情になった。「このあとどうしたい？」

ノマドは顔を上げなかった。「追いつかれたら、おまえとおれで食い止める。ありがたいことに、この道はかなり狭いので追いかけてきたやつは狙い放題だ」

「村で戦闘になったらどうする？」

ノマドは憂鬱そうな顔になった。「それは向こうに着いてから考えればいい。ツキに恵まれるかもしれない。さしあたりは目の前の問題を心配しよう」

二十分後。ウィーバーは一度も交信してこなかったが、背後の道を軽やかに走ってくる細身の姿は見間違えようがない。ノマドがミダスに少しだけペースを落とすよう命じると、ウィーバーはすぐに追いついた。

「あっちはどんな様子だった？」ノマドがたずねた。

「キャンプは大混乱だ」

「追っ手は？」

ウィーバーは首を振った。「少なくともしばらくは来ない。火を消すのと、周辺の警備で手いっぱいのようだ。このルートを見つけるまでに時間がかかるだろうし、ここをたどって追いかけるために人を集めるのにさらに時間がかかる。たとえ追いかけると決めたとしてもだ」

「おれなら追いかける」ホルトが言った。ノマドは彼をにらみつけた。「なんだって？」

そのとき、スタントンがよろけて倒れた。ミダスは立ち止まり、彼に手を貸そうと振り向いた。「大丈夫、大丈夫です」助手は言った。「ただ少し……その……」

「ここで少し休めない？」クロッティが心配そうに問いかけた。「誰も追いかけてきていないなら――」

「あと少しだけ進んでおこう」ノマドが言った。「やつらがまだ追いかけてきていないなら、そのあいだに距離を稼いでおきたい。離れれば離れるほど、やつらがあきらめるか、方向を間違えてくれる可能性が増す」

「でも、このふたりはこれ以上歩けないわ。もう足が動かない」クロッティが抗議した。

「心臓が動かなくなるよりはましだろう」ホルトが微笑みもせずに応えた。

ノマドはこわばった笑みを浮かべた。「教授、こいつの口の悪さは詫《わ》びるが、ここが我慢のしどころだ。できるだけ休みをとるようにするが、今は進まなければ」ホルトにうなずきかける。「ミスター・スタントンに手を貸すんだ。このまま歩きつづけよう」

9

さらに三十分歩いたところで、ノマドは休憩を呼びかけた。カーペンターとスタントンはどちらも見るからに疲労困憊《こんぱい》し、暗闇のなかで足を踏み出すのがいかにも大儀そうだ。クロッティはそれよりましだが、それでも行進が止まると明らかにほっとした様子だった。

「五分間だ」ノマドは伝えた。「ミダス、ホルト、急いでメディカルチェックをしてくれ。ショック状態になっていたり、出血したりしていないことを確かめろ」水筒をはずしてスタントンに渡す。スタントンはごくごくと飲み、手の甲で口をぬぐった。「ありがとう」そう言って水筒をカーペンターに渡した。

「さあ、これを」ウィーバーがキットからプロテインバーを何本かとり出して、まわりの者に渡した。「どんな食事を与えられていたのか知らないが、逃げるためのエネルギーはもらえなかったようだな」

クロッティはバーを一本受けとり、お礼にうなずいた。「あそこではずっと、虐待というよりも、無視されていたわ。でもこの数日のあいだに、そう、なんて言ったらいいのかしら、状況が急に〝怪《あや》しく〟なったの。わたしたちは厄介な存在になってしまったんじゃないかしら。あとどれくらいあそこに閉じ込めておくつもりだったのかわからない」バーをむさぼる

「この数日?」ノマドは注意を引かれて身を乗り出した。

「何かきっかけがあったのか?」

クロッティはつかのま考えた。「キャンプに訪問客があった。兵士たちはその男を〝大佐〟と呼んで、とても敬意を払っていたわ。その男が何時間かいたあと、すべてが変わった。ぴりぴりしはじめたと言えばいいのかしら」

ウィーバーとノマドは目配せをし合った。

「ウルビナか?」

「ウルビナだ」

ノマドは教授に向きなおった。「その男とは会ったのか?」

「一度だけ」クロッティはプロテインバーの最後のかけらを口に入れて咀嚼《そしやく》し、のみ込んだ。ウィーバーから水筒を受けとって水を飲み、すぐに返す。「兵士に案内されて、わたしたちに会いに来たわ。でも実際には、わたしたちには何も話しかけなかった。ただ……値踏みするようにじっと見ていただけ。士官たちにはスペイン語で話していたわ。わたしたちがいると邪魔で、当面のビジネスに支障をきたす恐れがあるのが気に入らないと言っていた」彼女はぞくっと身を震わせた。「この十五年のあいだに、何度もここへ調査に来ていて、この目でたくさんのことを見てきたわ。でも、あの男にはぞっとさせられた。怖かったわ」

「スペイン語を話せるのか?」

クロッティはあきれたように笑った。「もちろん話せるわ。わたしの助手たちも。ここはオハイオ州じゃないのよ。自分の国ではない国では、相手に敬意を払って振る舞うのが当然でしょう。小さなことにも、大きなことにも」立ち上がる。「そろそろ歩きはじめたほうがいいかしら？」

ノマドはうなずいた。「ああ、そうだな」彼が差し出した手をとって、カーペンターは腰を上げた。スタントンは助けを拒んだが、立ち上がる際には木にぐったりともたれかかった。ミダスはノマドを見て、前方の道を目で示されるとうなずき、また歩きはじめた。これまでよりゆっくりした足取りだ。そのあとに研究者たちとウィーバーがつづく。ホルトもついていこうとしたものの、ノマドが手を上げて止めた。

「どれくらい引き離せたと思う、ホルト？」

ホルトは口もとを引き締めてつかのま考えた。「実のところ、あまり距離を稼げてないんじゃないか？」

ノマドの険しい表情が、その答えが正しいことを語っている。「ここまで来るのに三時間かかってる。このペースだと、ボートに帰り着くまでに六時間かかる。それも、なんらかのトラブルに巻き込まれずにすんだらの話だ」

「それに余計な休みもとらなかった場合か。先行きが不安だな」

ノマドは道を数歩戻った。「このままでは、やつらが追いかけてきたらつかまってしまう。

足止めできれば別だが」

ホルトはにやりと笑い、暗視装置にすごみのある表情が浮かんだ。「どんな計画が？」

「考えたのは、いくつかサプライズを仕掛けることだ。それで警戒させる。いい場所が見つかったら、おまえとおれで待ち伏せする」

ホルトは低く口笛を吹いた。「ふたりで何人を相手にするつもりだ？　キャンプには二十人ばかりいた。もし援軍を呼んでいたら、えらく分が悪い勝負になる」

「最後の砦《とりで》になってやり合うとは言ってない。やつらが近づいてきたらその鼻面に一発お見舞いして、相手が状況をのみ込めずにいるうちに次の地点へ移動する」

「それならやれるかもしれない」

ノマドは鼻を鳴らした。「やれないと困る。代案は、民間人を巻き込んで銃撃戦をおっぱじめることだからな」道の真ん中にしゃがんだ。「何か思いついたことは？」

ホルトはゆっくりとうなずいた。「何箇所か仕掛け線を張ってみよう。首の高さに張っておけば、やつらもやみくもに急ぐ気になれなくなるだろう」

「よし、それでいこう」ノマドは通信機を叩いた。「ウィーバー、ミダス、聞こえるか？」

「ああ」ウィーバーが答えた。「待ってほしいか？」

「それは無用だ。ホルトとおれはここでしばらくあと片づけをしていく。そのまま進みつづけてくれ。また連絡する」

「礼はあとでたっぷりはずんでもらうぜ」ウィーバーが返した。「ウィーバー終わり」

最初の爆発は一時間後だった。ホルトとノマドは折れた枝を道まで引きずってつくった、間に合わせのバリケードの背後にかがみ、遠くから聞こえたその爆発音がおさまるとお互いを見かわした。

「おまえのか？」ノマドがたずねた。

「いや。あれは仕掛け線にくっつけておいた手榴弾だ。あんたのだ。だが、点数を競っているわけじゃないだろう？」

「少佐、ふたりとも大丈夫か？」ウィーバーの声が割り込んだ。

「なんの問題もなしだ、ウィーバー」ノマドが答えた。「悪い連中が簡単には追いかけてこられないようにしただけだ。人質たちの様子は？」

「ゾンビ化している。ぶっちゃけガス欠だ。手を貸さなきゃならなくなりそうだ」

「わかった。とにかく歩きつづけるんだ、いいな？　肩にかついで運ぶのもありだぞ」

「自分がやらないならなんでも言えるよな。ウィーバー終わり」

ホルトはうっすら笑った。「ふたりとも楽しそうだな。彼とはいつからの付き合いなんだ？」

「数年になる」ノマドは答えた。「おれは四年前にＧＳＴに入った。あいつはその数年後だ。

それ以来の仲だが、おれがあいつに命令を出すパターンは初めてだ」

「それは見ててわかる。それでも、あんたたちふたりはうまく機能してる。言ってなかったかもしれないが、キャンプでの作戦は悪くなかった」

「よくもなかった。トラックを最初に片づけるべきだった」

「日々勉強だ」ホルトが言った。「そうだろう？」

また遠くで爆発音が響き、そのあとかすかな叫び声が聞こえた。

「最初のバリケードだな」ノマドが言った。

「蟻のところか？」

ノマドはうなずいた。

「手袋を発明したやつに感謝するよ。あいつらがおれたちより無防備だったことを願おう」

道をふさぐ倒木を置く際、その一部が蟻塚にのしかかるようにした。蟻たちは自分たちの住処《すみか》を守るために外にあふれ出た。ノマドとホルトは戦闘用の装備を身につけていたおかげで、かろうじて安いステーキ肉のようにかじられずにすんだのだ。

「告白させてくれ」ホルトはつづけた。「おれは虫やら、スズメバチやらに猛烈なアレルギーがあるんだ。だから一匹でも蟻に嚙みつかれたら……」

ノマドは信じられないとばかりにホルトを見つめた。「冗談だろう。それなのにここへ来ているのか？」

ホルトは胸を軽く叩いた。「いつもエピペンを持ち歩いてる。実のところこれをつくってる会社の株を買うべきなんだ。おれは利益に大いに貢献しているからな」

ふたりは短く笑ったが、すぐに重苦しい沈黙が流れた。「やつらが射程内に来るまであとどれくらいだろう？」

ノマドはつかのま考えた。「せいぜい十分ってとこだ。いいか、一度叩いたらすぐに退却するからな。深入りは禁物だ」

「ロデオをするのはこれが初めてじゃないんだ、少佐」ホルトが応えた。「だが、やつらがこの道以外にも散らばったらどうする？」

「向こうも時間をかけたくないはずだ」ノマドは言った。「それほど遠くへは行かないだろう。真正面から来ると想定できる」

彼らはしばらく無言で監視をつづけ、それからホルトがノマドをつついた。「あそこだ。十時の方角。見えるか？」視界の隅に、ジャングルをひそやかにかき分ける青白い人影が浮かぶ。

「見えた」ノマドは答えた。「お友だちを連れてきているようだ」今では複数の人影が見えた。最初の六人は道をはさむようにして互いに離れて広がっている。その後ろにも複数の人影がつづき、そちらは最初の一団よりも互いの距離を詰めていた。

「それにしても、結局は始末するだけなのに、人質をとり戻すのに大変な手間をかけるんだな」

「もはや人質を殺せばすむ問題じゃなくなっているんだろう」ノマドは敵の最初の一団を確かめた。「よし、両端を狙う。おれは左、おまえは右でいいか？」

「了解。準備する」

ノマドは標的をスコープの視野に入れた。片足を少し引きずりながら、用心深く歩いている。それから立ち止まり、かがんで地面の何かを調べ、それを拾ってまた歩きはじめた。それまでぼやけていた染みに焦点が合って、敵の姿がくっきりと浮かんだ。「標的を捕捉《ロックオン》」感情を交えず言う。「ホルト？」

「準備完了。いつでもやれる。命令待ちだ」

「撃て」

二発の銃声が同時に鳴り響いた。ノマドは自分が狙った相手がもんどり打って倒れるのを見た。素早く右手に目をやると、ホルトの標的も倒れている。残りの兵士は即座に地面に伏せ、攻撃されたことを伝えて隠れるよう大声をあげた。

ノマドはホルトに合図して、背後の道を示した。ホルトがうなずく。ふたりは立ち上がって次の待ち伏せ地点まで走りはじめた。叫び声が背後で遠ざかる。

はるか前方では、同時に放たれた銃声はかすかにしか聞こえなかったが、それでもジャングルの夜の音が消えてあたりは静まり返った。

「あれは味方ですか、敵ですか？」スタントンがたずねた。「追いかけてきてるんですか？」

「味方だ」ウィーバーが答えた。「だが、敵も近づいてる。追いつかれるまでにはまだ距離があるがな。それに途中にはノマドとホルトがいる。今聞こえたのは彼らの銃声だ」

「あの」スタントンは落ち着こうと深く息を吸い込んだ。「戻ってふたりを助けるべきでは？」

ウィーバーは笑った。「今のは今年聞いたなかで最高に面白い冗談だよ」もっと穏やかに言い添える。「申し出はありがたいが、彼らがあそこにいるのは、戦い慣れた連中を相手にきみが引き金を引かずにすむようにするためだ。きみにできる最善のことは、向こうにいるふたりの邪魔にならないようにすることだ。彼らが稼いでくれてる時間を最大限生かせ」

「わかりました」スタントンはぞくっと震えた。「クロッティ教授との契約書にサインしたとき、こんなことはまるで想像していなかった。プロジェクトで海外へ行くと両親に伝えると、低俗な映画みたいなことが起こるんじゃないかと心配する。でも、実際にはどこへ行っても、せいぜい料理がまずくてうんざりするくらいだった。まさかこんなことになるなんて。アクション映画を実体験するなんて夢にも思わなかった」

「エンドクレジットに名前を載せるのを忘れないようにする。それは心配しなくていい。さあ、歩くんだ」ウィーバーは目を細めて油断なく周囲を見まわした。「二幕で意外な展開が待ってる話はごめんだ」

三度目の待ち伏せの際には、追っ手も賢くなっていた。単純に道に沿って進むのではなく、あちこちに身を隠しながら移動し、互いの位置を入れ替えている。頻繁に立ち止まって誰かが道を調べ、ノマドとホルトの通った痕跡を探し、その報告を踏まえて命令を出しているらしい。

「今道にいるやつを狙えないかな」ホルトがつぶやいた。「あいつが指揮官のように見える。あいつが撃たれれば、全員が動揺する。そうすればたっぷり時間が稼げるだろう」

「同感だ」ノマドは体勢を整え、その兵士に狙いを定めた。「同時に狙おう。この標的は絶対にはずしたくない」

「了解。狙いを定めた」

ふたりは、水面に躍り出る鯨のようにジャングルの大地からせり上がっている、急峻な丘の裏側の斜面にひそんでいた。ところどころ岩が突き出しているが、身を隠すには小さすぎる。それでも、ないよりはましだった。

下の道では、男がかがみ込み、おそらくは地面についた足跡をなぞっていた。男が指さすと、数人の兵士がジャングルのなかに入っていく。彼はゆっくりと周囲を見まわし、視線が前方の丘の頂で止まった。

「しまった。見つかったぞ」

「撃て」ノマドは引き金を引いた。ホルトも同時に撃つ。

しかし、男はまるでどこから銃弾が飛んでくるかわかっていたかのように身をひるがえしてよけた。兵士がひとり、彼を守るために駆け寄ってくる。ほかの兵士たちが丘に向かって一斉に銃を撃ちはじめた。激しい銃声が怒れるスズメバチの大群のように夜の空気を切り裂く。

「おりよう」ノマドは命じた。「勝ち目はない」

「もう一度だけ狙わせてくれ」ホルトが応じた。「必ず倒す！」

「だめだ！　ここを離れる。今すぐに！」

「だが――」

「今すぐだ！」

ノマドは走った。ホルトもあとにつづく。ホルトが最後にもう一度振り返ると、敵のひとりが手榴弾を投げようと振りかぶるのが見えた。「手榴弾だ！」ホルトは叫び、ノマドもうまく隠れてくれることを願いながら、目に入ったなかで一番大きな木の幹の背後に飛び込んだ。一瞬のち爆風がジャングルを切り裂き、葉と枝をずたずたにして破片を木に叩きつけた。

「大丈夫か？」ノマドが呼びかけてきた。

「ああ。あんたは？」

「破片があたった」ノマドがぼろぼろになった幹の背後から身を乗り出した。「静かに」

つかのま、ふたりともじっと動かずに耳をすました。丘を駆けのぼってくる小さな足音がはっきりと聞こえる。

「破片手榴弾はまだ残っているか?」ノマドがたずねた。

「一個ある」ホルトは答えた。「緊急用にとってあった」

「今が緊急事態だ」

ホルトはすでにピンを抜いていた。「そうだな」爆発の煙がまだうっすら残っているあたりに手榴弾を投げる。「投げたぞ」

手榴弾は夜の闇に消え、かちんと音を立てて地面にぶつかった。ひそやかだった追っ手の気配は一転してパニックと混乱に変わり、それから爆発が起きた。

すぐに叫び声は聞こえなくなった。

「まだ足音は聞こえるか?」ノマドが木の幹をまわって様子をうかがった。

「いや。そっちは?」ホルトは耳ががんがん鳴り、目から涙があふれた。最後の一発は距離が近すぎた。よけようとしたもののよけきれず、片方の袖が手榴弾の破片で鋭く切り裂かれている。

「聞こえない。援護してくれ。調べに行く」

「了解」

ノマドは隠れていた木の残骸の後ろから飛び出した。その木とふたつの手榴弾が爆発した場所のあいだは完全に吹き飛ばされ、ほとんど何も残っていない。ノマドは懸命に丘をのぼった。ようやく頂にたどり着くと一拍置き、縁からのぞいて様子をうかがった。

あたりには沈黙が垂れ込めている。左右に素早く目をやった――早くも体温が失われつつある死体の山を別にすれば、見渡す限り兵士はひとりもいない。残りの兵士たちはジャングルに姿を消していた。

「ホルト、誰も見えない。撤退したようだ。センサーは？」

「投げるぞ」ジャングルの地面にセンサーがあたる鈍い音が響いたが、映し出されたのは急速に冷えていく死体だけだった。

ホルトが隠れていた場所から出てきた。「もしやつらがまだ身をひそめているなら、おれたちはとっくに死んでいる。あきらめたのかな？」

ノマドは少し考えた。「そのようだ。大勢の兵士を失ったし、指揮をとっていた将校は優秀だった。これ以上被害を大きくしたくなかったのだろう」

「ああ、あるいは袖の奥にまだ何か隠し持っているのかもしれない。そうそう、袖といえば……」ホルトはすぱっと切れた袖を見せた。「危ないところだった」

「次はもっと太い木を選ぶことだ。行こう、ミダスとウィーバーはずっと先にいる」

「わかった」ホルトは応えた。「そういえば少佐、ひとつ気になることがあるんだ。キャンプで襲いかかってきた兵士のひとりが、英語をしゃべっていた」

「それがどうした？　ここでは英語を話すやつなんてたくさんいる」

「いや、そいつはアメリカ英語を話していたのさ。なんというか、郊外で育った中流階級の英語なんだ。そういうやつが、いったいどうしてアマゾナス自由州のために戦ってるんだ？　このあたり以外じゃ、アマゾナス自由州が何かなんて誰も知らないってのに？」

「いい質問だ。だが、おれにもとんと見当がつかない」ノマドはジャングルの小径を示した。

「さあ行こう」

10

ノマドとホルトは夜明け前に村の手前でミダスやウィーバーたちに追いついた。ウィーバーはふたりを見ると休憩を呼びかけ、四人のゴーストは人質たちに話を聞かれないところに集まった。

「遅かったな」ウィーバーは切り出した。ミダスが無言でうなずく。

「ご挨拶だな」ノマドは目をこすった。「ひどい夜だ。おれたちの客はどうしてる？」研究者たちが力尽きて地面にへたり込んでいる姿を見つめる。カーペンターとスタントンは頭を揺らしていて、今にも眠ってしまいそうだ。クロッティはそれよりしっかりしていたが、とはいえ精根尽き果てているようだ。

「少佐、そろそろ限界だと思う」ミダスの分析は的確だった。「このままボートまで歩かせようとしても、最後まで持ちこたえられるかどうかわからない。それに、たぶん頼めばエルビエルはここで何時間か休ませてくれるだろう」

「おまえはあいつの息子を救ったもんな」ホルトが言った。

「それだけじゃない」ミダスは静かに応えた。「とにかく、これがおれの提案だ。決めるのはあんただ」

「たしかにあいつらは相当ばててる」ウィーバーが低い声で言った。「少し休ませてやってもいいかもしれない。それに、人質の誰かを過労死させたら、オールド・マンはきっとおかんむりだぞ」

「わかった」ノマドは応じた。「村まで歩いて、しばらく休ませてもらおう。それから出発して、最後まで歩き通す。わかったか？」

しかし、ミダスはノマドの言葉に注意を払っていなかった。ジャングルのなか、兵士たちが先ほど通った道をじっと見つめている。

「どうした、ミダス？」ノマドはミダスの視線をたどったが、何も見えなかった。

「確信はないんだが」ミダスは答えた。「なぜか違和感がある。てっきり――」言葉を途切れさせ、首を振る。「やはりこのまま歩いたほうがいい。彼らを立たせよう」ミダスは三人が座っているところまで戻り、彼らが立つのに手を貸した。すぐ先にある草むらの向こうに、村の建物が見える。

「どう思う？」ノマドはウィーバーにたずねた。

「あいつの直感を信じる」ウィーバーは答えた。「だが、その直感の正しさを確かめるために、ここにじっと座っているつもりはない。行こう」

それを見るよりも前に音が聞こえた。

トラックだ。

ミダスは悔しげに頭の脇をぴしゃりと叩いた。「どうしてやつらが追いかけるのをやめたのか、やっとわかった。おれたちがどこに向かうかわかったから、いったん引き返して車に乗り込んだんだ」

「時間がない。ホルト、人質を連れていけ。隠れさせろ」ノマドはキャンプのテントで殺した兵士から奪った拳銃をとり出した。「これを彼らに渡しておけ」

そう言ってホルトに拳銃を放り投げる。「どうしておれが？」ホルトはそれを受けとったものの、不満げにたずねた。

「おまえは村の連中に好かれているからだ。それに手榴弾を持っていない。さあ、行け！」

ホルトは言い返そうと口を開きかけたが、あきらめて人質たちに向きなおった。「いいか、おれについてきてくれ」クロッティはよろよろと立ち上がり、助手たちもつづいた。そのあいだにも、トラックのエンジン音が大きくなる。「とにかく急げ」ホルトは村の反対端まで彼らをせきたて、スタントンが足をすべらせて転びそうになるのを支えた。

「いいだろう。ミダス、エルビエルと村人たちを起こせ。彼らが戦おうが逃げようが、どちらでもかまわん。ただ、寝ているところを襲われるのだけは避けたい」

ミダスは走り出したが、立ち止まって振り向いた。「おれたちはどうする？」

ノマドは彼を見つめた。「川までたどり着けるかどうかわからない。たとえ着いたとしても、川にボートを浮かべたら格好の標的になってしまう。それも、クロッティたちをそこまで連れていけたとしての話だ。だめだ、選択肢はひとつしかない。戦うんだ」

「わかった」ミダスは村長の家に向かって駆け出した。その態度から感情は読みとれない。ミダスが走っていくのを見送ったあと、ウィーバーは首を軽く傾《かし》げた。「まさか、あいつらがカーブに突っ込んで、トラックに思いきりぶつかるのを見たいだけじゃないだろうな？　おれがあの仕掛けのことを忘れたとは思うなよ」

ノマドは疲れた笑い声を漏らした。「正直に言えば、その瞬間を特等席で見るのは悪くない」道が木立に隠れるあたりへと歩く。ウィーバーは急いでそのあとにつづいた。

敵のトラックがやってくる寸前に、ふたりはそのカーブに着いた。兵士たちをぎっしり乗せた二台のピックアップトラックが猛烈な速度で近づいてくる。ウィーバーは無言のまま道の右手の木立に姿を隠し、ノマドは左の茂みに入った。トラックは直線に入るとスピードを上げ、クラクションを激しく鳴らして気勢を上げている。すでに空に向かって発砲したり、まだ遠い村に向けて適当に撃ちはじめたりしている兵士もいた。銃弾がトタン板にあたって跳ねる音があたりに響いた。

「少佐。人質たちは村の反対側のジャングルに隠れさせた。おれもそっちに戻って、騒ぎに加わる許可がほしい」

「だめだ。彼らのそばにいろ。命令に変更があるとしたら——」

「来たぞ」ウィーバーが呼びかけた瞬間、事態が一気に動いた。

最初のトラックは片方のタイヤが地面から浮くほどのスピードでカーブを曲がり、道をふさぐように置かれた故障したトラックにもろに突っ込んだ。ぞっとするような衝撃音とガラスが割れる音が響き、兵士たちが荷台から投げ出されて悲鳴をあげた。運転手はその声を聞くことができない。彼とショットガンを持った兵士は衝撃で胸をつぶされ、すでに死んでいたからだ。

二台目のトラックは速度を落とす暇もなく、カーブで味方の最初のトラックに突っ込んだ。車体はつぶれず、右にはじかれて後部から脇にすべり、側面を木にめり込ませて車台がプレッツェルのようにひしゃげる。その衝撃で兵士たちがまた吹っ飛んだ。残る兵士たちは荷台の床にしがみつき、木に激突する衝撃をこらえた。

次に、渡してあった仕掛け線がトラックに思いきり引っ張られ、ノマドが入念にしこんだ手榴弾が爆発した。

トラックからおりようとしていた兵士たちに逃れるすべはなかった。榴散弾が彼らを切り裂き、トラックの側板を貫通し、なかにいた男たちの命も奪う。最初のトラックから遠くまで投げ出された男たちもその破片を浴びて、雹《ひょう》に打たれた小麦のように倒れ込んだ。二台目のトラックの運転台が盾となって、最初のトラックの荷台から意識がもうろうとした状態で這い出ようとしていた数人はかろうじて助かったが、仲間のほとんどはすでに倒れていた。

さらに悪いことに、二台目のトラックの燃料タンクに穴があき、ディーゼルオイルがあたりに流れ出している。

「ウィーバー！」ノマドが叫んだ。「やつらが立てなおす前に行くぞ！」

ウィーバーはすでに撃ちはじめて、生き残った兵士を倒していた。ひとりは何度も撃ち返してきたものの、ノマドの一発で静かになった。ノマドは死体のあいだを注意深く進み、ウィーバーは死んだふりをしている生存者を探しつつその援護にあたった。

生きている者はひとりもいない。

「なんてこった」ウィーバーが言った。「あり得ない」

「だが、現実らしい。これは大記録だ」ノマドは二台目のトラックの運転席のドアを開けてなかにいるふたりの兵士が間違いなく死んでいることを確かめ、すぐに離れた。不意に垂れ込めた静けさのなか、地面に流れ落ちつづけている燃料のごぼごぼいう音だけが、やけに大きく聞こえる。

「ミダスはどこだ？」ノマドはひとりごとのようにつぶやいた。「ミダス、こちらはノマド。状況を報告してくれ、どうぞ？」

返事がない。ノマドはウィーバーを見た。「まずいな」

ウィーバーはうなずいた。「たしかに。それに――おっと、ちくしょう」

新たな音が早朝の静けさを破る。エンジンが回転数を上げ、猛烈な勢いで走ってくる音だった。

「こんなに簡単なはずはないとわかってたよ」ウィーバーは静かにつぶやき、次の瞬間トラックが飛び出してきた。やはり改造されたトヨタのピックアップトラックで、武装した兵士たちがぎっしり乗り込んでいる。これまでのトラックと違って荷台に男が立ち、その肩にはRPG－7、対戦車ロケット弾発射器の特徴的な輪郭がはっきり見えた。

ノマドは不意に、足もとにたまりつつあるディーゼルオイルのことを強く意識した。「RPGだ。隠れろ！」そう言って茂みに飛び込もうとしたとき、荷台の兵士がロケット弾を撃った。

発射されたロケット弾は螺旋《らせん》を描いて飛んできて、木にめり込んでいた二台目のトラックの後部にあたった。凶暴なまでの衝撃が空気を震わせ、それと重なるように金属の裂ける音が響き渡る。それから地面にたまったオイルに引火し、耳を聾するような轟音とともに火柱が吹き上がった。はずれたドアとタイヤが飛んできて、すべてをなぎ倒しながらジャングルに突っ込んだ。

燃えている金属板が頭上を飛び、ノマドは地面に伏せた。金属板が彼の背後の木の幹に深々とめり込む。ノマドは最初の爆発こそかわしたものの、二度目の爆風につかまって激しく地面に叩きつけられた。

ノマドはよろよろしながら立ち上がろうとした。「ウィーバー？　聞こえるか？」沈黙しか返ってこない。通信機を叩こうとして、それがなくなっていることに気づいた。衝撃波で頭からヘルメットが吹き飛び、イヤホンと通信機も失われている。

すでに、三台目のトラックが止まって兵士たちを吐き出していた。彼らは訓練されたプロらしく機敏に動き、ジャングルにふたりずつ展開した。ひとりで相手にするには多すぎる。ウィーバーの助けがあっても分が悪い。けれども通信機がなくなった今、ウィーバーはもはや月にいるのも同然だ。ましてミダスとホルトは頼れない。

ノマドは村の方角へと這い戻りはじめた。背後で勝ち誇ったような声があがり、それから硬いセラミックに金属をぶつける音が聞こえた。誰かが彼のヘルメットを見つけたのだ。あれを敵の手に渡したままにはできない。もし生き残ることができたら、絶対にとり返さなければ。

それに、ホルトがいるほうに近づきすぎれば、人質を戦闘に巻き込んでしまう危険性がそれだけ増す。敵の注意を村からそらせば——そのとき、村が奇妙なほど静まり返っていることに気づいた——ホルトが人質たちをボートまで、そして友好的な区域まで連れていく時間を稼げるかもしれない。

道の反対側から銃声が鳴り響き、言い争う声と濡れた重い足音が聞こえた。ノマドは右ににじり寄り、蔦《つた》に覆われた木の幹の背後にそろそろと歩を進めた。敵の兵士が一列になって銃を構えながら近づいてきている。

ノマドは木の背後から身を乗り出して撃った。

ノマドに何か言われる前に、ウィーバーはすでに走っていた。ロケット弾の爆風にあおられてよろめく。さらに燃料タンクが爆発した衝撃で、ジャングルのなかを三メートルほど吹き飛ばされ、すべるようにして止まった。「ノマド？　聞こえるか？」

返事はない。

「くそったれ」ウィーバーは地面から体を起こし、姿勢を低く保ったままキノコがびっしり生えている倒木の背後に飛び込んだ。木立のあいだから、敵の兵士が狡猾《こうかつ》に道からはずれるのが見えた。彼らは少しも急いでいない。左右に人数を割いて、守りを固めている。自分たちが何を相手にしているか把握しているのだ。

ウィーバーが見ているあいだにも、ひとりの兵士がかがんでノマドが残した罠をはずし、さらに確認をつづけた。このままではジャングルのなかに隠れつづけることができなくなって村に追いつめられ、そこで蜂の巣にされてしまう。唯一の選択肢は、横へ移動することだけだ。

ウィーバーは身を低くかがめ、倒木に沿って左の方向に進んだ。断面がギザギザになった倒木の端から別の木の背後へ這い進み、さらに次の木へ移動する。素早く確かめると、追っ手も前進しているのがわかった。道のほうから葉むらが揺れるかすかな音が聞こえ、三人の兵士が銃を撃った。鳴き声が聞こえ、先ほど罠をはずした兵士が前に出て、仕留めた何かをつつく。ほどなくして彼は血まみれの動物らしきかたまりを手に持って現れた。運の悪いネズミか何かのようだが、兵士たちが鋭敏な感覚の持ち主で、銃の腕もいいことがよくわかった。

兵士たちは進みつづけ、ウィーバーは左側へ移動しつづけた。今では互いにかなり接近したまま、ほぼ平行に動いている。何かがウィーバーの頰を這い上がる。毒がなく、嚙まず、一匹だけであることを祈りながらじっとこらえる。

それは左目のすぐ下で止まり、また動きはじめた。

ウィーバーはひたすらじっとしていた。これまで、こういう状況のために訓練を重ねてきた。決して動かず、何事にも反応せず、手をのばして邪魔ものを顔から払いたい衝動を我慢すること。狙撃に集中すること。

ただし、今回は狙われる側だ。

兵士たちが話している声が聞こえた。スペイン語だが、何を話しているか程度はウィーバーにもわかる。キャンプを攻撃してきた敵を見つけて殺し、村を襲ってたまった鬱憤を晴らそうと言い合っている。そして敵は急いでいない。正しい手順を踏むために時間をかけている。

虫がまた動きはじめた。ウィーバーは、ジャングルの生き物についてあれこれ口にしてホルトをからかったことを思い出し、これはその罰だと自分に言い聞かせた。罪をつぐなう一番いい方法は、じっと動かずに兵士たちが通り過ぎるのを待つことだ。

彼らは通り過ぎ、そのまま遠ざかった。

ウィーバーは安堵《あんど》のため息をそっとついた。兵士たちが少し先まで進むのを待ってから、道と平行に村とは反対側へ進む。兵士たちがそのまま歩きつづけ、その背中がジャングルに消えるのを見届けた。あと少し時間があれば、有利な位置を確保して敵を狙い撃ち、同士討ちを誘うことができたかもしれない。それが無理で、ほかのゴーストたちがやられていた場合は、川まで逃げてボートに乗る準備をしていただろう。

不意に道の反対側から銃声が響いた。この音なら知っている。ドネツクをはじめ、さまざまな場所で耳にしてきた。ノマドの銃だ。

叫び声と、応戦する銃声が響く。

「まったく気に入らないな」ウィーバーは吐き捨て、顔から蟻を振り払うなり銃を撃ちはじめた。

「いったい何が起きているの？」金属同士が猛烈な勢いでぶつかる音が朝の静けさを破り、クロッティが問いかけた。ホルトは黙るように手を上げた。銃声につづき、何度も爆発が起こる。

「少佐が問題を片づけてくれているんだ。おれたちはこの場から動かず、銃声がやむまで頭を下げている。わかったか？」ホルトはそう言いながら、村の反対側にある緑濃いジャングルと人質たちを交互に見つめた。たしかにあのなかでは何かが起きつつある。

クロッティはうなずいた。「ここは本当に安全なの？」

ホルトは村を突っきり、最初に通り抜けてきたジャングルのなかに彼らを連れ込んだ。前に通ったとき目にとめた地面のくぼみに彼らをひそませ、その上に枝をかぶせて目くらましにした。これまで戦場で何度も願ったことだが、国防高等研究計画局《DARPA》が開発しているとかいうカムフラージュ装置があれば、とまた考えてしまった。ただ、どこかで読んだその技術が実用化するまでには何年もかかりそうだ。現段階では、速く動きすぎると効果が薄れ、しかも電源ユニットが過熱しやすく肝心なときに発火する恐れがあるらしい。けれども今この瞬間は、もしそれが手もとにあって身を隠すことができるなら、その程度のリスクは喜んで受け入れるつもりだった。

さらに大きな銃声が響いた。ウィーバーの銃と、ロシア製の自動火器の発射音が激しく交錯している。急に静かになった。

「終わった？」スタントンがたずねた。「ぼくらは助かったのかな？」

ホルトは答えず、黙るよう手で制した。戦闘がこんなにあっさり終わるなんてあり得ない。直感がそう告げていた。何かがおかしい。ウィーバーとミダスが通信機で今の状況について話しているのが聞こえた。

不意に、通信機からひとことだけ発せられた。「隠れろ！」

ホルトは手をのばしてクロッティたちをつかみ、自分も地面に伏せながら彼らを押さえつけた。「地面に張りつけ！」彼が叫んだのと同時に、巨大な爆発が大地を揺るがした。一瞬のち、二度目の爆発とともに木立のあいだに火柱が立ちのぼる。ウィーバーが通信機に何かを叫んでいたが、ノマドの返事はなかった。それから不意に、またあちこちで銃声が響きはじめる。

クロッティが地面から顔を上げて周囲の様子をうかがった。「どうなってるの？」

ホルトは決断した。

「これを」そう言ってノマドから託された拳銃をクロッティに渡す。「使い方は知っているか？」

クロッティは拳銃を受けとって確かめ、うなずいた。「銃の撃ち方を知らないと、ここでは長く生きられないわ」

「よし。おれやおれの仲間以外の制服を着た誰かが近づいてきたら撃て。それ以外は、必要がない限り撃つな。できるだけじっと隠れていろ」ホルトは銃撃の音が激しくなっている炎の方角を見た。

「わたしたちを残していくの」それは質問ではなかった。

「すぐに戻る」ホルトはそう応えると、立ち上がって戦闘のただなかへと走った。

ノマドは敵が撃ち返してくる前にふたりを倒し、ジグザグに走って道と村から離れた。敵の反応は的確だ。兵士たちは伏せて身を隠し、撃ち返してくる。銃弾があちこちの木にあたり、葉に穴をあけた。

ノマドは身を隠すには少し小さい木の幹の背後に身をひそめ、道に向けて素早く撃った。突き出ていた兵士たちの頭が隠れたが、それもつかのまで、彼らはさらに前進しながらノマドのまわりに激しい銃弾の雨を降らせた。

ノマドはベルトに手をやって、最後の手榴弾を探った。破片手榴弾ではなく、発煙弾だ。それでも役に立つだろう。ピンを抜き、敵の先頭の一団の前方にある草むらに投げ込む。すぐに白く濃い煙が吹き出しはじめた。その向こうから銃弾が飛んできたが、白い煙は徐々に濃くなり、咳き込みながら叫ぶ声が聞こえた。

ノマドは重なるように倒れている木々を目指して、かがみながら走った。その倒木のまわりには蔓が這いのぼり、ふらついている人間のような形になっている。そこにたどり着く寸前、敵の兵士の最初のひとりが煙のなかから飛び出してきた。ノマドは振り向きざまに撃ってその男を倒したものの、煙のなかからよろけるようにして次々に兵士たちが出てきた。右側にも動きがあり、何人かが煙の届かない位置までいったん離れたあと、また集合している。

ノマドが倒木の背後に飛び込んだ直後に銃弾が蔓を切り裂き、彼が右手の敵を撃とうとして身を乗り出すと、ふたたび耳を聾するような銃声が響き渡った。

道の反対側でも銃声があがる。左手にいたふたりの兵士が一瞬そちらに目を奪われ、ノマドはその隙をとらえて撃った。ひとりが倒れ、もうひとりは腕に銃弾があたり、ノマドは大きく円を描くようにして木立のあいだを走って逃げた。

「いったいどうなってるんです？」スタントンが問いかけた。「どうして彼はぼくたちを残して行ってしまったんです？」

「黙って」クロッティはそう言って、カーペンターに拳銃を投げた。カーペンターはそれを巧みに受けとり、スライドを引いて弾倉を確かめた。

「八発残ってる」カーペンターは言った。「万が一のときは、短い戦いになるわ」

「戦わなくてすむことを祈るわ」クロッティはくぼみの縁から様子をうかがった。ホルトが建物から建物へと走り、激しい戦闘の音が聞こえるほうへ向かう姿が見えた。「でも、もしものときは全部撃つのよ」

カーペンターはうなずいた。スタントンは凍りつき、ジャングルのさらに奥に目を凝らした。「今のはなんだろう？」

「なんのこと？」カーペンターは弾倉をおさめた。「何も聞こえないわ」

「誓ってもいい、何か動く音が聞こえた」彼は一拍置いた。「また聞こえた！　あそこだ！」

スタントンが指さす。クロッティはじっと目を凝らしたが、何も見えなかった。「ごめんなさい、わたしには何も──」

そのとき、誰かが彼女のうなじに銃口を押しつけた。

クロッティはゆっくりと両手を上げ、同じようにするようカーペンターにうなずきかけた。銃口で軽くつつかれ、彼女は拳銃を地面に落とした。

木立のなかから、さまざまな銃や鉈を持った男女が次々に出てくる。その真ん中に、ミダスと呼ばれていた兵士が、おそらくは村長と思われる老人と並んで立っていた。ミダスはクロッティを指さし、村長に向きなおって何かを穏やかな声で伝えた。村長がうなずき、彼女のうなじにあてられていた銃口が離れた。

「怖がらせてすまなかった」ミダスは地面のくぼみをのぞき込んで呼びかけた。「ここにいる連中は、知らない相手をとても警戒しているんだ」

「そのようね」クロッティは冷静に応じ、拳銃が押しつけられていた場所を撫《な》でた。「ここは彼らの村なの？」

ミダスがうなずいた。「彼らは敵が来るのに気づいて、戦闘を避けようとジャングルに逃げ込んだんだ」銃声が響くほうを顎で示す。「もう避けられないと思うが」

「あなたの仲間のサングラスをかけた人は、あそこに飛び込んでいったわ」

「それなら少佐が命令に従う義務があることを彼に言って聞かせるはめになるだろう。いいか、そのままそこに隠れて静かにしているんだ。それが身のためだ」ミダスは村人とともに無言のまま戦場へと向かった。

ウィーバーに撃たれた兵士は倒れ、両腕を痙攣させた。仲間の兵士は何が起きたのかすぐには気づけず、その一瞬が命取りになった。男は胸の真ん中に銃弾を浴びてのけぞり、すでに命を失った指が反射的に引き金を引いた。仲間たちはあわてて身を隠した。ウィーバーは下がって道に近い左のほうへ動くと、狙いをその道に定めた。二台目のトラックの火勢はしだいにおさまりつつあったが、それでもまだ明るく燃えている。その隣では、追突された最初のトラックの残骸がやはり燃え上がっていた。

けれども彼らが道をふさぐために置いたトラックは、一部が壊れたものの原型をとどめている。ウィーバーはどこに燃料タンクがあるのか車の構造を思い出しながら狙いを定め、曳《えい》光弾《こうだん》が弾倉に残っていることを確かめた。それから引き金を引いた。

弾はトラックの側面に立てつづけにあたり、深くめり込んだ。一瞬のち、車台の下から炎が舌を出したかと思うと、車全体が燃え上がった。道の一番近くにいた兵士たちが駆け戻る。ジャングルの奥まで入っていた兵士たちは、そのままこちらに進みつづけた。ウィーバーはもう一度連射してから、後ろに下がった。兵士たちは今では彼を仕留めることだけを意識して近づき、道をふさぐように陣取って一斉射撃をはじめる。銃弾がウィーバーのすぐそばの木にあたって縫い目のような痕をつくり、おがくずと木のかけらが降り注いだ。敵が多すぎる。選択肢がなくなりつつあった。ウィーバーは思いきって道に向かった。仲間を撃ってしまうことを恐れたらしく、ジャングルからの銃弾がいったん途切れる。しかし今度はぬかるんだ道にいた兵士たちがウィーバーの姿をとらえ、木立のあいだからまた銃弾が降り注いだ。彼は森を抜けて道に飛び出し、移動しながら撃ち返した。敵がトラックの両側へまわり込んだ音が聞こえたので、ウィーバーはすかさずトラックの荷台に飛び乗った。不意をついて、ライフルの柄で男の側頭部を殴りつける。兵士が昏倒《こんとう》すると、ウィーバーはトラックから飛びおりて走りつづけた。

ウィーバーと同じ側の道にいた兵士たちが、新たな炎に照らされながら追いかけてくる。

ホルトが森の入口に着いたとき、戦闘の音はすでにジャングルの奥深くへ移動していた。燃え上がるトラックの炎が、走りながら銃を撃つ兵士たちのシルエットを浮かび上がらせている。ときおり応戦する銃声が伴奏のように響いた。「ウィーバー！　ノマド！　聞こえるか？」

「走りまわってるところだ」ウィーバーが答えた。「ノマドは生きているが、連絡不能！　おまえはいったいどこだ？」

「到着した！」

ホルトはジャングルに駆け込んだ。

遠ざかろうとしているのに、逆に銃声が迫ってくる。追っ手は今ではかなり警戒していたが、相変わらずしつこく、最後に銃を撃ち終えた際にはあやうく頭を吹き飛ばされそうになった。だが、少なくとも村と人質からは遠ざかりつつある。それにまだつかまっていない。

追っ手のさらに向こうで別の銃声が響き、激しく応酬する音が聞こえた。それが何を意味するのか、ノマドにはわからない。けれどもそのおかげでわずかな時間を稼ぐことができ、一番近くにいる敵との距離を広げられた。あたりは斜面になっていて歩く速度が落ち、足もと近くの地面にまた銃弾がめり込んだ。彼はすべり、よろけながらのぼりつづけた。

前方の葉むらのなかから、人影がひとつ浮かび上がった。その男は傷のついたアサルトライフルを構えて撃った。

追っ手が立てる音に耳をすませ、それを追いかけるしかない。ホルトはそう判断した。ジャングルのなかに入ると音がくぐもって聞こえたが、濃密な葉むらのなかでも、激しい銃声はしっかり耳に届いた。曳光弾らしき煙がゆっくり漂ってきているのも意に介さず、頭を低くして走る。

前方で何かが動き、煙から後退してくる兵士たちの姿が見えた。充分狙える。ホルトはそう判断して銃を撃った。

次の瞬間、ホルトは遠くでノマドが倒れるのを見た。

「ウィーバー！　ミダス！　ノマドが撃たれた！　助けに向かう！」

「おまえの姿が見えたぞ、ホルト」ウィーバーが応えた。「同じ方向に向かってる！　ミダス、おまえはどこだ？」

ノマドに迫っていた兵士たちが下り坂に向かって連射し、すさまじい銃弾の雨を降らせた。そのせいでホルトにはミダスの返事が聞こえなかった。素早く地面に伏せたあと、ほんの一瞬前までいた場所を銃弾が刈りとっていく。ホルトは右に転がると、あいているほうの手でセンサーを投げた。センサーは丘で二回跳ね、ためらうように一拍置いてから起動した。

センサーが映し出した状況は厄介だった。敵の兵士たちは斜面に集まり、しかも援軍が加わっている。そのうちのふたりが倒れているノマドの青い輪郭の上にかがみ込んでいるが、何をしているかはっきりとはわからない。左手奥にはウィーバーの姿が見えた。懸命に走っている。しかし最大の問題は、自分のほうに向かってくる黄色い壁だ。それは銃弾の帯で、すぐ左の地面に次々に穴をあけていく。ホルトはあとずさり、膝をついたまま何度か撃ち返した。正確に狙ってきた銃弾で地面の土がはじけると、木の背後に飛び込んだ。黄色い輪郭がひとつ倒れ、ウィーバーが〝ひとりやったぞ！〟と叫んだ。けれども残りの兵士たちがなおも迫ってきている。ホルトは幹の脇からのぞこうとしたが、敵の銃弾にあやうく頭を吹き飛ばされそうになった。

「ウィーバー！　やつらはノマドに何をしている？」

「抱き上げようとしている。あいつは生きてるぞ！」

「ノマドを奪い返すぞ！」

「言われるまでもない！」

ホルトの前方に手榴弾が落ち、彼のほうに転がった。

「手榴弾！」ホルトは地面に倒れ込み、できるだけ離れようとそのまま斜面を転がり落ちた。正しい方向に逃げていて、破片が体の上を通り過ぎてくれることを願う。判断を誤ったら、この距離では穴だらけになってしまうのを避けられない。

爆発の瞬間、ホルトは地面にぴったりと体を押しつけた。背後にちらりと目をやると、先ほどまで隠れていた木が根こそぎ吹き飛んでいる。手榴弾が炸裂《さくれつ》しているあいだは敵も身を隠さなければならず、互いに一時的に動きが止まったことだけが救いだ。しかし彼が見ているあいだにも、兵士たちは立ち上がってまたしても進みはじめた。

「ウィーバー？　大丈夫か？」

「ああ、爆風の届かない位置にいた。やつらは間違いなくノマドを運んでいる。トラックのエンジン音が聞こえる――ちくしょう、急いで決着をつけないと！」

「わかってる、わかってるって」ホルトは振り向きざま体を起こし、敵に向かって撃った。暗視装置に映る黄色い輪郭が上体を折り曲げて倒れたが、ほかの兵士たちはそれまでより密集し、ホルトを狙って銃を撃ちまくる。「左右を固めて、おれを村から切り離そうとしている」敵の兵士たちは右手に動いて広がり、センサーの範囲からはずれて姿を消した。「やつらは草むらのなかだ」

「道のほうに戻るんだ。おれはこれから――ちくしょう！」激しい銃声がウィーバーの通信機から聞こえた。「見つかった。ノマドのところまで行けない。ミダス、どこにいるのか知らないが、今しかない！」

それに応えて、ホルトの右手から銃が連射される音が響いた。次の瞬間、ミダスが飛び出して、敵の兵士が次々に倒れた。ミダスの脇にはエルビエルが険しい表情を浮かべて立ち、奪ったアサルトライフルを手慣れた態度で撃っている。兵士たちが新たな敵に気づいてそちらを向くと、ホルトはここぞとばかりに立ち上がって彼らに銃弾の雨を降らせた。

兵士たちは挟み撃ちにあってあとずさるか、その場に崩れ落ちるかした。ミダスと村人たちは前進し、ホルトは身をひるがえしてウィーバーのほうに向かう。スナイパーを狙っていた兵士たちが戦闘を放棄し、身を守るために退却するのが見えた。

「大丈夫か、ウィーバー？」

「何度か危なかったが大丈夫だ。トラックのエンジン音が遠ざかってる。ノマドを奪われてしまった。ミダス、深追いするな！」

「彼らはすべきことを心得てる」ミダスから返事が返ってきた。「今は敵も押し返すことを優先している。待ち伏せしたりはしない」

「わかった」戦闘時の興奮がすでに薄れはじめ、ウィーバーは疲れた声を出した。「ホルト、こっちに集まってくれ。合流して状況を整理しよう」

「了解。そちらに向かう」

11

最後の銃弾を撃ち終えたときには、火はほとんど消えていた。森の湿気が延焼を防いでくれた。敵の死体は整然と並べられ、次に攻撃されたときに備えて、村人たちが役に立ちそうなものをすべて奪いとった。ホルトはしばらく前に人質たちの様子を見に行き、動揺はしているが無事であることを確かめた。ミダスの助けを借りて、彼らを横になって休ませるためにあいている家へ連れていった。そのあとゴーストたちは集まって被害状況を調べ、次の計画を練った。

「それで、ノマドを助けに行くのか?」ホルトが、何か使えるものはないかとトラックの運転台をのぞき込みながらたずねた。しかし見つかったのは、黒焦げになった金属と溶けたプラスチックだけだ。使えるものは何もない。

「いや。まず人質をここから連れ出して、プロタシオに引き渡す。ノマドを助けに行くのはそのあとだ」

「冷たいんだな、ウィーバー」ホルトは納得がいかないといった口調だ。「あんたたちは強い絆で結ばれていると思ってた」

「結ばれているさ。もし立場が逆なら、あいつも同じことをするだろう。おまえだって同じはずだ。おれたちは与えられた任務をやり遂げる。それだけだ」

道の脇の茂みを探っていたミダスが顔を上げた。「オーバーロードに連絡すべきでは？ 応援を頼めるかどうか確かめたら？」

「連絡はとる」ウィーバーは答えた。「だが、応援は頼まない。任務を果たすまでは」

ミダスは応えず、かがんで地面から何かを拾い上げた。彼が振り向くと、ほかのふたりはそれが何かすぐに気づいた。ノマドのヘルメットだ。「ホルト、これを修理できるか？」

「どうかな」ホルトは近づいてヘルメットをミダスの手からとった。「大事なところを壊されてるようだ。やれるだけやってみよう。いずれそのうちな」あてつけがましく言い足した。

「いずれそのうち」ウィーバーはくり返した。「いいか、おれだってこの状況は気に入らないんだ。だが、やらなければならないことははっきりしている」

「ああ」ホルトは素っ気なく応えた。かがんで半分溶けたプラスチックのかたまりを拾い、それを投げ捨てる。「それで、このあとの計画は？」

「夜になるまでここにいる。エルビエルが許してくれればだが。休んで充電し、人質たちを下流まで運んでしかるべき者に引き渡す。ノマドは昼のあいだ川に出ていることをいやがっていたが、その判断は間違っていない。あいつらは、おれたちの小さくて古いボートよりも大きな船を持っているだろう」

「そんなに悠長にしていて本当にいいのか？」

「いや、ホルト、もちろんよくはない。だが、それよりいい選択肢が思いつかない」ウィーバーは周囲を見まわした。不意に、ジャングルが今日ここで起きたことを忘れるにはどれくらいかかるのだろうという思いがよぎる。蔓がのびて残骸を押しのけ、生態系が死体を食べ尽くし、植物が爆発の痕跡と焼け焦げた大地を覆い隠すのにどれくらいかかるのだろう。それほど長くはかかるまい。それは今日最高のニュースだ。

「そうだな。ノマドの仕掛けた罠はすべて解除されている。エルビエルたちを驚かせるものは何も残っていない。行こう」

「ああ」彼らはまた村に戻りはじめた。橋を渡る際、ホルトがミダスの背中をつついた。「なあ、こう思ってるのはおれだけかな。あいつらはキャンプよりも、ここでのほうがずっと賢く戦っていた。それに、川にいたやつらよりもはるかに統制がとれていた」

ミダスはうなずいた。「それについては、もう一組の人質を救出するために戻ってきたと考えればいい」

「やつらがここにまた来るとは思わないのか？」ウィーバーが口をはさんだ。

ミダスは首を振った。「やつらはノマドをつかまえた。さしあたりはそちらに注意を向けるだろう。それにかなりの犠牲を出したから、次の攻撃を仕掛けるまでにはしばらく時間がかかるはずだ」

「加えて、よほどの幸運に恵まれるか、武器をどっさり抱えてこない限り、あの道を通ることはできないからな」ホルトが付け加えた。「ミダスの言うとおりだ。しばらくは誰も戻ってこないだろう」

ウィーバーはかがんで地面から金属のかけらを拾い上げた。破片はまだあたたかい。彼はそれを手の甲で森のなかに打ち込んだ。「やれやれ。ろくでもない状況だ」首を振る。「入れ、出ろ、静かにやれ。勝手なことばかり言いやがる」

「そもそもオールド・マンが二組の人質を別々に救出しろと言った時点で、この計画は破綻していたんだ」ミダスは大まじめな口調だった。

彼らは森を出て村に入った。ミダスが振り向いてほかのふたりを見る。「エルビエルに、食べ物としばらく眠る場所を用意してもらえるかきいてみる。そのあと出発すれば、彼はもうおれたちのことを心配しなくてすむ」周囲を見まわす。「いずれにしろ、彼らは葬式をしなければならない。邪魔にならないよう放っておくべきだ」

「最初からそうしてりゃよかったんだ」ホルトは顔をそらしてぼそりとつぶやいた。もっと大きな声で言う。「一等曹長、まったくあんたはたいしたもんだよ」冗談めかしていたが、表情は険しかった。

「どういう意味だ?」ウィーバーは警戒した声でたずねた。

「ノマドは敵につかまった。あんたたちは親友だってのに、何もなかったかのように話してるからさ」口をはさもうとしたミダスを、ホルトは手を振って制した。「冷静なのか冷たいのか、おれにはわからないね」

　ウィーバーは立ち止まって振り向いた。「しっかり聞くんだ。一度だけしか言わないからな。ノマドとおれはとても古い付き合いだ。おれたちはこれまで幾度となく、ろくでもない状況を乗り越えてきた。どんなことを経験してきたか、おまえは知らないし、知りたくもないだろう。今おれの本能はあいつをつかまえたやつらを追いかけて、あいつを助け出せと言っている。もしつかまったのがおれなら、あいつの本能がそう告げるようにな。

「だが、おれがまず考えるべきは、任務を果たすことだ。それこそがおれたちがおれたちである所以《ゆえん》だからだ。おれたちはゴーストだ。そのことには意味がある。任務を捨てたら、それがたとえ仲間を救うためであったとしても、おれたちは存在意義を失う。今ここに立っているのがノマドなら、あいつもまったく同じことを言うだろう。

「教えてやろう。おれたちはこの任務をやり遂げる。もう一組の人質も連れ戻す。それから、オールド・マンの許可があろうがあるまいが、ここにまた戻り、おれたちの仲間を――おれの友だちを――助け出す。邪魔をするやつらは叩きつぶす。ただし、この任務を終えたあとだ。わかったか？」

　ホルトは二度まばたきをしたが、何も言わなかった。ミダスが沈黙を破り、自分もホルトもよくわかったし、もちろん任務が最優先だとウィーバーに伝えた。

「よし」ウィーバーは吐き捨てた。「あいつは絶対に助け出す。おれを信じろ。ただ、今はそのときではないだけだ」

ウィーバーは周囲を見まわした。「任務を終えるのが早ければ早いほど、ノマドを早く助けに行ける」

そう言って歩み去る姿を、ホルトは頭を振りながら見送った。


ミダスとウィーバーは、村の真ん中にある細長い家に入った。村人たちがそこに不意の来客を迎える用意をしてくれていた。ホルトはすでになかにいて、その脇には人質だった三人が薄いマットレスに横になって眠っている。ほかにもマットレスが敷かれ、寝ることができるようになっていた。

ホルトはノマドのヘルメットを手に持ち、状態を調べた。「どこがやられたのかはっきりとはわからないが、直すのは大変そうだ」そう言いながら顔を上げる。「誰も予備は持ってきていないよな？」

「ない。それが壊れたとき、あいつの頭も一緒に吹っ飛ばなかったことを喜ぶべきだ」軽口めかしているものの、ウィーバーの声にはとげがある。彼はあいているマットレスに座るとのびをした。「二時間後に起こしてくれ。オールド・マンに連絡する。そのあとおまえも少し寝るといい」

「わかった」ホルトは唇をきつく結んで、またヘルメットを調べはじめた。「まさかと思うが、はんだごてとペンチ、それに業務用接着剤は持っていないよな?」ウィーバーはもう眠っていた。ホルトがにやりと笑う。「期待してなかったよ」

小さな信号音でウィーバーは目覚めた。手首にはめた通信機を確かめる。十二時ちょうど。通信衛星が頭上に来るまであと三十分。

ウィーバーは体を起こした。ホルトが椅子に座って穏やかにいびきをかいている。ノマドのヘルメットの部品が膝の上に散らばっていた。クロッティと助手たちはマットレスで丸くなり、泥のように眠っている。ミダスはドアのそばに立っていた。リラックスしているが、油断はしていない。ウィーバーが起きるのを見てうなずいた。

ウィーバーはあくびをした。「オールド・マンに連絡してくる。戻ってきたら、おまえが寝る番だ」ホルトにちらりと目をやる。「あいつは起こさないでやってくれ。大変な一日だったた」

ミダスがまたうなずいて微笑み、ウィーバーを通すために脇によけた。

ウィーバーは周囲を警戒しながら川に向かって歩いた。運がよければ、道を誤って村にたどり着いてしまった敵を見つけることができるかもしれない。

けれども目の前を横切るものは何もなく、ボートには時間に充分余裕を持って着いた。

ウィーバーは蛇がいないか目を凝らしながら枝を慎重によけていったが、彼にちょっかいを出したい生き物はいないようで、ハリス社の通信機をあっさりとり出すことができた。

十二時三十分、ウィーバーのイヤホンが鳴る。ショウタイムだ。

「オーバーロード、こちらブルーキャット。聞こえますか？」

一瞬、沈黙が流れた。それからミッチェルの声が大きく、はっきりと伝わってきた。「ブルーキャット、こちらオーバーロード。よく聞こえる。状況は？」一瞬間を置いたのちにたずねる。「ウィーバーか？　ノマドはどうした？」

「状況は最悪です。最初の三つの荷物は確保しましたが、仲間がひとり船外です」ウィーバーは言葉を選ぶために一拍置いた。「荷物は安全な場所に置いてあります。少し汚れていますが問題ありません。今夜それを川まで運びます。われわれが行くことをペスカドールに知らせてもらえたら、非常に助かります。国境でどうなるか、まったくわからないので」

「了解。ノマドの状態は？」

「敵の手中にあります。おそらく負傷しています」ウィーバーは村での戦闘について手短に報告した。「ノマドは追っ手を民間人から遠ざける際にやられました」ためらってから口にする。「われわれは任務をつづけ、ノマドの救出に尽力する許可を得ていると理解しています」

ミッチェルの声にいらだちがにじんだ。「ウィーバー、任務が優先だ」

「任務は放棄していません」

「それでいい。奇跡でも起きない限り、ノマドがどこに連れていかれたのかはわからない。敵は少なくとも半日は先んじていて、しかも車を持っている。クロッティと助手を送り届けるために少なくともさらに十二時間遅れをとる。一方で、われわれにはクワンとメッシーナに関するたしかな情報がある。彼らが最優先であることは変わらない」

「了解しました、中佐」川で何かが跳ねた。ウィーバーが振り向くと、巨大なピラルクが深みにまたもぐっていく姿が目に入った。「待ってろよ」彼はつぶやいた。

「ウィーバー？」

「失礼しました。何か見えたと思ったもので」一度咳払いし、慎重にたずねる。「たとえひとり欠けても、任務に変わりないことはわかっています。ですが、応援の可能性はないのですか？　実のところ、ストーンでも大歓迎です」

「ストーンは別の任務にあたっている。人員不足もあって、きみたちの部隊がこんな目にあっているわけだ、ウィーバー。望みどおり助けを差し出せたらどれほどいいか。だが、わたしのポケットは空っぽだ」ミッチェルはますますいらだった口調になった。「ささやかだが、せめてもの朗報がある。セージとジョーカーはどちらも順調に回復している。きみからよろしくと伝えておくよ」

「ありがとうございます」

「ほかには何か？」衛星は軌道をまわりつづけているため、すでに信号が弱まり回線に雑音が入りはじめていた。

「いいえ。みんなをもうしばらく眠らせて、それからまだ明るいうちに動きます。引き渡しの確認のため、明日また連絡を入れます」

「了解。幸運を祈る、ウィーバー。オーバーロード終わり」

ウィーバーはそのあとしばらく土手に座り、川の流れを見つめた。もう水面に魚が飛び出してくることはなかった。先ほど見えたのは怪物なみの大物だった。体長が二メートル近くあり、木の幹のように太い。あれほど大きいやつは稀《まれ》だ。自慢できる釣果を壁に飾りたい釣り師たちが競って乱獲したせいで、この川から大物はいなくなってしまったのだ。けれども彼はたしかに見た。ここにまだいるとは思っていなかった大物が、目の前に姿を見せて去っていった。

「たぶんあれは何かの兆しだ」ウィーバーはそうつぶやきながら立ち上がり、村へと戻りはじめた。「いや、おまえみたいにでっかいやつは、兆しだのなんだのに関係なく、ただ姿を見せただけなのかもしれない」

12

ノマドはトラックの荷台で意識をとり戻した。肩がうずき、血でべたついている。荷台の床に寝かされ、アマゾナス自由州の不機嫌そうな顔つきの兵士たちに囲まれていた。トラックは危険な方角にひたすら走っているようだ。

素早く自分の体を確認すると、予想どおり、拳銃も装備もいっさいなくなっている。縛られてはいないが、意識をとり戻すと思わなかったのか、あるいは充分な人数がいるので押さえつけるのは簡単だと考えているのかもしれない。どちらも当然の判断だ。肩の傷がうずく。ただ、致命傷ではなさそうだ。そうでなければ、とっくに出血多量で死んでいただろう。それでも、服はぐしょぐしょに濡れていた。出血はまだ止まっていない。たとえ傷のせいで命を落とさずにすんだとしても、このままでは感染症にかかってしまう恐れがある。

兵士のひとりがノマドが動くのを見て、座ったまま彼の脇腹を蹴飛ばした。ノマドが思わずあえいだせいで、ほかの兵士たちも彼が意識をとり戻したことに気づいた。小さくかちりという音がする。ノマドが目を開けると、顔にブローニング・ハイパワーが突きつけられていた。自動拳銃を握っている年配の男は、細身で屈強な体をしており、頭は禿げている。荷台のほかの男たちにとても低い声で何か呼びかけている。そのうちのひとりが答えた。ノマドには〝だめだ、こいつは生かしておく必要がある〟と言っているように聞こえた。

年配の男はしばらくためらってから、ようやく拳銃をしまった。「生かしておくさ《コン・ヴィダ》。誰も〝無傷で〟とは言ってないが《ペロ・ナディエ・ディホ・〝サノ・イ・サルヴォ〟》」

トラックの荷台にいた男たちがうなずく。ノマドは脇から飛びおりようとしたが、力強い腕に押さえつけられてしまった。それから彼らはノマドをいたぶりはじめた。

ようやく川までたどり着いたときには、すでに夜が忍び込みはじめていた。

ウィーバーはボートの準備をしておくためと、しばらくひとりになるために、ほかのメンバーよりずっと前に出発した。ホルトとミダスがクロッティたちを連れて到着したとき、ウィーバーはすでにボートを覆っていた枝をきれいに取り去り、もちろん余計な生き物も乗せることなく、静かにエンジンをかけていた。クロッティは落ち着いてボートに乗り込み、助手たちがばたばたとつづく。

「エルビエルは、おれたちがもう戻らないことを知っているのか？」ホルトはミダスにたずね、一緒にボートを押して川に出すと飛び乗った。

「村長はおまえのことを面白がっているが、彼にとってはもう会わなくてすむほうがいい」ミダスが言った。「たしかにおまえは面白い。だが、おまえがいくら気を使っても、ああいう村に与える影響は想像以上に大きい」

ホルトは炎と地面に転がる死体のことを思い浮かべながら、濃い緑色の壁に隠れた村のほうを見やった。「言いたいことはわかる」

ホルトが飛び乗るとボートは揺れ、研究者たちはあわてて手すりをつかんだ。「心配しなくていい」ウィーバーが彼らに呼びかけた。「リラックスするんだ。このボートは転覆したりしない。これから下流に向かって、あなたたちをブラジルの当局に引き渡す。彼らが家まで送り届けてくれるだろう。運がよければ短い旅になる。運が悪ければ、途中で隠れるよう命令させてもらう。そのときはベンチの下にもぐって、おれたちがいいと言うまで顔を上げたり音を立てたりしないでくれ」エンジンをふかし、ボートを土手から離して流れに乗せる。「いいか、手と足はボートの外に出さないよう注意してくれ。人質を救出したが、途中で食われてしまったと国務省に説明しなければならなくなるのはごめんだ」

「それはまかせて」クロッティが愉快そうに答えた。「ほかには何かある？　もうおしまいかしら？」

「食料と水はそこのロッカーにあるから、ご自由に。ただし、缶は自分で叩いて開けてくれ」やがてボートは主流に入り、速度を増した。

川はまだ水位が高く、嵐が運んできた漂流物があちこちに浮かんでいたが、今は流れに逆らわず下流に向かっているので、猛スピードで流れてくる障害物にぶつかる恐れは少ない。上空の低い位置を雲が走り抜け、それに隠れて月はかすかな染みのように見えた。両岸には木々が生い茂り、夜のとばりがおりるとともに透かし見ることのできない黒々とした壁となって立ちはだかる。針路が川の真ん中からはずれないようにと、ウィーバーは改めて自分に言い聞かせた。コウモリがおりてきて飛びまわり、鳴き声をあげ、水面に群がっていた虫を食べる。

ウィーバーは艫《とも》にミダスと並び、ホルトは壊れたヘルメットを直すための狭いスペースを確保した。「明かりはないぞ」ウィーバーが呼びかけた。

「これがおれの最初のロデオだと本気で思ってるのか？」ホルトは言い返し、作業に没頭した。

「あの言いぐさを聞くたび、本物のロデオをやらせてみたくなるよ」ウィーバーは言った。「国境までまだ何時間もある」

ミダスは防水のロッカーから通信機をとり出した。「案外うまくやって、驚かされるかもしれないぞ。それより、連絡係におれたちが近づいていることを知らせたほうがいいだろう」幸い、通信機は音を立てて起動した。「連絡がとれそうだ」

「じゃあ頼む」ホルトが応えた。「猫の手も借りたいところだ、そうだろう？」

「助けはいつでも大歓迎だ」ミダスは通信機に顔を寄せて、マイクをとった。

「ペスカドール、こちらブルーキャット。聞こえるか？」

静電気の音が響き、コレア中尉の声が聞こえてきた。「ブルーキャット、こちらペスカドール。聞こえるわ。釣りはどうだった？」

「川でいろいろあった。三匹釣った。早く家の壁に飾りたい」

「大漁だったみたいね。何か問題は？」

ホルトが小さく咳払いした。ミダスはわかっているというふうに指を上げて答えた。「特になかった。今は下流に向かっている。魚を引き上げるのを手伝ってもらえないか。川にワニがいたのが気になるので、大きなネットがあるといいかもしれない」

コレアが応じるまで間があき、次に聞こえてきた声にはためらうような気配があった。

「わたしたちの池まで来てくれたら、喜んで手伝うわ。隣の池に入るのは許されていないの」

「もしおれたちが隣の池で釣りをしてつかまったら？」その質問への答えもすぐには返ってこなかった。

「たぶんそのあと下流に流されるわ。こちらの池に戻ってきたとき、わたしにできることがあれば知らせて。相談に乗るわ。ペスカドール終わり」

「やれやれ、よくわかったよ」ウィーバーがつぶやいた。

「プロタシオ隊長は用心深い男だ。自分の庭で〝国際紛争〟をはじめたくないんだろう」ミダスが言った。「おれたちのためにベネズエラと撃ち合いをはじめるつもりはないということだ」

「おれたちにからんでいるのは、ベネズエラの正規軍じゃない」ウィーバーはとがった声で言い返した。「プロタシオがあいつらを川岸から吹き飛ばしたら、カラカスから感謝状が届くはずだ。隊長はホルトのことを根に持って、わざとおれたちをやきもきさせているだけだ。逆恨みみたいなものだ」

遠くの土手から大きな水しぶきの音があがり、ウィーバーとホルトははっとした。「今のはなんだ?」ホルトがたずねる。

「ワニよ」クロッティが答えた。「ほとんどは夜行性なの。川は表面上は穏やかに見えるけれど、水のなかでは常に生死をかけた戦いが繰り広げられている」肩をすくめる。「実のところ、それが植物学を選んだ理由のひとつなの。動物が食い合うのを見るのにうんざりして」

「ここでいったい何をしているんだ、教授?」ウィーバーがたずねた。「母国から遠く離れたこんな場所で」

「残念ながら、母国では新しい抗癌剤を見つけるチャンスが少ないの。自然界には、まだ発見されていない植物種がたくさんある。そのなかから、難病を治すための特効薬を見つけたいの。一方で、世界中で熱帯雨林は急激に失われつつある。わたしのような人間がここに来なければ、とても貴重な資源が失われ、そもそもここにあったことすらわからないままになってしまう恐れがある」

「それで、もしあなたが何かを見つけたら?」ウィーバーは、まだぴんときていない口調だ。

クロッティは低く笑った。「もし何かを見つけたら、そのあと研究と実験がくり返される。まあ、今日はたしかにとんでもない一日だったけれど、食品医薬品局《FDA》の認可をとるのもそれに劣らず大変なの。わたしが何を発見しようが、金持ちや有名人になる見込みはほとんどないとだけ言っておくわ。それでも、何か有望なものを見つけることができたら、きっと未来に貢献できる。そして、それが見つかったジャングルの一画は、今よりは保護されるでしょう」

ミダスは座ったまま姿勢を変えてクロッティと向き合った。「つかまったときの状況を教えてもらえるか？　資料によれば、あなたたちはかなり前からあそこにいて、これまではなんの問題もなかったようだが」

「わたしに関する資料があるのね」クロッティは言った。「あのキャンプを訪れるのは五年目になるけれど、今回の遠征には新しいスポンサーがついているの。わたしたちが三人だけなのは、そのスポンサーが気前がいいとは言えないから。彼らはビールの予算でシャンパンをほしがるし、すべての装備に自分たちの名前を載せたがる。初めての相手と付き合うときにはいつものことだけれど、最近は資金を集めるのがとても大変なので、にっこり笑って耐えなければならない。今回は大学院生が五十人応募してきた。大学には職《ポスト》がないから」ぐっすり眠っているスタントンとカーペンターを親指で示す。「あのふたりは申し分なかったわ。仕事はきちんとこなすし、人をいらつかせない」

「少佐はうらやましがるだろうな」そうつぶやいたミダスの脇腹を、ウィーバーは肘でつついた。「なるほど、チームは優秀で、あなたは前にもここへ来ていた。だとしたら、平穏無事とまではいかなくても、少なくとも問題はなかったはずだ。事態がこじれる前に、村の連中と何かあったのか？　あるいは兵士たちと？」

クロッティは首を振った。「そういうことではないの。これまでいくつかの村と付き合ってきたけど、いつもうまくやっていた。何人かは一緒に働いてくれたりもした。サンプルを持ってきてくれたり、新しい場所まで案内してくれたりしていたの。わたしたちが拘束されていた村も、以前足を運んだことがあったと思う。でも、もめごとなんてなかった。それに兵士について言えば、国境を越えたあとは目にすることもなかった」肩をすくめる。「今年になるまでは」

「何があったんだ？」

「わたしたちのキャンプは森の奥にあったの。言ったとおり、兵士の姿なんて見たことがなかった。でもある日、偵察兵が木立を抜けてやってきて、隊長らしい男からわたしたちは今からアマゾナス自由州の保護下に置かれると告げられた。彼らはそれだけ言って、またジャングルのなかに戻っていった。わたしはすぐに撤去することを考えたけれど、スタントンに思いとどまるよう説得されてしまったの。別に脅されたわけじゃない、それにとても興味深い成果が出はじめているので、調査をつづけるべきだって」クロッティは天を仰いだ。「もし帰国したら、それを理由に彼は首にするわ」

「ああ。まずい判断だったな」ウィーバーが答えた。「次にやつらが来たのはいつだった？」

「一週間後。そろそろ頭の隅で聞こえつづけていた警告のささやきが消えかけていた頃。今度は真夜中にいきなりやってきた。わたしたちに拳銃を突きつけて、あのキャンプまで歩かせたの。彼らは急いでいた。パソコンやほかの電子機器は奪われたけれど、サンプルは残したまま。もう発電機は止まっているはずだから、保存していたものはすべて蟻に食べられてしまったかも」クロッティは顔を上げた。「心配しないで。貴重な研究成果を救い出すためにあそこに戻ってほしいなんて頼むつもりはないから。この騒ぎがおさまって、わたしが戻るまで、きっとジャングルが守ってくれる。あるいはほかの誰かが」クロッティはへたり込むように腰を落とした。「今はとにかく帰りたい」

そのあと彼女はもう何も言わず、丸くなって眠りに落ちた。ゴーストたちは通り過ぎていくジャングルの影を見つめていた。

13

ノマドはうずくような肩の痛みで目覚めた。痛むのはそこだけではない。ウルビナの部下たちに思いきり殴られた。胸の奥に響くほどの痛さからして、肋骨《ろっこつ》が何本か折れているだろう。いつのまにか包帯が交換され、出血もおおむね止まってはいたが、痛みが本当にひどいのは肩だった。姿勢をごくわずかに変えてみて、体が思いどおりに動かないことがわかった。

応急処置はしてもらえたとはいえ、今の状態は快適にはほど遠い。椅子に縛りつけられ、プレハブの建物の真ん中に座らされている。壁際にバケツがあるだけで、ほかには何もない。二十代半ばと思われる細身の兵士が真新しいＡＫ－１０３ライフルを手に持って立っていた。にきび面で、すでに髪が薄い。ノマドが逃げようとしてくれたら撃てるのにと期待している表情だ。

ノマドは咳払いした。「水を飲ませてくれないか？」

兵士は何も答えなかった。

「お願いだ。拘束を解いてくれとは頼んでいない。水がほしいんだ」また咳をしてみせる。

兵士は落ち着かなげに顔をそらした。

「頼む、ひと口でいい。お願いだ」

「おれは命令を受けている」兵士は驚くほど低い声で応えた。「大佐が決めた時間になったら水をやる。食事も同じだ。それ以外はだめだ。水をやったらおれの命が危なくなるから、おまえの言うことを聞くつもりはない」これ見よがしにノマドの足もとにつばを吐く。「そもそも、おれが英語を話せると決めつけるなんて傲慢《ごうまん》な野郎だ」

「おれが怖くはないだろう？」ノマドはあとひと押ししてみようと考えた。「本当に、ひと口でいいんだ」

「川からくんできた水を飲ませて、死ぬまでクソをまき散らさせてもいいんだぜ」兵士は言った。「水はない。食べ物もだ。ウルビナ大佐の命令を待て。それに、もうしゃべるな」

「水を飲ませてくれても、黙っていると誓う。どうかお願いだ」

兵士は返事をせずに、シャツのポケットに手を突っ込んで汗まみれのハンカチをとり出した。それを猿ぐつわ代わりにノマドの口に突っ込む。

「しゃべるなと言ったはずだ」

正面のドアが開き、ウルビナが入ってきた。「アブレウ伍長」見張りに呼びかける。「下がっていい」

「かしこまりました、大佐」兵士は立ち去る途中で立ち止まって振り向いた。「こいつ《エル》は水をほしがりました《ピディオ・アクア》。もちろんやりませんでした《ヨ・ノ・レ・ダリア・ア・エル》」

「よくやった」ウルビナは言った。「おまえは立派につとめを果たしてる」

兵士は笑顔になり、建物から出ていった。ウルビナは見張りが出ていくまで待ち、ノマドに近づいて口のなかのハンカチをとった。

ノマドは息をしようとして激しく咳き込み、体をふたつ折りにしてあえいだ。発作がおさまり、また顔を上げる。その様子を、ウルビナは冷ややかに見つめていた。「ハンカチをとってくれたのは、部下の無礼を詫びて、寝返るよう説得するためだったのか？」

ウルビナは戸惑ったように顔をしかめた。「違う。エルナンは命令に従っただけだ。謝る必要などない。謝るべきなのは、望まれていない国に勝手に入り込んできたおまえだろう」

「おれの記憶では、ベネズエラのほとんどの連中もあんたにいてほしくないと思っているはずだ」ノマドは答えた。ウルビナの表情から図星をつかれたことがわかる。

「ベネズエラは過去の話だ」ウルビナはぴしゃりと言った。「今のわたしの関心は別のことに向いている。たとえば、自分のこの国や、おまえをどうするかといったことにな」

ノマドは笑った。「おれを拷問する、それが普通の答えじゃないか？」

「拷問？」ウルビナは立ち止まって振り向いた。「どうしておまえを拷問するんだ？」

「任務について聞き出すためとか？」

「おまえの任務は明らかに失敗に終わった。しかも拷問は残酷で、それによって手に入れた情報はいつも……不たしかだ。わたしが言うのだから間違いない。経験から知っている」ウルビナの顔に秘密警察の残影がよぎった。「おまえにとって最悪なのは、実のところわたしが何もしないことだ」

「何もしない？」

「そうだ。おまえはジャングルにいる、そうだな？　アマゾンの熱帯雨林だ。地球上で最も危険な場所でもある。おまえをその椅子に縛りつけて身動きできないまま放置してドアを開けたら、何が起きると思う？　虫が来るまでにどれくらいかかる？　サソリは？　そのあと、おまえが目や舌を守れないことに鳥たちが気づいたら？」

「キャンプのなかにいるのに？」にわかには信じられない。「はったりはよせ」

ウルビナは肩をすくめた。「おまえのような男は決まってすぐに忘れるようだが、ここはおまえたちの国とは違うんだ。あれこれと人工的な障害を用意してもらい、それを乗り越える訓練はいくらでもできるだろう。だが、ジャングルは特別だ。それを理解しようがしまいがおまえの勝手とはいえ、理解できなければジャングルを肥やす餌となって終わるだけだ」首を振る。「いつもと同じと考えて、のこのこやってきたこと自体が間違いだ。失敗するのはあたりまえだ」彼はそこで一拍置いた。「だが、おまえの存在がわたしにとって問題になっている」

「迷惑をかけてすまないな」ノマドは応じた。「いやならさっさと追い出してくれていいんだ」

「それはよくない考えだ」ウルビナが反論する。「言ったように、おまえは厄介の種だ。だが解決策はある。アメリカのエリート兵士を手に入れるためなら大金を支払う連中がたくさんいる」指を折って数えはじめた。「まずはロシア人。モスクワには、おまえのような兵士のファンがたくさんいると聞いている。ボリビアにいる新しい友人たちは、メキシコから移ったばかりだが、メキシコシティでの出来事についていろいろ言いたいことがあるようだ。彼らも、ささやかな仕返しの機会を持つことに興味を示すかもしれない。最終手段としては、もちろんきみの国の政府と話してもいいが、彼らは安い値をつけがちだ。候補はほかにもまだある」

「どれもあまりいい選択肢とは思えないな」ノマドが言った。

「だが、おまえにはそれしかないのだ」ウルビナは顔を寄せた。「そのうち水を飲ませてやる。そのあと、できる限り早くおまえを荷造りして送り出す。移動中のほうがここにいるよりも安全だぞ」

ウルビナはそう言って出ていった。見張りのエルナンが細い顔をのぞかせ、ノマドがまだそこにいることを確かめた。それからドアが閉まり、ノマドはキャンプとジャングルの音に包まれてひとりとり残された。

14

彼らが国境の手前に着いたのは、午前三時近くだった。

ウィーバーがボートのエンジンを止めると、あたりには夜の音と川のせせらぎだけが残った。「よし、状況を整理しよう。ノマドは死んだか、敵にとらえられている。おれたちはボートに新しい友だちを三人乗せている。国境の手前には敵がいる。そして腹立たしいことにブラジルの連中は、その線を越えるまでは手を貸してくれそうにない。おれたちには選択肢が必要だ。それから前方に何があるか知っておく必要がある。ホルト？」

ホルトは暗視装置を下げて起動させた。「この先には、国境の手前にボートが二艘浮かんでる。明かりを消したまま動いてる。不意打ちして停止させるつもりだ。沈める気まではないだろう。誰かが急いで連絡したに違いない」

「迂回して島にまた隠れるというのは？」

「無理だ。砂州に何人かいるのが見える。それに、民間人を連れているので見つかる可能性が高い」

「ちょっと待って――」口をはさもうとしたスタントンを、ウィーバーが黙らせた。「そうした態度がまさに問題なんだ。さあ、かがんだままじっとしていろ。運がよければ、数時間後にはバーで冷たいカイピリーニャを飲めるはずだ。わかったか？」

スタントンがうなずく。「よし」ウィーバーは低くつぶやいた。「さあ、おれが言ったようにしろ。頭を下げるんだ」

スタントンのシルエットは沈んで見えなくなった。

ウィーバーはほかのゴーストたちに向きなおった。「計画を決めよう。あいつらに気づかれずに通り抜けることも、上流に戻ることもできない。となれば強行突破しかない。だが、その場合はここをまた通ることはできなくなり、任務のつづきが不可能になる」

「西側の土手をのぼって、国境を歩いて越えたらどうだろう」ミダスが自分でも疑わしげに提案した。「越えたところで迎えを呼ぶというのは？」

ウィーバーは首を振った。「あそこは斜面が急すぎる。手頃な上陸地点を選ぶためには、かなり上流までさかのぼらなければならない。それに、やつらが川のそちら側を監視しているかもしれない。もし見張りがいて、人質を連れたまま鉢合わせしたらどうなる。その考えは捨ててくれ」

わざとらしく咳をしたホルトを、ウィーバーとミダスが振り向いて見た。「いい案を思いついたかもしれない。砂州は国境を越えた先までのびてる」

「ぎりぎりだぞ」ウィーバーが言った。

「充分だ。島にいるやつらはおれが引き受ける。ウィーバー、援護してくれ。おれが安全だという合図を出したら、川を下って人質たちをおろせ。おれが国境の向こうまで連れていくから、あんたは迎えを呼んでくれ」

ウィーバーは顔をしかめた。「ふたつ質問がある。第一に、どうやってあの島に行くんだ？　第二に、あそこにいる誰かが警告を発したら？」

「二番目は簡単だ。ミダスがＭ－２０３ライフルを持っている。使い方を知っていると思うぜ」

ウィーバーは鼻を鳴らした。「最初の質問は？」

「こうすればいい」ホルトはいきなり川に飛び込んだ。

「ボートに戻れ！　川には……そこには……馬鹿野郎」ミダスは必死に呼びかけた。川のさざ波だけが応え、周囲よりもいっそう黒々と浮かんでいる島を目指して下流へと泳いでいくホルトの姿が赤外線レンズを通して見えた。ミダスがようやく言う。「さて、これからどうする？」

「やるしかあるまい」ウィーバーは銃をとり出した。「おれはあいつを援護する。このボートが見つからないよう気をつけてくれ。もし見つかったら？　やつらを川から吹き飛ばせ、あとのことはどうでもいい。ノマドを助けに戻る別の方法を見つけるまでだ」

「了解」ミダスは長いあいだ下流を見つめていた。「あいつはヘルメットを置いていった。センサーはない。暗視もきかない。いったい何を考えてるんだ？」

ウィーバーは首を振った。「精神科医として言わせてもらうと、自分のへまでノマドがつかまったと責任を感じていて、その埋め合わせをしようとしているんだ」考え込むように言葉を切る。「もちろん、あいつが死んだところで埋め合わせにはならない。それを教えるには少しばかり遅すぎる」

暗闇のなかでも島はたやすく見えた。木々が水辺からせり上がるように生い茂り、まるで切り立った断崖だ。ところどころに小さな影がいくつも動いている。国境を越えようとする者をいらいらと待ち受けている男たちだ。ときおり光がきらめき、その輝きが縮んで小さな赤い点になった。ライターで煙草に火をつけるという、退屈した歩哨《ほしょう》にとって命取りになりかねない行為だ。

今では四人の姿が確認できた。不規則な間隔で集まってはまた離れている。任務よりも、暇をつぶすことにかまけているようだ。もし彼らの統率がとれていたら、かなり分が悪かっただろう。けれどもこの様子ならチャンスはある。

ホルトはときおり渦に引き込まれそうになるたび軽く足を蹴って流れに乗り、下流に向かった。何か細くて冷たいものが脚をかすめていった。夜の狩人たちが動きはじめていることはわかっている。しかし、ホルトも獲物を狙うひとりだ。

やがて島に近づくと足が川底にあたった。しだいに進む速度を落として、やがて止まり、そっと立ち上がった。島の北端に男がひとり立っている。消えかけた煙草の火の鈍い光がその姿勢と位置を教えてくれた。男は東にあたる川のほうを向き、両手でライフルを持っている。

ホルトはゆっくりと島に近づいた。右手をベルトにのばしてナイフを探る。手をすべらせるとナイフは音もなくはずれた。見張りの男は最後にもう一度煙草を吸い、銃をおろしてその吸いさしを川に投げ込んだ。ホルトは一歩ずつゆっくりと進んだ。足が岸にあたり、ブーツのまわりから音もなく水が引いていく。

そのとき、銃声が夜のしじまを切り裂いた。

その音は島の奥まで響き、川面に広がった。見張りが飛び上がり、あわてて銃を構えると右手を向いた。「どうした?」スペイン語で怒鳴る。「何か見えたのか?」

叫び返してくる声に笑い声が重なり、そのあと島から川に何かが落ちて激しい水しぶきが上がった。「ワニだよ」返事が聞こえた。「とんでもなくでかかった。まっすぐおれたちに向かってきてたんだ。引き金を引かなきゃ、おれたちが晩飯にされてた」

「馬鹿野郎! 遠くまで銃声が聞こえちまっただろうが!」

「おれたちが今こうして話している声も銃声も聞こえてないよ!」川に浮かぶボートからくぐもった声が聞こえた。上流にいるらしい声の主が、何も問題はないので心配いらないと応えた。

「阿呆どもが」見張りはつぶやき、煙草をとろうとポケットに手を突っ込んだ。ため息をつき、くしゃくしゃの袋から一本とり出して口にくわえる。銃はストラップで肩にかけ、相変わらず愚かな仲間たちのことをののしりながらライターを探した。島の向こうから、死にかけたワニを川から引き上げようとしているらしい音が聞こえた。また大きな水音があがったので、手間どっているらしい。

見張りは首を振ってうつむき、片手で煙草を覆ってライターをつけた。煙草に火がつくと満足そうに吸う。

ホルトはその背後に忍び寄り、片手で相手の口と鼻を覆い、もう一方の手で脇腹にナイフを突き刺した。男はうめいてぐったりし、火のついた煙草が唇からはがれて濡れた森の地面に落ちた。

ホルトは前に倒れ込んだ男の体をそのまま足もとに転がした。男は地面にぶつかる前に死んでいた。

ホルトは血まみれのナイフを拭くと足を止め、警報に耳を傾けた。何も聞こえない。男のライフルを奪って肩にかけた。まだ燃えている煙草を拾うと、頭の高さくらいの位置にある枝の隙間に押し込む。これで少なくともしばらくは、こちらを見た誰かがだまされてくれるかもしれない。それから死体を静かに川のなかへと転がして、南に向かった。

銃声が川面に響く。

「あいつが見えるか？　どうなんだ！」

「見えない」ウィーバーは低い声で答えた。「突入はしない。合図を待て」言葉を切る。「いや、あいつは土手にいる。誰かがそばにいる。ちくしょう。はらはらさせやがる」

「もしまた銃声が聞こえたら？」ミダスが問いかけた。

「それは明確な合図だ」

「もし聞こえなかったら？」

「あいつを信じる」


見張りたちはワニの死骸の近くで戯れていた。ひとりはまだその死骸をいじっている。ベルトナイフを使って歯を抜き取り、土産にしようというのだ。別のふたりはもう飽きたらしく、森のなかに戻っていた。ひとりが島を南北に貫く小高い丘に沿って左右を見まわしながら、ゆっくり歩いていく。残りのひとりの姿が見えないのが気になる。ホルトは息を詰め、草むらに身をひそめてじっと待った。最初の見張りが近づいてきて、草と砂を踏みしめる落ち着いた足音が大きくなる。ホルトは選択肢を考えた。もうひとりの見張りがどこにいるかわからないので、いきなりあの男を片づけることは危険だ。一方で、あの兵士がこのまま島の北端まで歩いていって煙草を見つけるか、川にいるウィーバーたちに気づいたら、そこでゲームオーバーになる。

ここが頭の使いどころだ。

ホルトはベルトに手をのばしてセンサーをつかんだ。彼にとっては無意味だが、敵の兵士の姿が浮かび上がれば、少なくともミダスとウィーバーは島にいる敵が排除されたことを確認でき、安全に移動できる。ホルトは雷管をはずして川とは反対側へそっと転がした。センサーは止まったものの、起動を示す通常の発信音は聞こえず、転がったままだ。

「ちくしょう――」ホルトは小さく悪態をついた。役立たずの試作品を持って現場に入るのはこれが最後だ。たぶん防水ではないせいだ。この任務に際して、こんな不良品を押しつけたのか？　ふざけやがって。不発弾を回収することを心にメモして、大きく息を吸い込んだ。これではウィーバーとミダスは、こちらがうまくいったかどうか推測するしかない。ホルトは飛び道具を使わず、昔ながらのやり方で相手を始末することにした。

ゆっくり、注意深く一歩踏み出す。暗闇のなかに兵士たちの姿が浮かんでいる。ホルトが近づくあいだ、揺れる煙草の火が兵士たちの居場所を伝える決定的な目印になっていた。兵士が煙を吸い込むと、煙草の先が赤紅色に燃え上がって顔を照らし出す。それから吸いさしを投げ捨てて歩きつづけた。まだ燃えている煙草がホルトの肩にあたってくるっとまわり、彼の背後の地面に落ちた。自分の服に燃え移らないことを思わず祈る。そのあいだも見張りはそのまま歩きつづけ……

……ホルトがいる場所に目をやったが、そのとき見えたものを理解することはできなかった。

その瞬間、ホルトが草むらから飛び出して男の喉に片腕をまわし、その体を半分回転させたからだ。相手は両手で銃をつかもうとしたが、手遅れだった。ホルトはもう一方の手で男の首をひねった。男が小さなあえぎを漏らしてホルトの腕のなかに崩れ落ちる。ホルトは男を草むらまで引きずって地面に転がした。耳をすましてあたりの様子をうかがう。もし別の見張りに見られていたら、ホルトはすでに死んでいるか、少なくともきわめてまずい状況に陥っているはずだ。けれども敵の気配はどこにもなく、砂州の反対端あたりから別の見張りがつぶやく悪態が聞こえるだけだった。

ふたり殺したので、あとふたり。そのうちひとりは居場所がわかっている。まずはそちらを標的にしよう。川に浮かぶボートに乗っている男たちから見えないよう、まず相手を水際から引き離す方法を考えなくては。

不意に鼻腔《びくう》をくすぐられ、ホルトは匂いをかいだ。

煙だ。

ホルトは死体を確かめ、煙草の火が揺らめいているのを見つめた。目と同時に鼻でもその場所がわかった。煙草が落ちた葉がくすぶりはじめている。彼は煙草を拾い上げ、燃えそうな葉をそっと踵で踏みつぶした。それから音を立てずに動き、四人目の見張りが岸辺近くにいる南の方角にひそやかに進んだ。

森の入口の五メートルほど手前で立ち止まった。指先が我慢できないほど熱くなっている。「ここまで馬鹿げた作戦はおれも初めてだ」ホルトはそうつぶやくと、煙草の吸いさしを水際にいる男に向かって投げた。

吸いさしは空中でつかのま燃え上がり、くるっとまわって奇跡的に標的の肩にぶつかった。「なんだ？」男は振り向いた。足もとにくすぶっている吸いさしが落ちているのにすぐに気づく。それを拾い、いぶかるように目を細めて見つめ、川に投げ込んだ。「おいおい、いったい何をふざけてるんだ？」

返事はなかった。

「中尉？　パコか？　よしてくれ、少しも面白くないぜ。どうしてこんなものを投げるんだよ？　目にあたったらどうする！」

ホルトは息をひそめ、ジャングルも息をひそめている。彼はちらりと後ろを確かめたが、もうひとりの見張りの姿はやはりなかった。あの男がここにぶらりと現れてくれれば申し分ないのだが。

「ふざけるなって！」男は癇癪を爆発させ、わめき出した。「何が面白いんだよ、え？　隠れて危ないものを投げやがって。さっさと出てきやがれ！」三秒、あるいは五秒待ってから吐き捨てる。「いいだろう、はじめたのはおまえだぞ。おぼえとけ、くそったれ！」男は銃を構えることなく、木立に分け入った。

ホルトは男が木立に紛れ、川に浮かんでいるボートから見えなくなるまで待ってから襲いかかった。男が目の前にいるのは仲間ではないことに気づくまで一瞬かかり、その一瞬でホルトは彼の喉をつぶして命を奪った。

男は鈍い音を立てて落ち葉の上に倒れた。

「あとひとり」ホルトは自分に言い聞かせ、暗闇のなかに身をひそめた。

最後のひとりはまだ姿が見えず、仲間の怒鳴り声にも反応しなかったので、おそらく島のはずれにいるのだろう。これまですれ違っていないということは、西側にいることになる。こちらから動くべきだ。


「川で何か動きは？」

ミダスは舷縁から顔を上げて、ゆっくりと周囲を見まわした。水面からは霧が渦となって立ちのぼり、流れの上で躍っている。朝になれば濃厚な霧が垂れ込めそうだが、今は暗視装置の映像をぼやけさせているだけだ。

「まだ敵がふたり立っている」

「島の様子は？」

ミダスは姿勢を変えた。「水際にひとり」目を細める。「少し西側、たぶん十五メートル先」

「ホルトか？」

ミダスは首を振り、暗視装置の画面に残像が不思議な模様をつくって揺れた。「違うと思う。ホルトがあそこにぼんやり立っている理由はない、そうだろう？」

ウィーバーはうなずいた。「たしかに。だが、それならあいつはどこだ？　つかまってはいない。だとしたら争う音が聞こえたはずだ。ということは――」

「いたぞ」ミダスが指さした。その視線を、ウィーバーは追いかけた。ふたつ目の人影が森のなかから現れ、最初の男は完全に不意をつかれたように見えた。もみ合いはすぐに終わり、ひとりになったシルエットがこちらを向き、大きく手を振った。進めの合図だ。

「あいつだと思うか？」ウィーバーがたずねた。

「罠かもしれない」ミダスが慎重に答えた。

「だとしたら、まったくツキに恵まれた一日だな」ウィーバーは振り向き、ボートの底にまだ丸くなっている人質たちに呼びかけた。「合図が聞こえたら行け。仲間のひとりが島にいる。あいつが国境を越える案内をしてくれる。低くかがんだまま素早く動け。何もしゃべるんじゃないぞ、わかったか？」

「でももし――」

「しゃべるなと言ったはずだ」ウィーバーはボートを岸から押し出し、下流へとゆっくり流れるにまかせた。待機しているあいだに、土手に落ちていた木を切って間に合わせのオールをつくってある。そのオールを使ってボートを沈泥《ちんでい》のたまった浅瀬に沿って進め、本流に引き込まれないように気をつけた。そのあいだ、ミダスが舳先で銃を構え、ガーゴイルのように陣取っていた。

やがて舳先が柔らかな泥にあたり、ボートは川底にめり込むようにして止まった。ホルトが川のなかまでおりてきて、船体を一メートルほど岸のほうへ引き上げた。ミダスも飛びおりて、人質たちがおりるのを手伝った。

「いよいよだぞ。行動開始だ。とにかく素早く、静かに動け。あとは親切な連中がしかるべき場所まで案内してくれる」ウィーバーの声はささやきに近かった。

クロッティがしんがりをつとめた。「ありがとう」ミダスの手を借りて脇からおりると言った。

「感謝するのは家に着いてからにしてくれ」ウィーバーが答え、ミダスに向きなおった。

「おまえとホルトは、教授たちを島の南端まで連れていけ。向こうのボートが騒ぎ出したときは、自由に武器を使っていい。とにかく彼女たちは地面にへばりつかせて、できることなら撃ち合いは避けてくれ。おれは友人たちに連絡して、迎えの準備を頼む」

「わかった」

「いいなミダス？　三人の安全が第一だ」

ミダスはうなずき、振り向いて人質たちが岸に上がるのに手を貸した。ホルトはボートから自分の装備をとり、ミダスにつづいた。

ウィーバーは彼らを見送り、通信機の電源を入れた。「ペスカドール、こちらブルーキャット、聞こえるか？」

今回はコレアではなく、プロタシオが応えた。「よく聞こえるぞ、ブルーキャット。そちらの状況は？」

「釣った三匹の魚を渡したい。ただ、地元の監視員がそれを返せと言っている。引き渡しのために上流まで来てもらえるか？」

「上流のどこだ？」

「あんたの側だ。三匹は国境の南で渡して、そのまま川をおりていくのを見送りたい。あんたは、お隣さんを起こさずに三匹をリールで巻きとって連れて帰るだけでいい」

「きみたちも一緒なのか？」プロタシオの口調はとがっていた。

「違う。おれたちはもう一日釣りをしたいんだ。いずれにせよ、三匹は優しく扱ってくれ。傷つきやすいんだ」

「わかった」プロタシオは完全にビジネスライクに戻っていた。「きみたちの位置に近づいたら合図する。ペスカドール終わり」

「了解、ペスカドール。ブルーキャット終わり」

ウィーバーは接続を切った。〝これでいける〟心のなかでつぶやき、ロッカーに入れてある、とりわけかさばる荷物を探した。見つけるのに少しかかったが、それを脇に抱えると、ほかのメンバーのあとを早足で追いかけた。

ウィーバーは木立のはずれで追いついた。「ペスカドールがやってくる。推定到着時刻は二分後」

「了解」ホルトはウィーバーをまじまじと見つめ、それから人質を見た。「冗談だろう。救命ボートに乗せるのか？」

ウィーバーはうなずいた。「プロタシオがどんな船で来るかわからないが、あまり近くまでは来られないだろう。つまり、こちらから三人を送り出さなければならない。乗ってきたボートは使えないし、一般人におまえのような離れ業を強いるわけにはいかない。そうしたらあとは何が残る？」

「あんたはいかれてる」ホルトは首を振りながら答えた。

「なんとでも言え」ウィーバーはゴムボートに空気を入れる装置を動かしはじめた。ボートがふくらむ音が川のせせらぎに混じる。彼はホルトと一緒にそれを水に浮かべ、ミダスに合図した。

「出発の時間だ」ミダスが呼びかけ、ゴムボートを示す。三人は力なく動き出した。過度の緊張で体力を消耗しきっている。

「乗るんだ」ウィーバーが命じた。「これに乗って川を下れば、ブラジル政府の代理人が拾い上げてくれる。体を低くして、手で水をかいたりせずじっとしていろ。何もしゃべるな」

クロッティは彼を見つめた。「わたしたちだけ放り出すつもり？」

「そうだ。おれたちは一緒には行けない」ウィーバーは、敵のボートが待ち構えているあたりを親指で示した。「だが、ここでやつらをしっかり見張っている。あなたたちは絶対に安全だ」

「この旅では何度もそう言われたわ」クロッティはそれでもゴムボートに乗り込んだ。カーペンターとスタントンもつづく。

下流からエンジン音が聞こえてきた。

「時間だ」ウィーバーはゴムボートを軽く押した。ボートが音もなく支流を進みはじめる。ゴムは真っ黒で、川の黒い水とほとんど見分けがつかない。ボートは土手にぶつかりながらゆっくり進んだ。クロッティが一度だけ振り返り、それからかがむと見えなくなった。

「ミダス、ホルト」ウィーバーは島の東側の岸のあたりを示した。「〝お友だち〟を見張ってくれ。やつらが騒ぎ出したら吹き飛ばせ」

「了解」ふたりは無言で動きはじめ、すぐに視界から消えた。

今では、船が上流に向かってくるエンジン音がはっきり聞こえた。舳先からサーチライトの明るい筋がのびている。その光が偶然ゴムボートを照らし出してしまう可能性に思い至り、ウィーバーは不意に凍りついた。だがサーチライトはまっすぐ前方に向けられたままで、後ろの船体も見えてきた。

「いったいプロタシオはあんなものをどこに隠していたんだ?」ウィーバーは低く口笛を吹いた。CB90H、河川用の哨戒艇だ。動いている照明があたって闇のなかに浮かび上がるその姿に誰もが目を奪われ、川に浮かんでいるかもしれないほかのものに注意を向ける者などいなかった。兵士がサーチライトを動かしている姿が見えた。別の兵士がブローニングM2HBを構え、さりげなく上流に向けている。

哨戒艇は国境に近づくと速度を落とし、待機の位置についた。サーチライトが川面のボートを順にとらえ、最後に基地から一番遠い船にあてられ、そこに乗っている者たちの目をくらませた。袖に中尉の線章をつけている男が立ち上がり、目の上に手をかざして光をさえぎりながら、スペイン語で哨戒艇に呼びかける。「どこのどいつか知らないが、そこから動かずに名乗れ。おまえは主権国家の国境を侵害しようとしている。国境を越えたら攻撃されると思え」

哨戒艇の甲板から拡声器の声が応えた。プロタシオがポルトガル訛りのスペイン語で話している。「プロタシオ隊長よりご挨拶申し上げる。拝眉《はいび》の機をくださるのはどなたかな?」スポットライトが先ほど警告を発した中尉にあてられた。二艘目のボートが東の土手に近づく。哨戒艇のマシンガンの射手のひとりが、ボートの動きに合わせて銃口を移動させた。

中尉はまず味方を、それからブラジル人を見た。彼の声は興奮のあまり裏返っている。

「そんなことはどうでもいい。ここで何をしている？」

プロタシオはあくまで穏やかに、軽い調子で答えた。「きみたちが国境を守りたがっていると聞いた。そうした重要な職務に関して、ベネズエラの友人を手伝えれば、これに勝る喜びはない」

ふたつの小さなボートのあいだであわただしく議論がかわされる。「おまえたちに国境を越える権利はない」

「越えるつもりなんてさらさらないさ。われわれの側にじっくり腰を据えて、きみたちと一緒に待つだけだ。どうか国際協力の精神のもと、この申し出を受け入れてほしい」

ゴムボートはさらに進み、主流に入って速度を増した。あと一分もすればプロタシオの脇を通り過ぎ、制御不能となって下流へ流されるだろう。

国境の北側では言い争いが再開し、しばらくして男が呼びかけてきた。「われわれが探していた犯罪者は逮捕されたという知らせが入った。もう国境を守る必要はなくなった」言葉を切り、ブラジル側の反応を待つ。しかし反応がいっさいないので、まばゆいサーチライトをつかのま見つめたあと、あきらめて岸へと戻っていく。二艘目のボートもつづいた。

膠着《こうちゃく》状態が解けると、ブラジルの哨戒艇はベネズエラ側のボートが岸に着くまで待ってから、ようやく重々しく向きを変えて下流へ戻りはじめた。やがて、先ほどゴムボートをのみ込んだ暗闇のなかへと消えていく。

「うまくいったと思うか?」ホルトがたずねた。

ウィーバーは肩をすくめた。「そのようだ。プロタシオ隊長は、万が一にも教授たちを見失ったら知らせてくれるはずだ。おれたちは戻ったほうがいい」三人のゴーストは北へ走り、ボートに乗り込んだ。

一瞬のち、通信機が鳴った。「ペスカドールよりブルーキャットへ。聞こえるか?」

「ああ、聞こえるぞ、隊長」ウィーバーは答えた。「釣りはどうだ?」

「今夜は雑魚ばかりだった。ただ最後に、異国の魚が三匹釣れた。無事に船に引き上げたよ」

「ありがとう、ペスカドール。世話を頼む。ひとりにはカイピリーニャを約束したんだ」

プロタシオは少しも面白くなさそうだった。「朝まで待ってもらわなければならないだろう。バーはどこも閉まっている。きみの友だちと話せるかな?」

ウィーバーはミダスとホルトを一瞥した。ホルトは肩をすくめ、ミダスはうなずき、ウィーバーは通信機に向きなおった。

「あいつは上流での釣りが気に入りすぎて、しばらく残ることに決めたんだ。これから迎えに行く」

通信機の向こうで沈黙が流れる。「ああ。それは……残念だな。狩りの成功を祈る」

「狩りではなく釣りだよ」ウィーバーは訂正した。

「違うな、ブルーキャット。それは違う。ペスカドール終わり」

「ちくしょう」ウィーバーは後部に戻ってエンジンをかけた。エンジンが軽くアイドリングする。「プロタシオに話したのは間違いだったと思うか？」

ミダスが答えた。「いっそう助けたいという気になるかもしれない」

ホルトが同意した。「相手がノマドならな」

「たしかに。あいつを奪い返そう。あれこれ心配するのはそのあとだ。とにかく、アマゾナスの連中が引き下がってくれてよかった」

「やつらにしても、事を荒立てたくないんだろう」ミダスは舳先のいつもの位置に戻った。

「もっと簡単な任務だったはずなのに」ホルトが不満げにつぶやく。ウィーバーは島を離れて夜の闇へとボートを進めた。


数時間後、ウルビナはスマートフォンを手に持ち、嬉しそうな様子で建物に戻ってきた。エルナンと、ノマドには見おぼえのないもうひとりの見張りが一緒についてくる。「いい知らせだ、少佐」ウルビナは、彼が近づいてくるのをぼんやり眺めていたノマドに言った。

「市場ではきみに対する関心が集まっている。最初は信じられないという声もあったが、きみの装備が何よりの証拠になって本物だと納得してもらうことができた」ノマドが縛りつけられている椅子の背後にまわり、かがんで結束バンドの状態を確かめる。

「ふむ。少しきついかもしれないが、買い手にはきみを〝そのまま〟オークションに出すと伝えてあるんだ」ウルビナはノマドのまわりを歩きながら、スマートフォンで写真を撮った。「生きている証拠だ。そのままでいい。微笑む必要はない」

ノマドは歯を食いしばり、無言で前方を見据えた。「どんなときも優秀な兵士として振る舞うわけか？」ウルビナは最後の一枚を撮り、ノマドの傷だらけで憔悴《しょうすい》した顔のクローズアップを撮りながら挑発した。「もうその必要はない。きみは家には帰らない。何か情報を吐けと求めているわけでもない。正直なところ、きみの秘密などどうでもいい。これからここで起きることは、きみとは関係ない。どうかリラックスしてくれ」

ウルビナはしばらくノマドの顔を見つめた。「よくわかったよ。きみは抵抗するよう訓練されている。だから打ち勝つ相手、戦う相手が必要だ。だが、わたしはそうしたものを与えていない。拷問も、尋問もしない。それできみは何をすればいいのかわからないわけか」建物の入口まで歩く。「本当に残念だ。あのぼろきれを口に突っ込んだままにして死なせてやればよかった。そのほうがきみはずっと楽だっただろう」そう言うと、ウルビナは見張りたちと一緒に出ていった。

幕間──ホルト

「モレッタ軍曹、昨夜正確には何があったのか説明してくれないか？」机の向こうに座っている士官は、ミッチェル中佐と名乗った。ホルトがこれまで会ったことも、聞いたこともない相手だ。ただ、中佐から厳しい尋問を受けるこの状況がとても危険であることだけはわかっている。

ホルトは、ふたりのがっしりした無口な憲兵《MP》に連れられてこの部屋に来た。本来は会議室のようだが、机ひとつと椅子ふたつ以外はすべて片づけられている。片方の椅子にはすでにミッチェルが座っていた。中佐は机の上のフォルダにしばらく目を通し、それからありがたくも顔を上げて、ようやくホルトの存在に気づいたらしかった。

ミッチェルがホルトに座れと命じるまでに、さらに数分を要した。体のあちこちが打撲で痛んだので、ホルトは心のなかで感謝した。ミッチェルはこれから閲兵式に赴こうとしているかのようだ。ホルトは、下り坂を転がり落ちるセメントミキサーに投げ込まれていたかのようだ。

ある意味、そのとおりだ。

「わかりました」ホルトは左目の奥がうずくのを無視して、座ったまま背筋をのばした。

「喧嘩《けんか》がありました」

「喧嘩があったことは知っている」ミッチェルが身を乗り出した。「きみがその喧嘩の中心にいたというたしかな情報もある。さらに、喧嘩をはじめたのはきみで、そう、とても興味深い状況だったという、信頼できる複数の兵士の証言もな。いいか、この場でごまかさず正直に話すか、わたしがこの件を正式に軍事法廷に持ち込むかだ」口を開きかけたホルトを、ミッチェルが手を振って制す。「答える前によく考えることだ」

ホルトは深く息を吸い込み、とても慎重に答えた。「わかりました。たしかに喧嘩があり、関わっていました。でも、わたしが喧嘩をけしかけたわけではありません。喧嘩に加わったのは、理不尽な目にあっていた仲間を守るためでした」

ミッチェルはホルトを無視して、目の前のフォルダを開いた。「なるほど。きみがこう言うのを聞いたという複数の証言記録があるのはそのためか。引用しよう、〝こうなるのをひと晩じゅう待ってたんだ〟」顔を上げる。「発言を修正したくなったかね？」

「一部始終を話すべきなのでしょうか？」

「そう求めたつもりだが。違うかね？」

「わかりました」ホルトはごくりとつばをのんだ。とたんにうなじに刺すような痛みが走る。誰かが部屋の向こうから投げた、バドワイザーがまだたっぷり入ったグラスがあたった場所だ。「昨夜は、一杯やろうと思ってあのバーに入りました」

「誰かと会う約束だったのかね？」

ホルトは首を振った。「いいえ。静かにビールを飲みながら、とり組んでいた問題について考えたかっただけです」

ミッチェルは眉を動かした。「どのような問題だね？」

「ドローンに搭載する兵器の改良です」

「その問題には、高度に訓練されたスタッフがすでにとり組んでいることは知っているかな？」

「はい。でも、彼らのほとんどには戦場での経験がありません。わたしはコンピュータや電子工学が得意なので、配線図を引いて試作品までつくれるかもしれないと考えました」ホルトは言葉の端々に訛りが出ているのに気づいた。ストレスを感じている証拠で、それに気づいてさらなるストレスにさらされる。「ですが、途中で行きづまったため、少し休んでからもう一度考えなおそうと思ったのです。つまり、いったん距離を置いてみようと」

「グラハム軍曹と会ったいきさつは？」

ホルトはまばたきした。「はい。名前もご存じ――失礼しました。そうです。グラハム軍曹です。ビールをもらいにカウンターへ行ったとき、彼がタブレットで〈軍事技術の進歩〉という雑誌を読んでいるのが目に入りました。それで話しかけ、感覚回路を司る神経ネットワークに関する論文を読んだかとたずねました。基地でそういう話ができる相手は少ないので。彼が読んだと答えたので、わたしたちは話しはじめました――いや、議論をはじめました。議論と言っても友好的なものです。彼に断ってビールをもらいに行き、すぐに戻ってきた話しはじめました」

「グラハム軍曹のことはどう思った？」

ホルトは顋をかいた。「気に入りました。頭がいいのに、それを鼻にかけない。もちろん、彼はいろいろ間違っていました――防護服の動力回路を光電装置で増強するというアイデアは、そう、あと十五年は実現しないでしょう。だが頭はいい。たとえニューヨーク出身でも」

「グラハム軍曹とはビールを何杯飲んだ？」

「三杯だったと思います。四杯かもしれません。おわかりでしょう、誰かと話しはじめると時間があっという間に過ぎて、顔を上げるといつのまにか真夜中で、目の前には空のグラスが一ダースもある」ホルトは一度咳払いした。「ふたりがそれぞれ一ダース飲んだということではありません」

「そうだろうな」ミッチェルは素っ気なく返した。部屋にはエアコンがなく、室内は不快なほど温度が高く、じっとりしている。ホルトの額に汗の粒が浮かびはじめた。けれどもミッチェルは平然としている。あれが将校のあかしなのだろう。役職につくと、その地位にふさわしい技術が身につく。

「ここまではきみの話を信じることにしよう。きみの創意工夫に対する意欲はある程度まで賞賛に値するとも思う。だがきみはまだ、その喧嘩がどんなふうにはじまったのか具体的に説明していない。喧嘩のせいで……」ミッチェルはまたフォルダを手にとって、何枚かめくった。「……五人の兵士が病院送りになった。怪我の程度はさまざまだ。脳震盪を起こした者、歯が折れた者、少なくともひとりは複雑骨折」ホルトを見つめる。ホルトは見つめ返した。

「申し上げたとおり、喧嘩をふっかけてはいません」

「それなら誰がはじめた？」

ホルトは二度、深く息を吸い込んだ。「グラハム軍曹をご存じですか？」ミッチェルがうなずく。「それなら彼がときとして、その、おたくっぽくなることはおわかりでしょう。上から目線で、相手の間違いをあげつらう。それで、まあ、その」

「そして彼はきみとの会話で興奮してしまい、まわりで聞いていた連中の間違いを指摘しはじめたのか？」

「ビールのせいもあります。ですが、彼の話し方は少し、そう――おわかりいただけますでしょうか」

「わかる」

「それで、隣のテーブルにわたしたちより速いペースでビールを飲んでいるやつらがいて、戦場で何かの装置が故障したことがあったようで、技術畑の連中に不満をぶちまけていました。そのとき、その、グラハムの名前も出てきました」

「褒めてはいなかったのだろうな？」

「はい、褒めてはいませんでした」

「そいつらも隊員だったのか？」

ホルトは二度うなずいた。「はい」

「どの部隊かおぼえているか？」

「いいえ。たとえおぼえていても、きかれる前に忘れるようにしていたと思います。おわかりいただけますか」

「面白い」ミッチェルの口の端が少しだけ愉快そうに動いた。「その男たちはどんなふうに喧嘩をはじめた？」

「率直な言い方をお許しください、あいつらはくそったれでした。おつむがでかい能なしと一緒に飲みたくないと聞こえよがしに大声でしゃべっていました。グラハムが無視していたので、彼らはいっそう頭にきたようです。今度はグラハムを露骨に侮辱しはじめました。それでも彼は無視しつづけた。バーテンダーも一度だけ注意しましたが、無視されたのであきらめてしまいました。きっとあいつらは常連だったのでしょう。わたしもさすがにいらついて、いいかげんにしておけと言ってやりました。そうしたらあいつらはこっちに来て――相手は四人でした——グラハムだけでなく、わたしにもからみはじめました。グラハムは冷静でしたが、わめかれて、こちらもついかっとなってしまい、怒鳴り返したら、相手のひとりが殴りかかってきました」

「おまえにか？」

「いいえ。グラハムにです。どうやったのか、彼はそのパンチをかわしました。殴り返しもしませんでした。そのせいでやつらは逆上して、ひとりがグラハムのタブレットをテーブルから叩き落としたんです。タブレットは床に落ちて画面が割れ、やつらは笑いころげました。わたしにはそれが正しいこととは思えませんでした。しかも四人がそろってグラハムに何かしようとしたのです。あまりに卑怯《ひきょう》なやり方でした」

「それで加わったのか？」

「やつらがグラハムにまた殴りかかる前に、ひとりを殴りました。そのとおりです」

ホルトは少し間を置き、あの夜のことを思い返した。だいたいは話したとおりだ。ただ、いくつか省いたことがある。たとえば戦術的な判断により、相手を椅子で殴ったといった、些末《さまつ》なことだ。

「わかった。それからどうした？」

「はい、そのあと店内はめちゃくちゃになりました。ずっと張りつめていた緊張が一気に爆発したみたいでした。最初のうちはグラハムにからんでいた四人だけを相手にしようとしたのですが、少しばかり混乱していたもので」

「そして、〝こうなるのをひと晩じゅう待ってたんだ〟と叫んだのか？」

ホルトは決まりの悪さにうなだれた。「はい」

「それは本音か？」

ホルトはうつむきながらも、にやりと笑わずにはいられなかった。「いいえ。やつらにわたしが危ないやつだと思わせたかっただけです。そう思わせることができたら、相手に恐怖心を植えつけ、びびらせることができます」

「なるほど」ミッチェルは鼻筋を撫でた。「モレッタ軍曹、きみは選ばれた者としてここで非常に特別な訓練を受けている。そうだな？」

「そうです」

「その訓練には通常、バーでの喧嘩はもちろん、仲間の隊員に怪我をさせること、あるいは上官に直接質問されたときに都合よく説明を省くことは含まれていない。そのことはわかっているか？」

ホルトはミッチェルの目を見つめた。「はい。わかっております」

「それならはっきり言っておく。二度目はない。次にまた騒動を起こしたという報告を受けたときには、どれほど些細な出来事だったとしても、その首が飛ぶと思え。それともうひとつ、これから二週間はアルコールを出す施設には出入り禁止だ」ミッチェルは立ち上がった。

「下がってよろしい」

「かしこまりました」ホルトは敬礼し、背を向けて素早く出ていった。ミッチェルは首を振りながらホルトを見送った。彼が部屋から出ていくまで待ち、振り向いて裏口から出た。

そこにはグラハムが待っていて、新しい軍用タブレットで何か読んでいる。ミッチェルを見るとタブレットをしまった。「いかがでした？」

ミッチェルは鼻を鳴らした。「生意気なやつだ。状況をかんがみるに、あまりに愚かすぎる。ただ、頭の回転は速いし、喧嘩がきみの責任ではないことを何度も強調していた。場合によっては自分が責任を問われる恐れがあったのに」

「実際には彼は……反応を加速させる触媒のようなものでした。もとをただせば第十部隊の連中が――」

ミッチェルがさえぎった。「それはわかってる。だが、あいつはきみを褒めちぎった一方で、少なくとも相手のひとりを椅子の背で殴ったことは話さなかった。ホルトにまだ歯が残っているのは奇跡だ」

「わたしがとりなしていれば、決してあんなことはしなかったでしょう」グラハムは穏やかに言った。「どうしてわたしがモレッタを候補として推薦したのか、おわかりいただけますね？」

「きみが仕事の話ができる新しい変人をほしがっていることは理解している」ミッチェルは

つかのま考えた。「今日じゅうに推薦状を書いておく。モレッタ軍曹は、しばらく入念な観察下に置かれる。バーの喧嘩でどう振る舞ったかとは別に、戦場でのデータがあと少しほしい」

「彼の記録はお持ちでしょう。従軍記録がすべてを語っているはずです。すでに充分な経験を積んでいます」

「わたしは自分の目で確かめるのが好みなんだ。そうそう、あいつとまた会ったら、これを返しておいてくれ」ミッチェルはポケットから傷がついたオークリーのサングラスをとり出した。「バーテンダーが天井のファンに引っかかっているのを回収したそうだ。彼はどうしてそんなところにこれがあったのか説明しようとしたが、知りたくないと言ってやった。だが、これはホルトのものだ。あいつの今の懐具合からして、手もとに戻ってきたら喜ぶだろう」

グラハムは笑った。「誰が届けてくれたかは決して教えません。ありがとうございます」

「あいつがものになったら、わたしから礼を言うよ」

「ものにならなかったら？」

「きみは新しい飲み友だちを見つけなければならない」

15

　ゴーストたちが国境の北側で夜のあいだに移動するための準備を終えたとき、ふたたび暴風雨が短いあいだ吹き荒れた。雨はすぐに弱まったが、ウィーバーは暗闇のなかを動くのはやめると告げた。

　彼らは川から離れ、木立が光を隠してくれる場所で小さな火をおこし、木にハンモックを吊《つ》った。「地面では寝たくない」ウィーバーは言った。「蟻がいる」

「なんだよ、危険なのは明るいオレンジ色の蜘蛛じゃないのか？　ジャガーとか、地面を歩くピラニアは？」ホルトがここぞとばかりに混ぜっ返した。

「おぼえておけ、怖いのは蟻だ」ウィーバーは答えた。「このあたりにいる蟻は、弾丸蟻と呼ばれている。なぜか知ってるか？」

「銃弾の形をしてるとか？」

「噛まれると、銃で撃たれたみたいに痛いからだ。おまえがその一匹を押しつぶしそうになり、そいつが仲間に助けを求めたらどうなるか想像したいか？」

　ホルトはふざけるなとばかりに鼻を鳴らした。「蟻はしゃべらない」

「化学物質を出すんだ。フェロモンだよ。〝つぶされた、こいつを攻撃してくれ〟という合図を送る。そしておまえは地獄の苦しみを味わう」

「ふざけやがって」ホルトはハンモックを吊り終え、そこに荷物を投げ込んだ。「夕食をとってくる。二十ドル貸しだからな」

「カンディルにはくれぐれも気をつけろよ。いいか、あの小さな――」

「もう充分だ！」ホルトはいらだたしげに地面を踏みつけ、無言で川岸へ歩いていった。ウィーバーは唖然《あぜん》として彼を見送った。

「ずいぶんとあいつにからむな」ミダスはだいぶ前にハンモックを吊り終え、服も脱いでいた。Tシャツだけの格好で、まるで週末のキャンプ旅行に来ているかのようだ。腰にかけたショットガンがそうではないことを伝えている。

ウィーバーは無頓着《むとんちゃく》に肩をすくめた。「突っかかるのが好きなのはあいつのほうだ。たまには自分が悩まされてみるといいのさ。少しはましなしゃべり方ができるようになるだろう」

「かえって辛辣《しんらつ》になるのでは？」

「それはない。おれたちはみんな、そんな段階は過ぎている。苦い思いをしてきたからこそ、今こうしているわけだ。いつまでも苦い思いを引きずってはいられない」ウィーバーはミダスを値踏みするように見た。「たとえばおまえだ。おまえのファイルを読んだ。おまえの過去は知っているが、この仕事をしている理由はわからない。教えてくれないか？」

ミダスは振り向いて炎を見つめた。「すべてファイルに書かれているはずだ」

「いや、そんなはずない。注意深く読んだがわからなかった」

「本当に知りたいのか？」

「もちろんだ」

「おれはろくでもない司祭になっていたはずだからだ」ミダスは小さな棒を炎に投げた。棒は炎に包まれ、すぐに燃え尽きて熾《おき》になった。

ウィーバーは近寄って彼の隣にかがんだ。「どういうことだ？」

「神学校で、自分にはある種の……信仰心が欠けていることに気づいた」口を開きかけたウィーバーを、ミダスは手を振って制した。「神に対する信仰じゃなく、人に対する信頼のようなものだ。いろいろなことを見たせいで、人の善良さを信じられなくなった。それでは司祭にはなれない。いい司祭には」

「それで代わりにこの仕事をすることに決めたのか」ウィーバーは言った。質問ではなく、淡々と事実を述べているかのようだ。

ミダスはうなずいた。「そういうことだ。おれたちの仕事は、自分が間違っていることを証明してくれるかもしれないと思いたかった。最悪の場所でも、他人のなかに善きものを見つけられるかもしれないと」

「もし見つからなかったら？」

一瞬沈黙が流れ、火がはぜる音だけが聞こえた。

「そのときは」ミダスが穏やかに答えた。「せめて、善きことのために何かできる場所にいることになる」

ふたりはそのあと長いあいだ無言のまま座っていた。やがて川のほうから大きな水しぶきと悪態が聞こえ、どちらも立ち上がった。ウィーバーは腰の銃に手をのばし、ミダスはスーパーショーティをつかむ。「ホルト、大丈夫か？」ウィーバーが警戒しながら呼びかけた。

「早く来てくれ」ホルトの怒鳴り声が響いた。ミダスとウィーバーは急いで木立のあいだを走った。

ぬかるんだ土手で、ホルトが釣り糸にかかった巨大な魚と戦っていた。リールを巻こうと奮闘していたらしく、顔と服には泥がべったりとついている。少なくとも一メートル以上ある明るい赤色の魚が、浅瀬で跳ねまわっていた。その魚に引っ張られて、竿が折れそうなほどしなり、ブーツが土手に深くめり込んでいる。

「どうすればいい？」ウィーバーが言った。

「ボートのなかに……網が……こいつをすくい上げてくれ！」ホルトは歯を食いしばって声を絞り出した。また川から水しぶきが上がり、彼はわずかに水際のほうへ足をすべらせた。

「まかせろ！」ミダスがボートに飛び乗って、網を探しはじめた。ほどなくして勝ち誇ったように叫び、網を差し上げる。

「ここに持ってきてくれ！」

けれどもミダスがボートから飛びおりる前に、釣り糸が水中の根にからまり、はじけるようにして切れた。そのはずみで後ろによろけて倒れそうになるホルトを、ウィーバーが支えた。魚は一度ごろりと転がり、流れのなかに消えていく。

「くそったれ」ホルトが吐き捨てた。「もう放してくれていい」

「残念だったな」

「ちくしょう。あとちょっとだったのに。つかまえたかった」ホルトは怒りにまかせて竿を投げ捨てかけ、考えなおしてボートにそっと置いた。「やれやれだ。おれはプロテインバーを食べる」岸辺から離れてジャングルのなかへ歩いていく。

ホルトはウィーバーの横を通り過ぎる際に小声で言った。「今ので二十ドルの借りになったわけじゃない」

夜が明けると彼らはふたたび出発した。

ホルトは夜遅くまでノマドのヘルメットをいじっていて、ボートが岸を離れるとすぐにその作業に戻った。ウィザードから教えられたクワンとメッシーナの位置座標を目指して北に向かうあいだ、どこまでも同じ緑の風景がゆっくりと通り過ぎていく。

舳先に座っているミダスは、いつもよりはるかに落ち着かず、そわそわしていた。風景を楽しんでいると何度か口にしたが、そのあとはウィーバーに針路の邪魔をする浮遊物を注意するとき以外はほとんど何もしゃべらなかった。ホルトは作業に没頭してかがんだままで、ほかのふたりも風景も無視している。

ウィーバーはといえば、不安と退屈が半々だった。

「いったい何をしているんだ？」

ホルトが顔を上げてまばたきした。「ノマドのヘルメットからなんでもいいから情報を引き出そうとしているんだ。だから、州境に向かう密売屋みたいにボートを乱暴に運転されると迷惑だ。これだけ揺れてると、細かい作業がしにくくてたまらない」

「もっといい船を見つけてさっさと乗り換えろ」

「できることならそうしたいね」

ウィーバーは鼻を鳴らした。「そもそも、そんな作業に意味があるのか？」

「うまくいくかどうかは五分五分だ。だがうまくいけば」ホルトは目を細め、額から汗をぬぐった。「そのときは仕事にかかれる」

「どういうことだ？」

「最高に運がよければ、このヘルメットからシステムチェックの信号を出して、ノマドの残りの装備を見つけることができる。やつらはそうした装備を道端に捨てたりせずにまだ持っている気がする。そこから送られてくる信号を受信できれば、彼のいる場所がわかるという寸法だ」

「あいつのパンツがある場所がわかるだけかもな」ウィーバーは首を振った。「だが、それでもたいしたもんだ。がんばってくれ。そして幸運の女神と出会えたら教えてくれ」

「そのせいで、ホテルではノマドに怒られたけどな」ホルトはにやりと笑った。「というのは冗談だ。だけどまじで、少しだけ速度を落としてもいいんじゃないか」

「それはだめだ。時間がなくなりつつある」

ウィーバーはさらに少しだけスロットルを開いた。

彼らは結局ノマドの両手を椅子に縛りつけたまま、食事をひと口ずつ食べさせた。そのあと、彼が隅のバケツで用を足すあいだだけ拘束を解いた。とはいえ、ずっと武装したふたりの兵士が見張っていたし、足首は結束バンドで縛られている。用を足し終わると、彼らはまたノマドを縛った。

しばらくして、ウルビナが上機嫌で戻ってきた。小さなスツールを手に持ち、それをノマドの前に置いて自分も座る。

「ロシア語はできるかね、友よ？」ウルビナが身を乗り出した。「どうやらあの国に行くことになりそうだ」

「ここよりましかもしれないな」ノマドはウルビナの背後の壁を見つめたまま応えた。

ウルビナが秘密めかした笑みを向けた。「しばらく前なら、わたしもその意見に同意したかもしれない」

「今は違うのか？」

「わかってほしいんだが、わたしはここに送られたことを罰だと考えていたが、納得してもいた。かつて……必ずしも誇れないことをした。国益のために必要だと思ったからだ。少なくともそう自分に言い聞かせてきた。だが時間がたつほど、もっと重要なことに目を向けるようになるものだ」

「どうしてそんな話をするんだ？」ノマドはうつむいたままたずねた。「おれを拷問するつもりはないと言っていただろう」

ウルビナはノマドの頬を軽く叩き、立ち上がって歩きはじめた。

「きみはどうでもいい存在だから話せるのだ。告白は魂を浄《きよ》めてくれる。神父がいつも言っているとおりだ。だが、ここでわたしが誰と話せると思う？　安全に、しかも対等にだ。もちろん部下とではない。取引相手とでもない。あいつらは少しでも弱みを見せたら飛びかかってきて、やり合わなければならなくなる。そう、きみは理想の聞き役なのだ。リーダーで、将校で、同時に何者でもない。きみならわたしの言うことを正確に理解できる一方、いつでも射殺できるきみの意見に価値などない。素晴らしいと思わないかね？」

「水をもらえたら、もっと気分がよくなるんだが」ノマドは唇が裂けはじめているのがわかった。耳に響く自分の声はしゃがれている。「それとも、これもあんたを楽しませるためなのか？」

「水はまだだ、まだやれない」ウルビナは彼を無視した。「きみが理解しなければならないのは、わたしがここにいる意味だ。それを理解するまでしばらくかかった。最初は、この配置転換を自分がしたことに対する罰と受け止めた。この場所を憎んだ。それからここの美しさが見えてきた。秘められた可能性も」

「可能性？」

「少佐、われわれは間違いなく見捨てられたのだ。カラカスは最初に金を送るのをやめた。それから装備を送るのもやめた。ついには薬や食料を送るのもやめた。自力で身を守るしかなくなった。さもなければ死あるのみだ。やるしかなかった。そして生き残るための手立てを見つけた。ジャングルの可能性に興味を持つ連中。パートナーを探している連中。そしてようやく気づいたのだ、わたしはここに理由があって送られたのだと」

「ちゃちな独裁政権のまねごとをはじめるためか？」

ウルビナは首を振った。「投資家を集めるためだ。この土地の可能性が見える者たちに、政府がドラッグや環境のことを気にしているふりをしない場所を提供するのだ」一瞬だけ間を置く。「租税回避地《タックス・ヘイブン》というビジネスは、注目を集めるまでに少し時間がかかる。だが、それは問題じゃない」

「あんたはいかれてる」ノマドは言った。

「それはどうかな」ウルビナは話はここまでとばかりに立ち上がった。「すべてが実を結ぶ瞬間をきみに見てもらえないのが残念だ」

「あいにく、あんたの救世主妄想《メサイア・コンプレックス》を見たいとは思わない」

ウルビナは首を振った。「救い主妄想《セイヴィア・コンプレックス》とは、何かを救いたいという強迫観念だ。そうではなく、わたしは築き上げたいのだ。パートナーとともに築いてみせる」

「あんたは狂ってる。インフラもなく、住民もなく、パートナーもなく――」

「必要なパートナーはそろっている。いいかね少佐、彼らは金を持っている。金こそが今、そして将来必要となるすべてを与えてくれる。そういうことだ。ほかのことはどうにでもなる。すべて些末なことでしかない」ウルビナはそう言ってスツールを持つと、振り返りもせずに出ていった。


正午を過ぎたばかりで、虫たちが遊びに出てきていた。虫はゴーストに群がり、あらわになっている肌を探して止まろうとする。用意してあった虫よけの効果はあまりなく、ホルトはわずらわしさに耐えかねて虫を振り払うために川につかると言い出した。

「ヘルメットの見通しはどうなんだ、ホルト？」ウィーバーがボートを岸に寄せながらたずねた。

「もう少しだけ待ってくれ」ホルトが答えた。「どうして止まるんだ？　ランチタイムか？」

「オールド・マンと連絡をとる。それに腕が疲れた」

「代わろうか？」

「あり得ない」ボートは、むき出しになった根が泥のなかから突き出ているあたりで止まった。なじみのある振動音が聞こえ、通信衛星がちょうど頭上を通過しようとしていることがわかった。ウィーバーは通信機をとり出して、信号を増幅する折りたたみ式のアンテナを広げた。「木のせいで回線が乱れないといいんだが」

「それはないだろう」ホルトが応えた。「何かあるとしたら――」周囲を見まわし、急に口をつぐんで黙り込む。

「ホルト、そのつづきはあとでぜひ聞かせてくれ。今は連絡をしなければ」ウィーバーは通信機の電源を入れた。

「オーバーロード、こちらブルーキャット。聞こえますか？」

「よく聞こえる」ミッチェルの声がヘッドセットから聞こえてきた。「状況は？」

「最初の獲物は釣り仲間に届けました。現在二番目の釣り場に向かって移動中。今度はもっと簡単に釣れることを願っています」

「了解。餌は充分にあるのか？」

ウィーバーは、空になった弾倉を交換しているミダスをちらりと見た。「長引かない限りは大丈夫なはずです」

「了解。魚が集まっている場所について、さらに正確な情報を手に入れた。座標を今から送る。最新の写真解析では、周囲のジャングルに滑走路とヘリポートらしきものが見える。目立たないようにするためになんらかの手を打たないと、新しい釣り場はすぐに誰もが知るところになるだろう」

「興味がある魚は二匹だけです。ピラニアは避けるようにします。ブルーキャット終わり」

「了解、ブルーキャット。成功を祈る。オーバーロード終わり」

「滑走路があるのは、どう考えるべきだろう？」ミダスがたずねた。「相手は援軍を呼ぶつもりなのか？」

「それもあり得る」ウィーバーは答えた。「あるいは単に、友だちが気軽に遊びに来られるようにしているだけかもしれない。着いてみるまでわからない」

「さらに気になるのが、空からの攻撃を心配しなければならないのかということだ」ホルトが例によってずばりと核心に切り込んだ。「ロケット弾は別のパンツに入れたままにしちまった」

「おまえのちっぽけなロケット発射装置はなくても大丈夫だ。滑走路といっても、大きな飛行機を飛ばせるだけの長さはないだろう。それより心配なのはヘリコプターだ。だが、どちらにせよ事前に知っておけば、嬉しくないサプライズが起こる可能性はずっと減る」

「だといいが」ホルトがつぶやいた。

電子音が鳴り、目標の位置情報が届いたことを知らせた。ウィーバーはその座標を自分のヘッドアップディスプレイに表示させた。目標地点は、自力で下流に戻るつもりなら航行範囲ぎりぎりにあたる、ネグロ川から少しはずれたあたりだ。ボートで直接乗りつけることはできない。いったんボートをどこかに隠したあと、人質を素早く脱出させるためのルートを探さなければならなかった。

幸いにも、その地点の下流に北と東にくねりながらのびる支流があることをミダスが見つけた。その水路を進み、そのあとジャングルを抜けて目標地点に向かうしかないだろう。

名案ではないことはウィーバーも認めるが、可能性はある。それでボートをその支流に向けた。真っ黒だったネグロ川とは違い、水はかすかに泥混じりの茶色になった。ウィーバーが舵をとり、舳先でミダスが障害物に注意しながら、ゆっくり上流へと進んでいく。周囲に人の気配はなく、野生の生き物と勢いよく流れる川の音だけが聞こえた。

支流は鋭く北に曲がり、目標地点に近づいていった。ウィーバーは川幅が狭まってついに進めなくなるまで、ボートを精いっぱいあやつった。「終点だ。ここから先はおりて歩くしかない」

「ああ」ホルトは鋭く周囲を見まわした。「急いでここから離れたほうがいいかもな」

彼はロープを持って岸に飛びおり、とりわけ頑丈そうな木を選んで結びつけた。ウィーバーがあとにつづく。「ミダス、目的地までの最適ルートを教えてくれるか?」

ミダスは手首の制御装置を叩き、地図の画像をふたりに送った。

「これがクワンとメッシーナがとらえられている場所までの道筋だ。地面は平らだし、大きな障害物も見えない。ここから東は山がちになるが、おれたちは平らな森の縁にいるので、葉や枝に邪魔されない限り素早く移動できるはずだ。もちろん同じことが帰路にもあてはまる。たとえ人質を連れているにしても」

ウィーバーは荷物をボートから岸におろしはじめた。「ミダス、今のはこれまで聞いたなかで一番長い科白だったぞ」

ミダスはにやりと笑った。「必要なことしか言わないんだ」ホルトに向きなおる。「ヘルメットはどんな調子だ？」

「永遠にきいてくれないかと思ったよ」ホルトはウィーバーとミダスを順に見た。「信号を送れそうなんだ。だがその前に、もしその返事を受信して、ノマドがまるで違った方角の百五十キロ以上先にいることがわかったら、計画はどうなる？　おれたちにはぎりぎりもう一箇所立ち寄れるだけの装備しかない。二箇所となると……」声がそこで途切れた。その場合どうなると思っているかは明らかだ。

ウィーバーとミダスは顔を見合わせた。「おれたちは任務を果たす」やがてウィーバーが険しい顔で言った。「いつでもそうだった。任務を遂行する。ミダス？」

ミダスは唇をぎゅっと結んで同意した。「任務が最優先。それから戻ってきて、しなければならないことをする」

「できる限りはな」ホルトはヘルメットをつかんで少しいじり、手首のコンソールに指示を打ち込んだ。「なるようになれだ」

ノマドのヘルメットのアイピースが起動し、木立の下の薄暗がりに鮮やかなブルーの光が浮かんだ。一瞬、ヘッドアップディスプレイに診断プログラムが起動していることを示す波形模様が流れたが、不意に大きくはじけるような音がして、焼けたゴムの匂いが漂いはじめた。アイピースがちらちらと光ったかと思うと、ヘルメットについている装置の横から小さな炎が吹き上がる。「おっと、ちくしょう」ホルトは悪態をついてヘルメットを落とした。

ヘルメットは地面にあたって転がり、水のなかに落ちて怒ったような音を立てた。

ゴーストたちは一瞬、お互いを見つめ合った。「これは、おれの給料からさっ引かれるかな」ホルトが悲しげにつぶやいた。

「あれを追いかけて飛び込んだりしないだろうな」ウィーバーが応じた。「バイユーでフリーダイビングをおぼえたのか？　それが役立つかもしれないぞ」

ミダスはふたりの軽口を無視した。「座標は？　信号は受けとったか？」

「すぐに確かめる」ホルトは手首のコンソールに指示を打ち込み、そのまま待った。

一分後に電子音が響き、ホルトが声をあげた。「まさか、冗談だろう？」

「ホルト？」

「位置情報を送る」ホルトが言った。「待ってくれ」

ふたりのヘッドアップディスプレイに地図の画像が浮かび上がった。「どこかで見たような――」ミダスが言いかける。

「クワンとメッシーナがいる場所の地図も送るぞ」ホルトがそう言ったあと、また電子音が響いた。

「信じられない」ウィーバーも驚いた。「やつらはあいつを同じ場所に連れていったんだ。ノマドはほかの人質たちと一緒にいる」

「あまりに都合がよすぎる」ホルトが言った。「罠に違いない」

「そんなに多くの監禁施設を用意できると思うか？」ウィーバーが問いかけた。

「いいか、単純だと思いたい気持ちはわかるが――」

「おれの気持ちはどうでもいい。これは事実だ。これですべてが単純になる」

「ふたりともそこまでにしてもらえるか」ウィーバーとホルトは振り向いてミダスを見た。「手持ちの情報に基づいて行動するしかないし、これがおれたちの持ち札だ。もしこれが罠なら、目を見開いて飛び込むだけだ。おれたちにとって好都合な状況なら、仕事がやりやすくなる。とにかく行くしかない、そうだろう」ミダスはホルトをちらりと見た。「アマゾナスの隅から隅まで歩いて探しまわりたいなら別だが」

ホルトは首を振った。「そういうことじゃない。ただ……悪い予感がする、それだけだ。

おれは戦場ではいい知らせは信用しないんだ」

「それなら自分の腕を信じろ」ウィーバーが言った。「おれたちはゴーストだ。運には頼らない。自分で運を引き寄せるんだ」

16

また屈辱的な食事、そしてまたウルビナの来訪。

「もうすぐ決まる」ウルビナは椅子に座るなり言った。「普通なら部下にこのニュースを伝えさせるのだが、きみが反応しないようこらえるのを眺めるのが楽しくてね。きみが受けた訓練は実に素晴らしい」

「あんたの英語も優秀だ」

「ありがとう。きみの政府が授業料を払ってくれた」

ノマドは驚きの表情を浮かべないようつとめたが失敗した。「わたしは二重スパイとして採用されたんだ。CIAは、チャヴェス政権と軍の内部にスパイを送り込もうと画策していた。わたしが祖国を裏切ることを考えていると思い込ませるのは簡単だった。わたしの担当上司たちは聞きたいことを聞き、その結果として情報、金、装備をとても寛大に提供してくれた。それからわたしは彼らを売った。わたしにはいろいろな顔があるが、売国奴ではなかった」

「今では立派な売国奴だ。それとも、独立宣言はその範疇《はんちゅう》には含まれないのか？」

ウルビナは注意深く言葉を選んだ。「わたしが誓いを立てた政府はもはや存在しない。これまで属したことがない集団に、裏切ったなどと言われる筋合いはない。カラカスの愚か者たちはチャヴェス派を気取るかもしれないが、やつらこそが真の裏切り者だ」

「そんな話は信じられないな。あんたに関する資料には、合衆国に雇われたことなどひとことも書かれていなかった」

「当然だ」ウルビナは真顔でにやりとした。「CIAは自分の失敗を宣伝したくないのだ。とりわけ、アメリカ国防総省に対しては。いいかね、上司たちがつかまったとき、わたしは多くのことを学んだ。わたしは彼らをだました。もちろん、彼らから聞いた話の多くはなんの役にも立たなかったが、ときに真実のかけらを含んでいた。わたしはそれを手に入れたのだ。かつての上司とCIA、そしてきみの国に関するささやかな真実――そのすべてがわたしのキャリアにとても役立った」

「それで、そのキャリアとは？　結局どうなった？　手違いでいきなり科学者を誘拐してしまったわけか？」

「あの一件は事故のようなものだった。あれほどたくさんの部下を犠牲にしていなければ、きみたちが代わりに問題を解決してくれたことに感謝したいくらいだ。何が幸いするかわからない、そうだろう？」

「ほかのふたりは？」

ウルビナはきょとんとした顔になった。「ほかのふたりとは？　ほかには誰も誘拐していない。部下たちもだ」

「誰のことを話しているのか、よくわかっているはずだ。メッシーナとクワンだ。考古学者のふたりだよ」

「考古学者？」ウルビナは頭をのけぞらして笑った。「ああ、なるほど。誰かが間違った情報を伝えたわけか。あのふたりは人質なんかじゃない。ここで意に反してとらえられているのはきみだけだ。そのきみもすぐにいなくなる」

ウルビナはスツールから立ち上がった。「自分のこれからについてゆっくり考えるといい。ボリビアでのパートナー候補に製油所の設置場所に関する連絡をしなければならないので失礼する。よい一日を」


進むにつれて地面は少しずつ乾いていったが、同時にわずかに起伏が増してきた。目指す方向には道どころか獣《けもの》が通った跡すらなく、どこまでもジャングルがつづいている。最初はミダスが先頭に立ち、そのあと三人が順番に鉈を振るった。

はじめのうちホルトは、実際には一度も見かけない危険な生き物についてしつこく警告されたことをぼやいていた。しかし、ミダスが猛毒の蛇、フェルドランスを見つけてペットとして連れ帰ったらどうだと提案すると、愚痴はすぐに聞こえなくなった。そのあと彼らは無言で歩きつづけた。

ノマドの装備から届いた位置座標に近づくと、ウィーバーは止まるよう指示した。「急いでこの周辺の様子を調べたい。斥候を出すのでも、カメラでも、手段は問わない。ホルト、おまえがやるか？　おまえはおれたちより敵の気配をかぎつける才能がある」

「この二時間ほど、ずっと注意して目を配りつづけてきた。不意打ちされるのは嫌いなものでね」

「何か見つけたか？」

「何も見つけられなかったら、それこそ驚きだ」ホルトの声にはいつになく力がなかった。

「それで、見張りを見つけたときの対応は？」

ミダスが答えた。「できれば気づかれないよう迂回する。それができないなら音を立てずに殺す。戻って報告されたらまずい」

「見張りを殺した瞬間から、追っ手を気にしなきゃならなくなるぞ」ホルトが指摘した。

「殺さなくても同じことだ」ウィーバーは首を傾げてホルトを見た。「いいか、ノマドはいないんだ。いちいち忠実に反対役を演じる必要はない」

「反対意見は必要だ」ホルトが言い返した。「ノマドはあんたの友だちだ。それであんたの判断は鈍ってる。ミダス、おまえは猛烈に頭がいいが、まだ青くて事なかれ主義だ。スピード違反の取り締まりに引っかかる前に、誰かが警告しなきゃならない」

「チームとしてまとまるべきだ」ウィーバーは言い張った。

「そしてチームとして帰りたい。いいか、突入前にしっかり考えるべきだ」

「たぶんもう考えてるよ、ホルト」

ホルトは驚いてミダスのほうを向いた。

ミダスはつづけた。「おれたちはみんなプロだ。基本は心得てる——おまえは今回のなりゆきのせいで自分を責めている。おれたち全員を責めている。だが、そんな必要はまったくない。チーム内で、誰かに何かを証明してみせる必要はないんだ。ただ、任務を遂行すればいい」

「わかった」ホルトがきっぱりと宣言する。「もう何も言わない。さっさとやっちまおう」

ウィーバーは眉をひそめた。「本気か？」

「大まじめだ。ミダスはあまりしゃべらないが、しゃべったときには耳を傾けたほうがいい」ホルトはミダスから鉈を受けとった。「ここまで来たらなるようになれだ」


キャンプを目にする前に、耳が気配をとらえた。大きくてはっきりしたその音は、人の営みのたしかなしるしで、ジャングルに響いてほかのすべての音をかき消した。ゴーストたちはひとりいた見張りを迂回して進み、その男が立っていた位置をのちに逃げるときのために記憶した。だが、あたりにはカメラも、仕掛け線も、地雷や罠もない。敵の指揮官は、このキャンプには地の利があり、不意の侵入者に発見されることも、誰かが武力で攻撃してくることもないと確信しているようだ。

彼らはキャンプを見渡せるなだらかな土手の背後に伏せた。ミダスが突き出た岩の近くまで進み、敷地内の位置関係を詳細に確かめた。そのあいだウィーバーとホルトは後ろに控えている。

キャンプ全体が、長期間使うことを前提として効率的につくられていることがわかった。川のすぐ近くに位置し、小さなボートハウスが置かれている。川面に突き出している桟橋には武装した船が何艘も揺れていた。ほとんどは商用ボートを改造して武器を搭載しているだけだが、そのなかにかなり新しいG－25ガーディアンが浮かんでいるのが目を引く。ユノカルが製造ライセンスを持つ対潜攻撃用巡視船で、このあたりの川に対応できるよう調整されている。岸辺には数人が警備に立っていた。様子をうかがっているあいだにもう一艘のG－25が戻ってきて、兵士の一団を吐き出した。すぐに別の兵士たちが飛び乗り、次の出航に向けて燃料を補給し、搭載されている三挺《ちょう》の銃に弾を込めはじめる。

キャンプそのものは、入念に考え抜かれたつくりになっていた。入ってくるための道路が一本、出ていくための道路が一本で、小さなプレハブの建物が格子状に整然と並んでいる。その外側にはテントが円形に並び、敷地の周囲は誰かが隠れて近づくことを防ぐために、ジャングルを二十メートルほど刈りとっていた。あちこちに照明灯が立ち、熱帯雨林の暗闇に光を投げている。森との境には鉄線が張りめぐらされ、動物や望ましくない訪問者がキャンプに入り込むのを妨げていた。兵士たちが敷地内を巡回し、木に据えつけられた複数のカメラがジャングルを監視している。兵士たちの制服と記章はそれぞればらばらだったが、整然と無駄なく動いていた。ほとんどは腰につけた武器のほかにＡＫ－１０３ライフルを携え、そろって修羅場をくぐり抜けてきたらしい精悍《せいかん》な顔つきだ。川とは反対端に駐車場があり、数台のジープが止まっていた。ありふれたピックアップトラックではなく、驚くほど新しい、ずんぐりしたＭ－35フェニックス・カーゴトラックが並んでいる。今ではジャングルの泥に三分の二ほどが埋まっている建設材料の山もあった。おそらく引火したときの被害を最小限に食い止めるためだろう、キャンプからかなり離れた路肩にタンクローリーが置かれている。その先に滑走路が見えた。

ウィーバーは過去にもジャングルの滑走路を見たことがあった。ほとんどは茂みを最低限刈りとっただけで、小型機が離着陸できるぎりぎりの幅と長さを確保し、着陸の際に車軸がはずれないよう押し固めているだけだ。

だが、それらとは違い、この滑走路は本格的なものだった。幅八メートル、長さ二百メートル以上で、ジャングルのなかにあるのが信じられないほどだ。キャンプの敷地からは五十メートルほど離れ、飛行機が真上を通り過ぎるのではなく、その脇を飛ぶように北東から南西にのびている。滑走路はきちんと区画され、走路は平坦で、しっかり固められ、土というよりもまるで赤いコンクリートを敷いているようだ。その片端には吹き流しがあり、ときおり吹く風に気怠《けだる》く揺れていた。反対端には車止めとして土が小高く盛られている。滑走路の隣には、短い脇道の先にやはり整地された一画があり、ヘリポートとして使われているらしい。そちらも念入りに設計され、管理されているようで、手前の小屋に燃料缶らしきものが格納されている。ヘリポートの真ん中に大型哨戒ヘリコプター、シコルスキーS－61の姿が見えた。その古びた胴体はわざわざ迷彩色に塗られている。機体にはさらにカムフラージュ用のネットがかけられていた。走路もヘリポートも、目立たないように工夫されている。

「自分の目が信じられないよ」

「まったくだ。シー・キングとはな。あれがまだ飛んでいることも知らなかった」ホルトは思わず感心したような声を出した。「問題は、あれがここで何をしているかだ」

「最後に確かめたときには、ボリビアの国防軍がまだ何機か飛ばしていた。アマゾナスの連中がそれを国有化したんだろう」

「ご丁寧にも、銃までついてる」ミダスが付け加えた。「ただ、空軍と呼ぶにはしょぼい気もするが」

「それでもこのあたりでは最強だ」ホルトは言い返した。「雲行きが怪しくなってきたな。銃をぶっ放しながら突入すればいいというわけじゃないようだ。そもそも人質がどこにいるのかわからない。ノマドがどこにいるかもわからない。やつらが何人いるのかわからない。足を止めて殴り合うには数が足りない。というわけで、様子を見るか？」

ウィーバーは答えた。「それがいい。おまえのドローンがあればよかったが、ないものねだりをはじめたら、第二十五歩兵連隊が颯爽《さっそう》と姿を見せてくれないかと考えてしまいそうだ」

一瞬沈黙が流れ、それからホルトがつぶやいた。「そうなったら実に嬉しいな」ウィーバーとミダスは笑った。「右にまわろう。別の角度から確認したい。十六時に合流でいいか？」

「了解」ウィーバーが答えた。「ミダス、おまえは川のほうにまわってくれ。そこから様子を探ってほしい」

「了解」ふたりは動きはじめ、ウィーバーはその場に残った。

そのあと彼らは無言でキャンプを監視しつづけた。ホルトとミダスが素早くそれぞれの位置につく。三人はじっと目を凝らした。キャンプは効率の見本のようだ。歩哨たちはだらけることなく、煙草も吸わずに見張りに専念している。森に巧みに溶け込んでいるので、薄暮のなか見分けるためにウィーバーは暗視装置に切り替えなければならなかった。勝手に行動する者はなく、口喧嘩や騒ぎも見られない。建物に蔦や蔓はいっさい張りついていなかった。建物のあいだの道やテントはきれいで整然としている。そこにいる男たちの動きにはいっさいの無駄がない。

「気がついたことがある」数分間様子をうかがったあと、ウィーバーが口を開いた。「ここの連中は、国境にいたやつらと服が違う。その理由はわかる気がする」

「教えてくれ」ホルトはふたり組の兵士が中央付近の大きなテントから出て、即座にジャングルへ走っていく姿を見つめた。

「こいつらはみんな、ここに送り込まれたあと忘れ去られたに違いない。ヘリに乗せられて、アマゾンの奥地に送り込まれるのは、どんなやつだと思う?」

「くずどもだ。やばくなったとき、そばにいてほしくない連中だ」

ウィーバーはうなずいた。「そうだ。川で見たのはそういうやつらだったと思う。たぶん、村を襲ったやつらもだ。だが、それ以外に送り込むとしたら?」

ホルトはつかのま考えた。「ここが本当に好きなやつらか?」

「そうだ」ウィーバーの顔は石のように無表情だ。「そういった連中はたちが悪い。手強いぞ」

「相手がマイナーリーグだろうがオールスターチームだろうが関係ない。あんたが言ったように、おれたちはここに任務を果たしに来ている。最後までやり遂げる。それ以外はすべて些末なことだ」

「ああ、だが些末なことが役立つ場合もある。あのふたりの記章が見えるか? ウルビナがつけてるのと同じものだ」

ホルトはキャンプにじっと視線を注いだ。「それなら絶対につかまらないほうがいい。あの連中は拷問の仕方を心得ていると聞く。だから心配なのは、人質がどうなっているかだ」ミダスは悲観的だった。「これまでの扱われ方によっては、歩ける状態じゃないかもしれない。人質を運びながら戦うことはできない」

ウィーバーの表情も暗かった。「彼らを見つけた段階で判断しよう。もし走れそうになかったら、追っ手が来ないようにする必要がある」

「できればウサイン・ボルトを救出したいと言ってるのと同じだ。村でどれほど大変だったか忘れてないだろう。今度はもっと準備が整っていて、はるかに有能な連中が相手だ。おまけに滑走路まである。それが何を意味するのかわからないが」

ウィーバーは上を指さした。「すぐにわかる」

小型機の低いエンジン音がしだいに大きくなってくる。「聞こえたか？」ウィーバーがたずねた。「セスナ・デナリだ。プライベートジェットがいったい何をしに来たんだ？」

「あいつらにきいてみるか？」

「笑えないな。ホルト、おまえが一番近い。何が見える？」

「近づいてくる……この滑走路では長さが足りない気がするが、優秀なパイロットが操縦しているのかもしれない。おっと、尾翼にロゴがついてる。どこかの企業だ。小さいがなんとか読めそうだ。拡大してみる……なんてこった。石油会社だ。どういうことだ？」

「ここには石油は埋まってないはずだ」ミダスが口をはさんだ。「いったい何に興味があるんだ？」

「わからん」プロペラの音がさらに大きくなり、ホルトはそちらに目を戻した。「来るぞ……おりた」セスナは巧みに滑走路に着陸して、土盛りのはるか手前で止まった。兵士たちが駆け寄り、乗客がおりるのに手を貸す。最初はダークブルーの高級そうな仕立てのスーツを着た男で、白髪頭に赤ら顔、石油採掘の労働者がブルックス・ブラザーズのスリーピースでめかし込んでいるように見えた。その後ろにいるまったく印象の異なる男は、黒髪でオリーブ色の肌、小柄で下腹がわずかに出ている。ボタンダウンの半袖シャツにカーキパンツという格好で、寝ていたところを叩き起こされたかのようだ。先頭の男が出迎えた兵士のひとりと短く話し、相手の背中を叩いたあと、キャンプから近づいてくる少人数の集団のほうを向いた。その後ろで、黒髪のほうは腕を組み、じっと立っている。

「ちくしょう。まじかよ？」ホルトが声をあげた。

「先頭にいるのはウルビナだ！」ミダスさえも驚いた声をあげた。「わけがわからない。いったいあいつはここで何を？　どうしてあの連中と話しているんだ？　人質はどこに――」

「何よりも、ノマドはどうしているんだ？」

「今頃になってボディガードたちがセスナからおりてきたぞ」ホルトがつづける。「あいつらが最初におりないというのは驚きだ。石油会社の男とその友だちは、よほど安心しているんだろう。いったいどうしてだ？」

「わからない」ウィーバーが言った。「だが悪い予感がする。写真を撮れ、ホルト。大量に」

17

食事の代わりに、ノマドは訪問客と猿ぐつわをあてがわれた。猿ぐつわはエルナンがつけた。エルナンはなんらかの違反をおかしたらしく、大佐から見張りとしてずっと張りついているように命じられ、そのせいでノマドに対する憎しみがいっそう増している。

「話そうとするなよ」エルナンはノマドに警告し、ドアを開けて入ってきた民間軍事会社風のふたり組をちらりと見た。ふたりはがっしりした体格なうえ、威嚇するような出で立ちだ。これ見よがしに武器とイヤホンを身につけている。左側の男がうなずいてマイクに何かつぶやくと、ドアがまた開いた。ふたりのボディガードはそのまま戸口の脇につき、新たに三人の男が入ってきた。アマゾンのジャングルではなく、ウォールストリートが似合いそうなスーツ姿で赤ら顔のビジネスマン、それより背が低く、会議に遅刻した会計士のような服装の男。最後がウルビナ大佐だ。

「いったいどういうことだ、ウルビナ？」会計士風の男が戸惑いを隠さず、サングラスをはずしながらたずねた。ノマドは即座にその男に対する評価を修正した。見かけは事務員風だが、その目は冷酷な殺し屋そのものだ。

「エル・プルポに同感だ」アメリカ人が口を開いた。白髪で筋肉質、ごつごつした手は力仕事をしてきた過去を物語り、アクセントはテキサスの油田地帯のものだ。「人質の問題はとっくに解決したものと思っていたが」

「ミスター・ブリッグズ、セキュリティを心配していたようだが、我が国の国境警備隊の実力の証拠をご覧に入れよう。あなたが目にしているのは、アメリカ政府の最も重要な兵士のひとりで、われわれの地上作戦を妨害しようと試みて失敗した男だ」

ウルビナが話しているあいだに、男の顔はみるみる赤く染まった。「確認させてくれ、大佐。きみは合衆国軍の特殊部隊の隊員を椅子に縛りつけて、それでわたしが安心すると思っているわけかね？　こいつがいるということは、アメリカ政府の連中はわれわれが何をしようとしているか知っているだけでなく、それをやめさせるために動いていることになるんだぞ」

「この男は実際に何が起きているのかまったくわかっていないし、それは彼の上司たちも同じだ。彼の部隊は、誘拐された考古学者を救出するために送り込まれたのだ」ウルビナは〝考古学者〟という単語をとりわけ強調してみせ、期待どおりブリッグズは笑い出した。

「そうなのか？　それは傑作だ」彼はそう言うとまた笑った。

「ふざけるなよ、ウルビナ」エル・プルポ――蛸《たこ》という意味だ――と呼ばれた男が口を開いた。「こういう男とは関わり合いになりたくない。あんたはアメリカ政府の注目を集め、おれたちの興味を失わせた」

「まあ落ち着いて」ウルビナはゆったりと両腕を広げてみせた。「この男は問題になるほどここに長くはいない」

ブリッグズは顔をしかめてウルビナを見た。「この男は無駄足を踏み、かといってプルポが納得しないのでここに置いておくこともできないとなると、いったいどうするつもりだ？今さら合衆国に戻すこともできないが、ただ殺すのもどうかと思う」

「断言しよう、この男は合衆国には戻らない。現在この男をめぐってロシア政府のある部署と、表面上は同盟関係にあるふたつの国、それに非国家組織の代表が入札を争っている。それぞれにとって彼は使い道があるし、用ずみになっても故郷に帰すつもりはない。ロシアは、合衆国を入札に関わらせないために特別な金を支払いさえした。こいつは金のなる木なのだ」

「ふむ」ブリッグズは節くれだった太い指で顎を撫でた。「残念なことだ。優秀な男の末路を見るのはいやなものだ。だが、ビジネスはあくまでビジネスだ。稼げるときに稼がないとな」

「気に食わん」エル・プルポがノマドに歩み寄った。「こいつを売り飛ばす計画には賛同しかねるな。どこかでこじれるか、話が漏れる危険がありすぎる。殺してしまえ、ウルビナ。殺して死体を川に流せ、それもすぐに。何よりまずいのは、合衆国特殊部隊の注意を引くことだ」

ウルビナは手を振って一蹴した。「やつらがこの男をとり戻しにここまで来ることはない。あまりに危険すぎる。それにこの男は、ここにいることをアメリカ人たちが気づいた頃にはとっくにいなくなっている」

「ここまで来る必要などない。こいつが体にＧＰＳを埋め込んでいたら、空爆部隊を送り込むだけでいいんだ」

「アメリカは絶対に公空を侵害しない。まだそれが重要であるふりをしている裏で、こういうやつを国境を越えて忍び込ませ――」ウルビナがノマドを示す。「――汚い仕事をさせている。こいつは言うなれば戦利品だから、それにふさわしい扱いをしているだけだ。こいつが戻らなかったら、たぶん似たような男を新たに送り込むのをためらうようになるだろう」

「サンタ・ブランカは、アメリカが標的としている場所でのビジネスにはとても慎重になるはずだ」

「支援者たちに、何も心配することはないと伝えてくれ」ウルビナはまたノマドに親指を突きつけた。「ジャングルにのみ込まれる男がまたひとり増えるだけだ」

「その言葉が正しいことを祈ったほうがいい」プルポは吐き捨てた。

ブリッグズは落ち着かなげに一歩下がった。「そろそろここを離れたいんだが」

ウルビナはうなずいた。「お好きなように」わざわざこの男の前でビジネスの話をすることもない」奇妙な行列は、入ってきたときとは逆の順番で出ていった。ボディガードが素早く動いたせいで、エルナンはあやうく突き飛ばされそうになった。

ウルビナが最後に出ていった。立ち去る間際、振り返ってノマドを見る。「わたしにはパートナーがいると言っただろう。カルテルの大物、ミスター・ブリッグズ——金が動く。ここでわたしが築き上げるものを見せたかったよ。残念ながらきみとはお別れだ。エルナン？」

「はい、大佐？」

「二、三分したら猿ぐつわをはずしてやれ」

「はい、大佐」エルナンが勢いよく敬礼する。ウルビナも敬礼を返すと、夕闇に包まれたジャングルへと出ていった。


「ノマドがいる建物を特定できたと思う」数時間無言で監視をつづけたのち、ミダスの声が沈黙を破った。

「どうしてわかったんだ、ミダス？」ホルトは答えを知りたいというよりも、そんなはずないだろうとばかりにたずねた。

「左手の三番目の建物だ。プレハブで、正面に見張りがいる。兵士が何度か食事を運ぶのを見た。今も、見張りがバケツを持って入っていった」

「ノマドではなく、人質の可能性もある」ウィーバーが言った。「どうしてあいつだと思うんだ？」

「食事はひとつで、ふたつじゃなかった」ミダスは一瞬間を置いた。「実のところ、妙なんだ。ほかの場所に食事が運ばれるのを見ていない。あの建物だけだ」

「人質は食堂に閉じ込められているか、あるいはもっと切羽つまった状況になっているかだ」ウィーバーは考えをめぐらした。「つまり、人質たちはもう死んでいるか、移動したか、拷問を受けているかだ。最初のふたつの場合、ノマドがここでの唯一の目標になる」

「都合よく解釈しすぎてないか？」ホルトが問いかけた。「理屈はわかるが、あまりに短絡的すぎる」

「おまえは本部から目を離すな。状況は？」

「飛行機で来た連中は、ミダスが今言った小屋に数時間前に入った。そのあと本部に閉じこもっている。飛行機には燃料が補給され、滑走路に照明を動かしている――夜間に離陸する準備だと思う」

「あの客が誰かわかったか？」

「用心棒が誰かまでわかった。飛行機からおりてきたのはジェリー・ブリッグズ、オクラホマ出身で、ケイトン石油の大物だ。新しいプロジェクト部門のリーダーのひとりだ」

「衛星通信からその情報を？」

「違う。あいつの会社がルイジアナ州の海岸の近くに採掘装置の土台をつくったとき、そのひとつがおれのお気に入りのビーチに大量の原油を吐き出しやがったんだ。そのとき以来、あいつのことは忘れようにも忘れられない。あいつは事故の尻ぬぐいにやってきて、何人かの手にキスし、赤ん坊を抱き、処理作業のために汚い小切手を何枚か書いた。あいつがここにいるということは、ひと儲け企んでいるということだろう」

「わかった。ボディガードは？」

「シャツの記章でわかった。ウォッチゲートという民間軍事会社の雇われ部隊だ。石油業界では有名だ。物騒な国で油井や製油施設を守る契約をあちこちと結んでいる」

「ここより物騒なところなどそうはあるまい。あの村で殺した兵士がなぜ英語を話したのか、わかった気がする。ミダス、おまえのほうは？」

「見張りがちょうど建物のなかに戻ったところだ。前回の訪問も確認している。そのときは十分ほどだった。見張りの交代は四時間置きで、こいつはあと一時間このままだ」

「交代のときがチャンスだな。いいだろう。キャンプ全体を相手にはできない。兵士たちのほとんどが別のことに気をとられるように誘導する必要がある。たとえば盛大な火事を起こすとかな。ミダス、ホルトと入れ替わってくれ。それから、燃えやすそうな標的を見つけてほしい。まずタンクローリーをあたってくれ。弾薬置き場を見つけることができたら、そこが第一候補だ」

「クロッティを助ける際にあれだけ派手な騒ぎになった以上、当然警戒していると思わないか？」

「もしおれたちが同じことをくり返すと思ってるなら、ドローンや電磁パルスで見張ってるはずだ。一気に片をつけたい」

「そういうことなら、わかった」ミダスは疑わしげに応えた。

「最高の目標を目立つ場所に置くほうが悪い」

ミダスは思わずにやりと笑った。「たしかに」

「ホルト、おまえとおれはノマドを確保する。見張りのパターンはわかっている。張りめぐらされてる鉄線を通り抜ければいいだけだ。なかに入ったら、ミダスが火をつける。おれたちはノマドを連れ出してジャングルに逃げ込み、ボートに戻るまで身を隠す」

「わかってるのか、下手を打ったら詰みになるぞ」ホルトは軽い口調で言ったが、緊張が感じられた。

「承知のうえだ」ウィーバーは応えた。「だが、それはどの任務でも同じだ」

「ああ、ただし今回に限っては少しばかり分が悪い。援護なし、脱出用のヘリもなし、敵は多数、しかも空からも攻撃できて、おれたちはメンバーをひとり欠いている。成功のレシピじゃない」

「状況の悪さをぼやくことも成功のレシピに含まれないぞ、ホルト。そのハンデを少しでも解消する手立てを見つけるんだ。たとえ見つからなくても、せめておれをいらつかせてさらに条件を悪くするのをやめることはできるだろう」

「言ってみただけだ」ホルトはつぶやいた。「すまん」

「まあいい。緊張をほぐしたいんだろう。ただ、今は何も考えるな、わかるな？」

「ああ」ホルトは一拍置いた。「それでも今回は最悪だ」

「わかってる」ウィーバーは冷静に応えた。「さて、何か有効な提案はあるか？　それともはじめていいか？」

「〝ここから出ていく〟ところまでは完璧だ」ホルトが答えた。「はたしてチャンスがあるかは――待ってくれ、たまげたな。きっと信じられないぜ」

「おれも見てる」ミダスが話に加わった。「信じるよ」

「何が見えたんだ？」

「ノマドが拘束されていた建物から出てきた。ひどい格好だ」


捕虜の第一の義務は逃げることだ。

ノマドはそのモットーをもちろんよく知っていたが、これまで実行に移さなければならないことなどなかった。とはいえウルビナの話にはうんざりしているので、そろそろここことはおさらばしたい。ただ、どうすれば逃げられるかわからない。

エルナンは無言であたりをにらみつけるために、かなり前に外の持ち場へと出ていった。

何か手を打つなら今だが、使えそうなものはごく限られている。用を足す際に使うことを許されているバケツが背後の右隅にある。ありがたいことに中身は空だ。それ以外には、もちろん金属製の椅子がある。六〇年代後半の粗悪な大量生産品で、床にボルトで留められている。これまで彼を拘束していたその椅子が、武器として最も有望だ。

当然、その前に拘束を解かなければならない。

ブーツを履いたままだったら、靴紐をこすりつけて摩擦で結束バンドを切ることはできたかもしれない。だが逃げることができないよう、裸足にされている。この状態で拘束を解くには、かなり無理をしなければならない。

腕ではなく両手を椅子の背に結束バンドで縛られているので、逃げるのはいっそう難しい。結び目を痛いほどきつく締められていることには、いい点も悪い点もある。指の感覚が失われつつあるのはまずいが、きつく結ばれている分だけバンドが張りつめているので、引き裂くのがそれだけ簡単になるはずだ。

ノマドは結束バンドが切れることを願いながら、背中を曲げて結び目を引っ張ってみた。うまくいかない。角度が悪すぎるし、肩の傷のせいで力が入れられない。次に椅子の背にこすりつけて結び目をほどこうとしたが、やはりだめだった。動かせる幅が狭すぎて、充分な摩擦を起こせない。

そうなると残る選択肢はひとつで、それはかなりの痛みを伴うはずだった。

ふと、仲間たちはどうしているだろうかと考えた。きっと助けに戻ってきてくれるだろう。それだけはわかっている。しかし、その前に参謀本部情報局の強制収容所かテロリストの陣地に向かう飛行機に乗せられてしまったら、もはや手遅れだ。ウルビナが話していた様子からすると、すぐにもどちらかに決まりそうだった。

ノマドは深く息を吸い込み、右脚を椅子の座面、体の下に押し込んだ。つづいて左脚も同じように押し込み、椅子の上でかがむ姿勢になった。それからゆっくり、慎重に立ち上がろうとする。腕を引っ張られ、肩に耐えがたいほどの痛みが走った。椅子がぐらついたので、いったんしゃがみなおして落ち着くのを待った。大きな音を立てると、エルナンの注意を引いてまずいことになる。

危険な音は消え、ノマドは何度か深呼吸した。

もし両腕の力だけでは結束バンドをはずせなかったら、そのときは全身を使って足りない力をかり集めるしかない。かつてドイツのバーで、数人のMPを相手に、賭けに勝つために同じことをした。ただ、あのときは両肩とも普通に使えたし、こんなふうに激しい痛みを感じてはいなかった。

あのときは賭けに勝った。今回の賞金はさらに高額だ。

ノマドはまたしゃがみ、次の瞬間に両腕をねじって思いきり広げた。

結束バンドがはじけ、プラスチックが飛び散る。ノマドは椅子から落ちて床に激しくぶつかった。椅子は一度ぐらついたものの、音を立てて動くことはなかった。ノマドはその場にかがんだままじっと動かず、今の音で見張りが飛び込んでこないか待った。

しかし、見張りは姿を見せなかった。

また音を立ててこれ以上運試しをするつもりはなく、ノマドは注意しながらゆっくり立ち上がった。小屋の外はなんの気配もない。

ノマドは試しに両腕を曲げてみた。腫れて麻痺《まひ》している指に感覚が一気に戻る。肩の痛みが少しだけ薄れた。そして彼は自由になっていた。

ノマドはもう一度椅子に目をやった。部屋のなかにはほかに何もない。椅子はいかにも旧式の軍用品で、耐久性のみを求め、座り心地が悪くなるようにデザインされている。彼はもう何年も、世界中の報告室で同じような椅子に座ってきた。灰色一色に塗られているが、あちこちに引っかき傷や切り傷があって塗装がはげ、金属がむき出しになっている。

椅子の背をぐっと押してみたところ、床に固定するボルトははずれないことがわかった。ただ、よく見ると、ボルトは太いが、雑に固定されている。何度か強い打撃を与えれば、床からはずせるかもしれない。だがその音でエルナンを警戒させてしまう。

やはりバケツしかない。

幕間――ノマド

ふたりの男のうちひとりはサルバトーレ、もうひとりはヒュームと言った。もしここから生きて抜け出すことができたときには、どちらがどちらかをおぼえよう。ノマドはそう心に誓った。

彼ら三人は、かつてメキシコシティのダウンタウンが混乱の極みに陥る前にはコンビニエンスストアだったらしい建物のなかに閉じ込められていた。反乱軍がクーデターを仕掛け、全土で武力衝突が勃発したが、ここ首都での戦闘が最も激しかった。そして、そもそもは特別な差配によってメキシコの大地を踏むことを許されただけのアメリカ軍が、そのただなかにとり残されている。

だが、より差し迫った心配は、ノマドと彼の新しい連れが身を隠そうとして飛び込んだ建物に、メキシコ軍兵士の一団が自動小銃で銃弾の雨を降らせていることだった。

「いったいどこの部隊から来たんだ?」ノマドは銃声に負けぬよう大声でたずねた。「仲間が助けに来てくれる可能性はあるのか?」

「特別戦略部隊だ」サルバトーレか、あるいはヒュームから返事が返ってくる。

「なんだって? どこかの訓練部隊かと思っていた」店の入口に近いほうの男が――ヒュー

ムのはずだ——近づいてくる敵に向かって素早く銃を撃った。痛みにうめく声があがり、つかのま威嚇射撃がやみ、誰かがスペイン語で医療班をあわてて呼ぶ叫び声が聞こえた。それからまた攻撃がはじまり、銃声がとどろいて、割れていなかった瓶に弾があたってガラスが砕けるシンバルのような音がリズムを奏でた。

「よくそう思われるんだ」カウンターの背後にかがんでいる兵士が応え——おそらくサルバトーレだ——ベルトから手榴弾を引き抜いた。「五秒以内に隠れてくれ」

「頭がおかしいのか？　まだ充分な——」

サルバトーレはかまわず立ち上がり、割れた正面の窓の向こうに手榴弾を横手で投げた。手榴弾は割れたアスファルトとコンクリートにぶつかって鋭い音を立て、少しだけ転がって止まった。銃声が不意にやみ、外の男たちがパニックになって叫びながら、地面に伏せたり、身を守れる場所に駆け込んだりした。サルバトーレとヒュームは同時に立ち上がって店の正面に向かって撃ちまくり、敵の兵士たちを機械のように正確に倒していく。

「伏せろ！」ノマドが叫んだ。

「あれは不発弾だ」サルバトーレが愉快そうに言った。「いつもひとつ持ち歩いているんだ。さあ、生き残ったやつらがそれに気づく前にここから出よう。ヒューム？」

「裏口だ。ついてこい。急げ！」

ノマドが動き、サルバトーレがすぐ後ろにつづいた。ヒュームは店の裏口の頑丈そうな金属製の扉に肩からぶつかってこじ開けた。そのまま飛び出し、外にいた反乱軍のひとりがだまされたことに気づいて銃を撃ちはじめると、残ったふたりが応戦した。割れた石材や捨てられた缶が転がっている路地へと逃げる彼らの背後から、銃弾が追いかけてくる。

「走りつづけろ！」サルバトーレが叫びながら左に曲がった。ヒュームは立ち止まって振り向くなり店のなかに銃弾を打ち込み、ノマドを援護しつつ走ってあとを追いかける。

「不発弾じゃなかったのか！」

「外に投げたやつはそうだ。だが、店のなかに残したやつは――」

爆発音がサルバトーレの言葉をさえぎった。開いていた裏口から猛烈な勢いで破片が吹き飛んできて、そのあと静寂が訪れた。

「ちゃんと爆発する」ヒュームが言い終えた。「さて、あんたをどうしたものか」

「撃たないでもらいたいな」

ヒュームとサルバトーレは目配せし合った。サルバトーレが薄く笑う。

「いいか、おれたちはもっとひどい状況で戦ってきた。ある意味、見慣れた景色だ」

「災難がつづくものでね」サルバトーレはノマドに向きなおった。「部隊からはぐれたのか？」

「ああ。おれたちは広場の周辺を守る手伝いにかり出されていたが、そこにパナールの縦列が国旗を振りまわしながらやってきた。それでこちらが銃を下げたら、やつらは国旗をおろしていきなり撃ちはじめたんだ。おれたちは散り散りになって逃げた。仲間とはばらばらになってしまった」

「そうか、それはやばかったな」サルバトーレはしばらく唇を噛んでいた。「わかった、あんたが合流できる友好的な部隊に出会うまで、おれたちと一緒にいるんだ。ただしそれまでのあいだは命令に従い、口はしっかり閉じて、おれたちが何をしているかも、その理由もきかないようにしろ。それを話したら、ヒュームはおまえを撃たなければならないし、こいつはそうしたくないと思っている」

「そのとおりだ」ヒュームは真剣な顔でうなずいた。「それより、ここに突っ立って殺されるのを待つのか、それとも移動するのかそろそろ決めてくれないか？」

決断を急かすかのごとく、数ブロック南のあたりで立てつづけに爆発が起きた。煙と粉塵《ふんじん》が次々に吹き上がり、ライフルやもっと強力な武器の音が響き渡る。上空を戦闘機の編隊の音が切り裂いた。低空飛行のため、ノマドには機体の尾部に金と黒で描かれた鷹《たか》の記章が記されているのが見えた。編隊は先ほど爆発の起きたあたりに爆弾を投下し、そのまま機首を西に傾けて猛スピードで飛び去った。

直後に襲った衝撃波で、ノマドは地面に投げ出された。彼が体を起こしたとき、ヒュームとサルバトーレはどちらもすでに立ち上がって動きはじめていた。「クレンショーの部隊は本気だな」サルバトーレはそう言って、ノマドに手を差し出した。「ここから離れよう」

彼らは今しがた空爆を受けた地点から遠ざかるように走った。遠くで銃声がまだ聞こえたが、散発的だ。あの界隈《かいわい》にいた者は、瓦礫《がれき》の下敷きになっているか、粉々になっている可能性が高い。

「どんな任務なんだ？」ノマドはたずねた。

「救出だ」ヒュームが答えた。「おれたちが逃げるのを手伝ったメキシコの役人が、〝特別拘束〟されている。つまりは、処刑されるのを待ってるということだ。それを阻止したい」

「おれたちの通信を聞かせることはできない」サルバトーレは切迫した口調で言った。「だから今ここで最低限のことを話しておく。反乱軍は見せしめとしてその男を公開処刑しようとしている。そして今、その男は廃品置き場に拘束されている。刑務所と名のつくものはおれたちがすべて吹き飛ばしたからだ。おれたちはそこに突入して彼を救出する。そこに着いたとき、もしあんたがまだ一緒にいたら、おれたちが突入して彼を確保するあいだ援護してほしい。わかったか？」

ノマドはうなずいた。「わかった」

「おい、おい、ちょっと待て」曲がり角の手前でヒュームが急に立ち止まった。「GPSは左を示しているが、通信機は交差点に歩哨がいると言ってる」

「ドローンは？」

「画像を確かめる」ヒュームのアイピースに画像が浮かぶのが見えた。ノマドがこれまで試作品でしか見たことがないような装置だ。「わかったぞ。次の交差点のバリケードの後ろにふたりいる。それに目標がいる庭の入口には部隊がごっそり控えてる。目標が拘束されている建物の位置を確認」角から様子をうかがう。「画像を同期するか?」

「頼む」サルバトーレは近くに止まっていた奇跡的に無傷の車の背後へ行き、交差点までじりじり進んだ。ノマドは後ろに控えてその様子を見守る。それからサルバトーレの「やれ」という合図で彼らは同時に発砲した。

「倒したか?」

「確認した。邪魔者はいない。行こう」

サルバトーレとヒュームが先導し、ノマドがあとにつづいて通りを進んだ。遮蔽物から遮蔽物へと慎重に、けれども素早く移動する。最後にヒュームがぼろぼろのベンツの背後にかがんだ。飛んできた破片で塗装はあちこちはげ、運転席側の窓は完全に砕けている。ボンネットには大きな穴がひとつあき、もう自力ではどこにも行けない。

「ちくしょう」ヒュームはサルバトーレに向きなおった。「ドローンを撃ち落とされた。本部は別の無人機を飛ばそうとしているが、メキシコシティ上空はだいぶ混み合っているな」

「わかった」サルバトーレは周囲を見まわした。「今のが聞こえたか?」

ノマドは耳をすました。かすかに低いうなり声のような音がしているが、爆発音や遠くの銃声が邪魔をしてよく聞こえない。「あれは……なんだろう? わからない。ひょっとして地下鉄とか？」

サルバトーレは納得がいかないといった顔だ。「こんな状況でまだ電車を走らせているのか？　だとしたらニューヨーカーよりタフだが、そんなことはあり得ない」あきれたように目をくるりとまわしたヒュームを、サルバトーレは手を上げて制した。「目標はあそこだ。砂嚢の背後に警備兵がひそんでいて、ドローンには少なくともひとりが五十口径を持っている姿が映っていた。無人機を少しだけ待ってみよう。ここで待機だ。そこからの画像がもらえればありがたい。さえぎるものがないところを無防備に進んで蜂の巣にされるつもりはない」

ヒュームは顔をしかめた。「ここから攻撃できないか。あそこにいるふたりを、撃たれたのもわからないうちに殺せる。待ってる時間はない」

ノマドが手を上げた。「待ってくれ。音が大きくなっている」足もとを見る。「それに地面が揺れてる」

ヒュームとサルバトーレはお互いを見た。「しまった、やばいぞ」

目の前の路地に巨大な車両が猛スピードで飛び出してきて、地面に散らばっている壁の残骸や瓦礫を踏みつぶしながら猛然と迫ってくる。煉瓦が音を立てて崩れ、ノマドは身を投げてかわした。サルバトーレとヒュームの姿は、激しいマシンガンの連射でわき起こった煙に隠れてしまった。

ノマドは地面に倒れ込むなり転がった。車両が見える。ERC－90対戦車攻撃車両だ。攻撃を受けたらしく装甲板は黒ずみ、あちこちがつぶれ、主砲はもげている。けれどもエンジンは無傷なようで、司令塔《キューポラ》には標的を仕留める気満々に見える射撃手がマシンガンを構えている。サルバトーレが最後にいたあたりに銃弾の雨が降り注いだ。応戦する銃撃がしだいに弱まって途切れ、ようやく土埃が晴れたとき、サルバトーレの姿はどこにもなかった。

瓦礫に埋まって倒れているヒュームの姿が見えた。崩れた壁の下敷きになってもがき、身動きがとれずにいる。

射撃手とノマドは同時にヒュームを見た。射撃手が何か叫び、車両が重苦しく向きを変えはじめる。キャタピラが割れた煉瓦とコンクリートを踏みしだきながら、動けないヒュームに迫っていく。

ノマドは考える前に動いていた。最初の一発が車両の脇にあたって跳ねる。射撃手は思いがけない敵の登場に素早く振り向いた。二発目が男の胸にあたる。男はマシンガンの引き金を最後にもう一度引き、その銃弾が半円を描いて歩道を舐め尽くしたあと息絶えて崩れ落ちた。

だが車両はまだ動いている。ノマドは一気に駆け寄って装甲板に飛び乗った。その表面にある亀裂がうまい具合に足場となってくれた。死んだ射撃手がだらりともたれている、開いたままの出入口《ハッチ》までよじのぼった。なかから怒鳴り声が聞こえる。ノマドは乱暴に死体をどかして破片手榴弾を投げ込み、地面に飛びおりた。

次の瞬間、ノマドは爆風になぎ倒されて激しく叩きつけられた。ハッチから赤い色が混ざった煙が奔流となって吹き上がり、車両がぐらりと揺れて、まだ身動きできずにいたヒュームのわずか十センチ手前で止まった。

ノマドは痛みをこらえながら体を起こし、よろよろとヒュームに近づいた。サルバトーレがすでにそばにいて、煉瓦の山をどけようとしている。彼は近づいてくるノマドを見上げた。

「いい腕だ」

「あんたはやられたのかと思った」ノマドは言い、しゃがんでサルバトーレを手伝いはじめた。「てっきり――」

「実際、きわどいところだった。だが、あんたの勇気には敬服した。おれたちがこの恩を忘れるとは思わないでくれ」

「とっさにああしていた、それだけだ」ノマドは応えた。「考えもしなかった」

「そうした反応ができるやつこそ、おれたちが求めている――」

「ふたりとも、いちゃいちゃするのはしばらくやめてもらえないか？」ヒュームがなんとか体を起こした。土埃にまみれ、額にはひどい傷ができていたが、それ以外は問題なさそうだ。

「廃品置き場の連中にも聞こえてしまったと思うが？」

ノマドは顔を上げた。反乱軍の一団が隊列を組んで近づきつつあり、将校が命令を叫んでいる。

ヒュームはノマドを見てから、迫ってくる敵を示した。「こいつがおれを掘り出すまでのあいだ、時間を稼いでくれるか？　それから片をつける」

サルバトーレはうなずいた。「片をつけよう。あんたもやるか？」

ノマドは何も言わず、銃を構えて先頭の敵を撃った。すぐに敵も撃ち返してくる。心の奥から、小さくささやく声が聞こえた。〝チームの一員というのはいいものだ。そうじゃないか？〟

18

問題は、エルナンが優秀なことだ。訓練されたプロで、安易な誘いにも、唐突に助けを求めて叫ぶといった演技にもだまされそうにない。

ノマドは姿勢を変えようとして、とたんに肩から痛みが波のように走り抜けた。傷のまわりに触れてみると、熱を持っていた。おそらく感染している。そして間違いなく、戦う際には弱みになる。

ノマドはバケツをとりに建物の隅まで歩いた。バケツはかつて塗装作業に使われていたようで、かすかに匂いが残っている。取っ手は金属だが、本体は硬いプラスチック。武器になるかもしれないものの、相手に致命傷を与えるだけの重さはない。しかし今はこれしかないのだ。

ノマドはバケツをそっとつかみ、椅子まで運んだ。腰をおろして、落ち着くために何度か深呼吸する。そしてバケツをコンクリートの床に何度もこすりつけて大きな音を立て、エルナンが何事かと確かめに来るのを待った。少なくとも、そうなるはずだった。

だが何度バケツをこすりつけても、外からは反応がない。エルナンの耳に音が届いた気配もない。ノマドは顔をしかめてバケツを何度も乱暴に椅子に叩きつけ、それからまた床にこすりつけてさらに大きな音を出した。

そこでようやくドアがわずかに開いた。ノマドは即座に手を止め、バケツを椅子の下に押し込んで両手を背後にまわした。

「いったい今のはなんだ？」エルナンは明らかにいらだっていた。「どうしたっていうんだ？」

「よくわからん動物が入ってきた」ノマドが答えた。「小便がたまったバケツを床にぶちまけられる前につかまえたいんじゃないかと思ってね」

「ふん。おまえは小便まみれがお似合いだ」

「掃除するのはおまえだ、おれじゃない」ノマドは言い返した。

「口の減らない野郎だ」ドアがゆっくりと開く。エルナンがライフルをノマドに向けて入ってきた。ノマドがまだ椅子に座ったままで、両手を後ろにまわしているのを見て少しほっとしたようだ。「それで、その動物ってのは」

ノマドはエルナンが最後まで言い終わらないうちに立ち上がり、バケツの取っ手をつかんで椅子の下から引き出した。即席の武器を思いきり振りまわす。エルナンはあわてて一歩下がろうとしたが、バケツがぶつかってライフルの銃口がそれた。ノマドはさらに逆方向にバケツを振りまわして、今度は相手の顎に叩きつけた。

エルナンはよろめき、思わず片手が銃から離れた。ノマドはそのチャンスを逃さなかった。

バケツを投げ捨てると、肘をエルナンの銃に叩きつけた。その衝撃で銃が床に落ちる。

エルナンは銃をとりに行かずにノマドに襲いかかった。ジャブを何発もくり出し、怪我をしている肩を狙う。最初の二発をノマドはブロックした。しかし三発目があたり、思わずよろめく。

エルナンはそれに乗じ、ノマドにパンチの雨を降らせた。「やっと言い訳をもらえたぜ。逃げようとしたので殺したと言える。おまえに感謝するよ！」

エルナンは大振りの右フックを放ったが、ノマドは体を寄せてそれをかわした。そのままエルナンの腕をつかみ、なりふりかまわずパンチを放つ。エルナンは吹っ飛び、ノマドはその隙にライフルに飛びついた。ノマドがライフルを両手でつかんだ瞬間、エルナンは転がって立ち上がり、拳銃を抜いた。ふたりはともに銃を構え、牽制しながら円を描くように動く。

「引き分けだ」ノマドはそう言ってドアを示した。「生きていたいなら、おれをここから出ていかせろ。おまえが引き金を引いたら、どちらも死ぬ」

「それはどうかな」エルナンは拳銃をノマドの頭に振りおろした。ノマドはそれをかわしきれず、銃身が右のこめかみをかすめる。あたりは浅かったが、エルナンはそのまま猛然と殴りかかってきた。

ノマドは体の前にライフルをかざしてエルナンをかろうじて押しとどめ、ふたりはそのまま倒れ込んだ。後頭部がコンクリートにあたり、痛みとショックでノマドは気が遠くなりかけた。エルナンがすかさずのしかかってきて、ノマドの喉に前腕を押しつける。ノマドは息を詰まらせてあえぎ、ライフルを左にひねってその銃床でエルナンの脇腹を一度、二度と殴りつけた。三度目でようやくエルナンが倒れ、今度はノマドが上になった。

エルナンはノマドの喉から手を離し、今度は下から肘を肩に叩きつけた。何かが裂けたのがわかった——包帯か、その下の何かだ——熱い血がにじみ、シャツに染みが広がっていく。相手の腕をつかんでいた手がぬるぬるとすべり、指から力が抜けていくのがわかった。勝ちたいなら、早く決着をつけなければならない。

ノマドはうめきながらライフルを両手でつかんで思いきりおろした。エルナンは手を上げて防ごうとしたが、一瞬遅く銃身の真ん中が顎にもろに命中した。エルナンがのけぞると、頭が床にぶつかってはずみ、そのままぐったりと動かなくなった。

ノマドはエルナンが本当に意識を失っていることを素早く確かめた。間違いなく失神している。

ノマドはほっとしてため息をつくと、体を起こした。肩から血が流れているのがわかった。あたたかいものがゆっくりと垂れてきている。すぐに手当てをすべきなのだろうが、少なくとも出血多量で死ぬ恐れはないようだ。かすかに足を引きずりながら、次にやらなければならないことを邪魔されないよう、小屋のドアにしっかりと鍵をかけた。

それからノマドは作業にかかった。

最初にエルナンの武器を奪う。もうおなじみのＡＫ－１０３ライフルと、まだ新品の自動拳銃グロック17。次に、エルナンのブーツのサイズを確かめた。足のサイズはほぼ同じなので、これならたぶん走ることができる。一緒にシャツとパンツも脱がせて奪い、まだ意識を失っているエルナンを自分のベルトを結束バンドの代わりにして椅子に縛りつけた。完璧とはいえないが、これでしばらくは拘束できるはずだ。

それからエルナンを目覚めさせた。

「いいか、エルナン。いくつか質問がある」ノマドはエルナンの背後にまわり、うなじに拳銃を押しつけた。

「おれは……なんだ？　おれは何もしゃべらない。勝手に撃て」

「忠実だな。敬意を表するよ。それに、おれにもっとひどいことをすることもできた。だからおまえをまだ生かしている。だが、時間切れで引き金を引かなければならなくなる前に、おれの質問に答えるんだ」

「助けを求めて叫ぶ前に撃ったほうがいいぜ。さもなきゃおまえはここで死ぬ」エルナンは言った。「おれは怖くない」

「いいか、話を簡単にしてやる。大佐を裏切れと頼むつもりはない。おれが知りたいのは、人質をどこに閉じ込めているかだけだ」

エルナンは本気で戸惑っているような声を出した。「人質？　もうやつらは助けたじゃないか。おまえをつかまえたときに。脳震盪でも起こしてるんだな」

ノマドはエルナンの後頭部をつついた。「違う。考古学者がふたりいるはずだ。メッシーナとクワンだ。仲間がジャングルから逃げ出して、ふたりが誘拐されたと訴えたことはわかっている。ふたりがどこにいるのか教えてくれたら、すぐに出ていく」

「誘拐された？　やつらが誘拐されたと思ってるのか？」エルナンは愉快そうに笑った。「いやはや、こいつは傑作だ。おまえは底なしの間抜けだ。あいつらは誘拐なんかされていない。つかまって殺される前に屈辱にまみれるがいい。どこに行けばいいか教えてやるよ。川のほうに向かって三つ目の建物だ。そこにおまえの言う〝人質〟がいる。驚きのあまり息を詰まらせて死んじまえ」ノマドが言い返す前に、エルナンはうめきながら縛られているベルトをちぎろうともがきはじめた。

ノマドは一瞬その様子を見つめ、エルナンがすぐには自由になれそうにないことを確かめると、ずっと苦しめられていた猿ぐつわ代わりのハンカチを彼の口に押し込んだ。「苦しいのはわかってる。だが死ぬよりはましだろう」

念のためエルナンが息ができるのを確かめてから、他人のブーツを履いて夜の闇に紛れて出ていった。


日はすでに暮れ、キャンプのなかを歩いている者の数は減っていた。エルナンに教えられた建物までひそやかに歩いていくあいだ、誰にも止められたり話しかけられたりしなかった。建物のドアの下と窓から明かりが漏れていたが、目につく範囲に見張りの姿はない。

ノマドはドアを確認してみた。鍵はかかっていない。周囲をうかがって誰にも見られていないことを確かめると、素早くなかに入ってドアに鍵をかける。

しかし室内は人質が拘束されているようには見えなかった。左手にある長いテーブルには、数多くの土器片が一見したところ理解できないなんらかの順番で、きちんとラベルが貼られて並べられている。右手には二台のベッドがあり、片方だけが乱れていた。部屋の隅に仕切られた一画があるのは、おそらく小さなトイレだろう。小型のトランクもあり、ひとつは閉じられ、もうひとつは開いていて服が飛び出している。荷物やアウトドア用品があちこちに散らばり、あいているスペースにぎっしり押し込まれていた。ドアの下から漏れていた蛍光灯の光は強かったが、室内に入るとむしろたくさんのモニタの薄い青色のほうが目立つ。モニタは部屋の端に並べられたふたつの机の上にある複数台のパソコンにつながり、足もとにはケーブルが蛇の巣のようにからまっている。

その机の前で驚いた表情を浮かべているのが、アンドリュー・メッシーナ博士だった。

「入ってくる前にノックくらい……」メッシーナは振り向いてそう言いかけた。ウィザードから渡された写真にあった鮮やかな白髪は、ジャングルにふさわしい五分刈りにしているせいで目立たなくなっているが、細身で日焼けした顔は間違いようがない。

その顔に、おびえた驚きの表情が浮かんでいる。「いったいきみは誰だ？」

ノマドは作業スペースに近づいた。「メッシーナ博士、おれは合衆国政府の要請でここに来た。そして十五秒前まではあなたを連れて帰るつもりだった。どうやら間違った情報を与えられていたらしい」

メッシーナは目の前にいる傷ついて血まみれの男を見つめ、素早く頭を働かせた。逃げる代わりに振り向いて、手の届く範囲のすべてのパソコンの電源を落とす。「きみは何もわかっていない」彼は叫んだ。「今すぐ出ていくんだ！　ここは……安全じゃない！」

メッシーナが二台のパソコンをシャットダウンしたあと、ノマドは机の後ろの椅子をつかんで引っ張った。メッシーナはパソコンから引き離されてよろけた。それからノマドは彼をぐるっと振り向かせた。「クワンはどこだ？　いったいここで何をしているんだ？　話せ」

返事の代わりに、メッシーナは椅子から飛び出してまた逃げようとした。ノマドは彼を途中まで行かせてからつかんで引き戻し、シャツを強く握った。「話せと言ったんだ。ここでは何が起きてるんだ？　どうしてあんたは拘束されていないんだ？　それにクワンはどこだ？」

「ハーバートは調査に出ている。わかったか？　ここにはいない！　一週間は戻らない。どうして知りたいんだ？」

「調査？」ノマドはまばたきした。「自分の意思でか？　もちろんそうだな。あなたも調査をしている。つまり、あなたたちは人質なんかじゃないということだ。最初からそうではなかった。どういうことなんだ、メッシーナ博士？　反乱軍と一緒になって、いったい何をしているんだ？」

「わたしはただの研究者だ。ここで研究をしているだけだ。彼らは安全を提供してくれている」

「ふざけるな」ノマドはメッシーナをまっすぐに立たせた。「おれはあなたが誰か知っているんだ、メッシーナ博士。どこに住んでいるかも、どこで働いているかも。それに考古学者は発掘の見張りに私設軍を雇わないことも知っている。携帯電話の電波が届かない場所に行ったとたん、あなたの水筒に小便をしない大学院生を何人か雇えるだけで幸運なはずだ。いいか、もう一度きく。何を企んでいるんだ？」

「何も、本当だ！　彼らはある日やってきて、そのままずっといるだけだ。無用のトラブルを起こしたくなかった」

「ひとつだけ教えておく。今はあなたをまったく信用していない。信用されたいなら、正直になることだ。そうすればこのジャングルから連れ出して、誰にも邪魔されずに合衆国まで無事に帰れるよう最善を尽くしてやる。あるいはおれをだましつづけることもできるが、その場合は外にいるあなたの友人に、あなたがすべて話したと伝えてやる。やつらが許してくれるとは思えない」

「わたしは何も話してないじゃないか！　行かせてくれ！　いいか——」

ノマドが拳銃を顔に突きつけると、メッシーナはたちまち静かになった。

「メッシーナ博士、最後にもう一度だけきく。おれはあなたのせいで撃たれ、殴られ、拉致され、嘲《あざけ》られてきた。そのあげくに、すべてが無駄だったことがわかった。おれの理性は今にも吹き飛びそうで、もし吹き飛んだら、おれたちのどちらもそのあとひどい目にあうだろう。だから教えてくれ、いったいここでは何が起きているんだ？」

メッシーナは拳銃を見つめ、ごくりとつばをのみ込んだ。ノマドの肩越しにちらりとドアを見やり、助けが来ないことを悟る。ノマドの危険な表情が、助けを求めて叫ぶのはまずいと告げていた。ついにメッシーナの全身から気力が抜けていき、椅子にへたり込んだ。

「いいだろう、どういうことなのか知りたいんだな？　とても単純だ。ケイトン石油の男がわたしとハーバートに別々に会いに来て、拒めるはずがない提案を持ちかけた。わたしたちの研究に継続的に資金を提供する代わり、彼らが興味を持っている特定の地域を調べてくれと言うんだ。こちらとしては、何年も前からこの国に来たいと思っていたので、渡りに船だった。ベネズエラ政府は入国許可を簡単には出してくれない。ハーバートは、もしわたしが行くなら自分も行くと答えたそうだ。あいつは嫉妬深い阿呆だ。いつもわたしの尻馬に乗っている」

「クロッティ教授はさしたる苦労もなく入国許可を得ていたようだが」

「植物学者のか？」メッシーナが苦々しげに吐き捨てた。「ブラジルが自分の国のジャングルで見つかるマジックハーブやスーパーフードのたぐいでどれだけ稼いでいるか知らないのか。もちろん彼女のことは入国させるさ。それはどうでもいい。だが、古い壺《つぼ》はそこまで儲からないんだ」

ノマドは首を振った。「それなら、つまり、あなたはここに古い調理器具を掘り出しに来たわけか？　それがいったいどうしてこうなった？」

「わたしたちがここで探しているのは、古い陶器だ。その装飾には特定の粘土が使われていて、その粘土が鉱床のいい指標になる」

「鉱床？」

「どこまで鈍いんだ？　石油や天然ガスだ。クワンとわたしは、彼らにどこを掘ればいいか教えてるんだ。だが、彼らとしてはそのことを誰にも知られたくないので、いかにも普通の発掘調査のように見せかけた。いつもと同じように発掘に行き、彼らがほしがっているものを探しながら調査もして、それで定年までの研究資金を確保できると思った。想定外だったのは、彼らがウルビナ大佐たちと取引をしていたことだ」

「どんな取引だ？」

「いいか、もし植物学者が何かを見つけたら、そのときは政府が割り込んできて手柄をかっさらう。国有化するかもしれない。新たな友であるケイトン石油は石油をほしがっていて、それがここにあるという噂が広まったら政府がすぐに国有化してしまうだろう。それで彼らは資金を提供して、中央政府が何もできないうちにウルビナに独立した石油王国をつくらせようとしたわけだ。ウルビナは自分の国をつくり、火遊びができる大きな銃をどっさり買ってもらい、その見返りにわたしとクワンが見つけた石油の鉱床を彼らが自由に掘れるようにしたわけだ」

「馬鹿げている。どうやって採掘装置をここまで持ってくるんだ？」

メッシーナは両手を上げた。「ブラジルは、彼らが何をしてベネズエラがどうなろうが、さしあたりはまったく気にしないだろう。いいか、いつでもゲームをやっている者がいるんだ。そして誰もに値段がついている。人々。大学。国。みんな同じだ」

「あなたもそうだというのか？　あなたは買われたのか？」

「わたしもクワンも買われた、そのとおりだ。そして彼らのものになった。わたしたちはキャンプを設営し、作業をはじめた。一週間が過ぎた頃、ウルビナがやってきてキャンプを引き継いだ。ここの一部は――」手を振って周囲を示す。「――わたしたちが来たときにはすでにできあがっていた。残りは彼の部下たちが到着したあとにつくられた。わたしたちが来たときにはまだ滑走路はなかった。必要もなかった。だが、いつのまにかわたしたちの問題ではなくなっていたんだ」

「あなたの仲間には何があった？」

「真実がわかったあと、何人かはそのまま残ることにした。それを拒んだ者もいた。彼らはもういない」メッシーナは喉を切るしぐさをした。「大佐はとても効率的だ」

「逃げた者たちは？」

「ウルビナがやってきたとき、彼らはたまたま調査に出ていた。キャンプに戻ってみたら兵士たちがいるのを見て、パニックになって逃げたんだ。彼らが口にした話が間違っていたとしても不思議はない」

「なんてやつだ。あなたの仲間だったんだろうが」

メッシーナはノマドを見上げた。「だが、わたしは高潔な人間じゃないんだ。誰もが英雄になれるわけじゃない。自分を守ることしか考えられない者もいる」

ノマドは相手をにらみつけた。「それは見ればわかる。最後の質問だ。探していたものを見つけたのか？」

メッシーナは肩を落とした。「ああ。見つけた」

「ありがとう、博士。協力に感謝する」ノマドは机に歩み寄り、ノートパソコンからＵＳＢメモリーを引き抜いた。「きっとこれに役に立つものが入ってるはずだ」

「だめだ！　待ってくれ！」メッシーナは咳き込むように言った。「それはわたしの研究のすべてだ！」

「バックアップくらいとってあるだろう」ノマドはほかにもいくつかのＵＳＢメモリーとタブレット、それにノートパッドをポケットに突っ込んだ。「いいか、これはおれがもらっていく。せいぜい自分を守るがいい。おれがここにいたのに、あなたがまだ息をしているのが見つかったとき、撃たれないよう気をつけることだ」

メッシーナは椅子から腰を浮かせた。「待ってくれ。出ていくのか？　わたしを置いていくのか？　そんなことができるのか？」

「あなたは人質じゃない。おれには連れ帰る権限はない」ノマドはドアまで歩いて鍵をはずした。「それに、おれと一緒に来ても安全は保証できない。危険な場所を長時間歩くことになる。それでも一緒に来ることを選んで、おれの助けを求めるなら、あなたの助手たちの身に起きたことで裁判を受けるために帰国できるよう努力しよう。どちらにするかはあなたしだいだ」

メッシーナの顔は蒼白《そうはく》になった。椅子に沈み込み、両手で頭を抱えて体を前後に揺らしはじめる。「できない！　わたしには……できない」

「できないだろうな」ノマドはそう言って外に出た。

十秒後、爆発が起きた。

19

「ノマドがあそこでいったい何をしているのか、誰かわかるか？」

「わからないな、ウィーバー」ホルトはウィーバーに劣らず戸惑っているようだった。

「ひょっとして、人質のところに行こうとしているんじゃないか？」

「だが、ミダスが確認している。あの建物には見張りがひとりもいないし、食事の出し入れもまったくない。だから人質はいない。目を離すなよ、ホルト。ミダス、燃やしやすい目標は見つかったか？」

「見つけた。タンクローリーに狙いを定める。弾薬置き場は難しそうだからな。ひとつ言っておくが、森のなかに隠れて狙うことの利点は風がないことだ」

「了解。装備は？」

「M433。標準装備で充分なはずだ。弾丸は六ラウンド、それにホワイトスター・クラスター爆弾がひとつ、ダブルHE弾がいくつか、あとは鹿弾も。合計十二個」

「あせるなよ、それだけはおぼえておけ」ウィーバーはわずかに姿勢を変えて、キャンプを見おろした。「標的はタンクローリー、飛行機、桟橋の順だ。駐車場は無視していい。おれたちはジャングルを抜けて逃げる。トラックではついてこられない」

「わかった。いつ動く？」

「ノマドに助けが必要なとき、人質が見えたとき、あるいは誰かがノマドが拘束されていた小屋に入っていったときだ。花火を打ち上げなくても、あいつがあそこから抜け出せるなら、それはそれでオーケーだ。ただ、不確定要素が多すぎる」

「待ってくれ」ホルトが口を開いた。「ノマドにはなんの動きもないが、ウルビナとあいつの客が本部の建物から出てきた。飛行機のほうに戻っていく。撃っていいか？」

「だめだ。ブリッグズにその価値はない」

「ウルビナのことだ」ホルトは一拍置いた。「ああ、間違いなく滑走路に向かってる。ミダス、やつらに照準を合わせられるか？」

「合わせた」ミダスが答えた。「厄介なことになるかもしれない」

「やつらは握手している」ホルトが言った。「ここからは、滑走路の明かりがついたのが見える。どうやら交渉が終わったようだ、それと、おっと。動きがあったぞ」

「どうした？」

「交代兵が監禁用の小屋に早めに来て、それまでの見張りを探している」

ウィーバーは冷静な口調で告げた。「そいつが小屋に入ったらおれたちも動く。ノマドはどうなってる？」

「ウィーバー、飛行機が滑走路を進みはじめたぞ。タンクローリーが下がり出してる」

「タンクローリーはまだおまえの標的だ。ホルト、ノマドは？」

「見えない。いや待て、あいつが出てきた。ひとりで出てきて、待ってくれ、見張りがちょうど別の小屋に入った。ショウタイムだ」

「ウィーバー？」

ウィーバーもノマドがどこかに向かって歩いていく姿を見た。しかし彼と連絡をとる方法も、まもなく騒ぎがはじまると警告する方法もない。

「撃て」ウィーバーは命令し、銃弾が降り注ぐのを待った。


ミダスが引き金を引くと、鈍い音とともに四十ミリ手榴弾が鋭く飛び出した。最初の手榴弾が落ちるよりも早く、彼は次の手榴弾をベルトから引き抜いて装塡した。

滑走路から轟音が響き、ミダスは状況を確かめるために下を見た。最初の手榴弾はタンクローリーにあたってはずんでから爆発した。兵士たちが吹き飛び、トラックの側面が破壊される。ブリッグズは飛行機のほうによろめき、ボディガードたちが彼を引きずるようにして安全な場所へ連れていこうとした。もうひとりの男は倒れて転がり、それから木立に向かって走りはじめた。

「悪いな」ミダスは狙いをほんのわずかに下げ、また撃った。

今度の一撃はタンクローリーの真下で炸裂する。最初の爆発で車体の底が吹っ飛んだ。二度目の爆発で胴部がオレンジと赤の柱とともに空中に舞い上がる。

「タンクローリーはつぶした。第二の標的を狙う」

「了解」ウィーバーは答えた。「ホルトとおれはノマドを確保に向かう。派手にやってくれ」

「了解」ミダスには炎のかたまりがあちこちに飛んでいくのが見えた。火の粉がいくつかのテントに落ち、そのうちのひとつが燃え上がる。兵士たちがそこかしこから飛び出してきた。大混乱のなか、ウルビナが対応を指示し、命令を叫び、パニックを鎮めようとしている。ブリッグズは引っ張り起こされ、すでに機内に押し込まれていた。セスナはまだボディガードがドアを閉め終えないうちに、早くも離陸するために向きを変えはじめた。もうひとりの男の姿はどこにもない。おそらく先ほどの爆発で死んだのだろう。木の下に逃げ込むのがぎりぎりだった。いずれにせよ、もう戦闘の場にはいない。

ミダスはベルトからダブルＨＥ弾を抜いて素早く装塡し、狙いを定めて待った。

セスナはすでに向きを変え、滑走路を最初はゆっくりと、しだいに速度を増して走りはじめた。セスナが通り過ぎる際に照明灯のひとつが派手に爆発したが、爆風が横ではなく上に吹き上がったので、セスナはなおも走りつづけた。

ミダスは右を向き、セスナの加速を計算に入れてその前方を狙って撃った。

手榴弾が長く優雅な弧を描いて飛び、セスナの着陸装置の正面を直撃する。つづく爆発で前輪が吹き飛び、着陸装置は完全に破壊された。セスナはそれでも進みつづけ、つぶれた金属の悲鳴が叫び声と炎に重なり、ついには耐えきれずに車軸がはずれた。車軸はゆがみ、機体が鼻先から滑走路に突っ込む。プロペラが地面に叩きつけられてぐにゃりとつぶれた。飛行機は右に曲がって別の移動式照明装置を押し倒し、滑走路の端にある木立に突っ込んだ。胴体部分を炎が舐めはじめる。

ミダスは機内から誰かが出てくるまで待たなかった。すでに数人の兵士たちがスナイパーの位置を確かめて彼のほうへ撃ち返している。頭上を銃弾が流れていった。ミダスは身を低くかがめながらふたたび装填し、走った。

「ウィーバー、第二の標的もつぶした。B《ブラボー》地点に移動して、第三の目標を狙う」

「了解、ミダス」ウィーバーが答えた。「見事な射撃だった」

ウィーバーは注意をキャンプへ移した。兵士たちは火を消すことよりも、これが陽動作戦であることを警戒して、銃を構えながら柵の内側の開けた一画を歩いている。

「賢いやつらだ」ウィーバーがつぶやいた。「ホルト、兵士たちが見えるか？」

「見える。左側の男に照準を定めた」

「おれは右だ。構え、撃て」

ふたりの男は何が起きたのかまったくわからないまま、同時に前に倒れた。

「ばっちりだ」ホルトが言った。

「ああ。やつらが倒れた場所に一番近い柵のあたりで合流しよう」

「了解」

ウィーバーは立ち上がり、合流地点まで走りはじめた。滑走路での副次的な爆発があたりに不気味な光を投げかけ、すべてを燃えるようなオレンジ色に染め上げている。命令を叫ぶ声、それからヘリコプターの回転翼がまわる音が聞こえてきた。

「ミダス！　やつらはヘリを飛ばそうとしている。狙えるか？」

「だめだ。この位置からは狙えない。今は三つ目の標的を狙っている」

「わかった。だが、狙えるときはいつでも撃て！」

「了解」

前方では、鉄線を張った柵のシルエットがくっきりと見え、そこに滑走路で燃えている炎があたって浮き彫り模様を浮かび上がらせている。ホルトはウィーバーよりも一瞬早く到着した。「よくあるつくりだ。下は二本、上は一本だけだ。問題ない」

ウィーバーはうなずき、かがんで両手を組み合わせ、踏み台をつくった。その即席の支えにホルトは片足をのせ、ウィーバーが持ち上げるのと同時にジャンプして柵を乗り越え、反対側におりた。ホルトはすかさず身をかがめて警戒の姿勢をとり、そのあいだにウィーバーが木立に落ちていた太い枝をつかむ。ホルトはその枝を隙間から受けとると、それを使って鋼線を押し上げ、ウィーバーが下をすり抜けられるようにした。

ウィーバーはすり抜けるとすぐに立ち上がり、ホルトとともに開けた一画の端にあるテントの背後に素早くまわって隠れた。「最後にノマドを確認した位置は、あの建物のそばだ。あいつがおれたちのどちらかを間違って撃たないよう、歩いていこう」

「わかった」ホルトはベルトからセンサー手榴弾をとり出した。「前方の状況を確かめてみよう。センサーを投下する」センサーは地面に落ちたあとしばらく動かず、それから起動した。「いいか、あのうちのひとりはノマドだ。あいつは味方がいるとは夢にも思わない」

「わかった。隠れようとしている単独の発信源がノマドだと考えればいいわけだな」

「そうだ。見つけたと思う。三時の方角だ」

ウィーバーはテントの端をぐるりとまわり、ホルトについてくるよう合図した。ウィーバーがその一帯を確認しているあいだに、ホルトは次のテントまで動いた。黄色い輪郭の列が武器を構えて数ブロック先を早足で進んでいく。ノマドが拘束されていた建物の前に男が立っていて、大声で叫んでいるのが聞こえる。ほかの兵士たちはふたり一組で巡回していて、逃げた捕虜を探しまわっていた。そしてホルトが示した場所には、物陰にひとりの影がかがんで隠れ、見張りが通り過ぎるのを待っている。

「あいつを見つけた」ウィーバーはそっと息をついた。「気をつけろ、こっちにふたり来る」ふたり組があたりを慎重に探りながら近づいてくるあいだ、ウィーバーとホルトはじっと動かず身をひそめた。

ふたり目の兵士が通り過ぎたところでウィーバーは立ち上がり、背後からその男に飛びかかって即座に首をへし折った。その音に最初の兵士があわてて振り向いてウィーバーを見たものの、影のなかから飛び出してきたホルトに撃ち殺された。

「死体はテントのなかに入れておくか?」ホルトがたずねるとウィーバーはうなずき、先ほどまで背後に隠れていたテントを示した。そのなかに、ふたりの死体を隠す。

「センサーのいいところは、誰かと鉢合わせになりそうなときに警告してくれることだ」

「きちんと作動すればな」ウィーバーは引きずってきた死体の足を放した。「ノマドはどこだ?」

ホルトは先にテントの外に出ていた。「移動中だが、いい位置じゃない。見張りが戻ってくるぞ」

「そこに先まわりしよう」ウィーバーは炎に照らされた場所に戻るために一歩踏み出した。今ではあたりにサイレンが鳴り響き、いっそう混乱に陥っている。頭上からはヘリコプターの回転翼の音まで聞こえた。機体からのびるサーチライトの光芒《こうぼう》が木立に差し込んで標的を探している。道路では兵士たちがゲートを閉じてその背後に集まり、キャンプを敵から守る準備を整えていた。

いつのまにかノマドは、プレハブの建物をはさんで同じ方向に進んでいる六人の兵士たちとともに川へ近づいていた。別のふたり組の兵士がそのあいだの区域を巡回し、道が分かれるあたりやテントのなかを慎重に確かめている。

「やつらはひとりだけをつかまえればいいと思っている。おれたちが柵を越えて敷地内に入り込んでいることをまだ知らない。ノマドを追いかけているだけだ。敷地の端でやつらを始末する」

「了解。常にあいつらの不意を打とう」

「ひとりずつ始末するのか？」

「行くぞ」

ウィーバーは左に、ホルトは右に動きはじめた。


センサーがまたたき、その最後の光で左側のテントには誰もいないことがわかった。ウィーバーはそのなかにすべり込み、体勢を整えて銃口をテントのフラップに向けた。近くにいたふたりの見張りがやってくる。言い争っているのが聞こえた。時間の無駄だと言ってテントを確かめるのをいやがっている。もうひとりはどうやら上官で、命令を遂行することにこだわっていた。

「もっと言ってやれ」ウィーバーはつぶやいた。

今やふたりは隣のテントにいて、下級兵士のほうがいらだっていた。「見たか？　あいつはここにはいない！　どうしてジャングルのなかを探さないんだ？」

「ジャングルのほうはヘリが探している」上官らしい男が答えた。「次のテントをチェックしろ」

「だから、誰もいないって。みんなが火を消そうとしていたあいだにいつでも逃げることができたのに、どうしてここに隠れなきゃならないんだ。あいつはただ――」

テントのフラップが開いた瞬間、ウィーバーは素早く二発撃った。ふたりとも地面に崩れ落ち、ウィーバーはすぐに近づいて彼らをテントのなかに引きずり込んだ。外からは死体が見えないことを確かめ、テントから飛び出す。「ホルト？　敵をふたりやった。おまえは？」

「今やってるところだ」

ホルトは通信を切り、目の前にいる見張りの男に集中した。センサーはすでに消えていたが、もう必要なかった。ホルトは男の背後に近づいた。最も難しいのは、相手を見定めることではなく、見られずについていくことだ。

兵士たちは徹底的に効率的だった。テントと建物をひとつずつ教科書どおりに確かめている。しかし、どこも空っぽだ。ひとつ調べ終えるごとにノマドに近づいている。ホルトが最後に見たときには、ノマドは建物から建物へとジグザグに動いてキャンプの中心に向かっていた。「どうしてあんなことをしているんだ？」ホルトはいぶかり、それから注意を兵士たちに戻した。

彼らは今では小屋のひとつを調べていた。ドアが前後にあるずんぐりした建物だ。四人の男が裏口に集まり、残りのふたりが誰も逃げられないよう正面にまわる。完璧なチャンスだ。ホルトはそう考えて、隣の建物の背後に移動した。

センサーをもうひとつ使うことにして、足もとの地面に落とす。建物の側面にふたつの人影が浮かんでいるのがすでに見えていたが、このような状況では正確さが求められる。いかなる不意打ちも避けたかった。兵士たちの姿が黄色い輪郭となり、反射している炎の光よりもさらに明るく浮かび上がった。ホルトは建物の脇に寄りかかり、暗視装置で近いほうの輪郭をヘッドアップディスプレイ上でロックオンして待った。ふたりの兵士は銃を戸口に立てかけ、じっと立ったまま待っている。こうした状況にいるといつもながら、ワシントンでどこかの研究室が開発にとり組んでいるという、同時に複数の標的をロックオンできる武器があればと願ってしまう。さっさと開発されて、今この手にあればどれほどいいか。

小屋の反対側からドアを蹴り飛ばしてなかに入っていく叫び声が聞こえた。ホルトが引き金を引く。

最初の標的は逃げる暇もなかった。ホルトに頭を確実に撃ち抜かれたせいだ。男は後ろに二歩よろけてから崩れ落ちた。もうひとりの顔に血しぶきが飛び散る。第二の標的は思わずあとずさり、目を守ろうと反射的に腕を上げた瞬間、胸にホルトの銃弾を三発浴びた。男はごぼごぼと血を吐きながら戸口の真ん中に崩れ落ちた。建物のなかから誰かがドアを押し開けようとしたが、倒れた男の体が邪魔になっている。それを見てホルトは潮時だと判断した。

別の建物の影へ移り、自分に問いかける。おれがノマドなら、どこに行くだろう？

　桟橋を狙うのは滑走路より難しいと、ミダスは気づいた。M－203ライフルの射程距離からすると、本来であれば簡単に掃射できる。しかし頭上を木の枝に覆われているせいで、敷地を越えるのは当然として、同時に枝に引っかからないよう、かなり低い弾道が求められるからだ。

　それに、危険なほど近くでヘリコプターがホバリングしている。搭乗しているスナイパーが標的を探し、サーチライトを葉むらに向けて地上の様子を探ろうとしていた。

　ジャングルの緑の天蓋は濃密で、ミダスの姿を巧みに隠してくれる。だが、そこかしこにある枝の隙間から光の矢が差し込み、ときに見つかりそうなほど近い場所を通り過ぎた。ヘリコプターを狙って撃てるなら、相当なダメージを与えることができそうだ。けれども敵がサーチライトで照らして枝のあいだからミダスを撃つことができないのと同じように、彼のほうも枝にはばまれて機体を撃つことはできない。かといって、攻撃するために自ら開けた場所に出ていくのは自殺行為でしかなかった。

　とすると、残る選択肢はひとつしかない。

　ヘリコプターに乗っているスナイパーが適当に撃ちまくり、銃弾の雨を葉を切り裂いてジャングルの地面に叩きつける。葉の隙間がさらに広がってサーチライトの光が地上まで差し込み、スナイパーは勢い込んだ。まぐれあたり、あるいは、葉が吹き飛んで大きな穴ができ、標的が逃げる場所がなくなることを狙ってでたらめに撃ちまくり、裂けた葉や枝があちこちに飛び散った。

やるなら今しかない。

ミダスは十字を切って短く祈りの言葉を口にし、目の前の幹をつかんだ。低くうなると、のぼりはじめる。

樹皮はごつごつしていて、ところどころにこぶや節、それに折れた枝の切れ端もあるおかげで、最初の六メートルほどは容易にのぼれた。それより上も、体重を――あるいは少なくともその一部を――支えてくれるだけの太い枝があちこちにのび、緑の天蓋までのぼりきるための足がかりになってくれた。

ヘリコプターが旋回し、銃弾がまたしても枝と葉をむしりとっていく。ミダスはあたりを銃弾が降り注ぐあいだ、幹にぴったりと体を押しつけて懸命にこらえた。もげた枝が地面に落ち、おがくずと煙が舞い上がって周囲がかすんで見えた。

ミダスはなおものぼりつづけた。シコルスキー・エアクラフト社製のヘリコプターの回転翼の風が吹きつけ、枝を震わせる。ミダスがのっている枝が前後に揺れてしなり、ブーツがすべった。あわてて近くの枝をつかみ、かろうじて転落をまぬがれる。ヘリコプターが頭上でホバリングしているあいだ、その風を浴びながら必死にしがみつく。スナイパーはさらにジャングルめがけて撃ちまくり、緑の覆いに大きな穴をあけつづけた。

ミダスの頭上の枝が大きくしなった。これ以上はのぼれない。一番太そうな枝に両脚をからめ、チャンスを待った。頭上の枝が大きく揺れて、ヘリコプターの塗装された胴体がすぐ上に見えた。

ミダスは下を見た。地面まで二十メートル。飛びおりるのは無理だ。

ベルトにそっと手をのばしてホワイトスター・クラスター爆弾を探る。武器としては役に立たないが、まさに今こそ必要なものだ。それを装塡し、ヘリコプターの向こう、キャンプの上空に狙いを定めて撃った。

閃光弾は弧を描くように敷地の上を飛んで爆発し、白くまばゆい光のかけらを降り注いだ。その刹那、すべてが鮮やかな光に照らし出される。

ヘリコプターは重たげに向きを変え、閃光弾の出どころを探すために一気に上昇した。機体を川に向けて夜空をのぼっていく。

ミダスは通常のＨＥ弾を装塡してまた撃った。今度はヘリコプターの胴体の上部、回転翼の真下にあたって爆発する。

回転翼はすぐにははずれなかったが、衝撃で二枚の翼がもげ、下のキャンプに落ちていった。傾いた残りの翼だけでは飛びつづけられず、機体が震え、右に傾きはじめる。スナイパーが叫びながら転落し、シー・キングは力なく降下をはじめた。機体はさらに二度回転し、回転翼の残りがまるごとはずれると急降下した。機体は建物を押しつぶして転がり、尾翼が別の建物を切り裂いた。不運にも近くにいた兵士たちが小麦の穂のようになぎ倒される。機体の残骸のあちこちから火が吹き出して、まだ滑走路で燃えつづけているセスナの炎をいっそう明るく照らし出した。

「ミダス、こちらウィーバー。おまえがやったのか？」

「そのようだ」

「ノマドの上に落ちなかったことを祈ろう。最後に確認したとき、あいつはキャンプの中心に向かっていた」

ミダスは凍りついた。「なんだって？　彼の姿は見えなかった」

「運がよければ、それはあいつがそこにいなかったからだ。第三の標的に関する進捗《しんちょく》は？」

「まだ手をつけてない。ここからは撃てない。別の狙撃地点に移らなければ」

「急いでくれ」ウィーバーは吐き捨てるように言った。通信機から銃声が聞こえてくる。

「ついでに言っておくが、とんでもない離れ業だったな」

20

ヘリコプターが空から自分めがけて落ちてきたときに一番重要なのは、とにかく逃げることだ。

滑走路の火の玉を見た瞬間から、ノマドは部隊のメンバーがここにいることを知っていた。わからないのは、彼らがどこにいるか、そして通信機なしでどうやって連絡をとるかだ。

鋼線の柵に向かうことも考えたが、それはまずいと考えなおした。兵士たちが次々に滑走路に向かって走っているとはいえ、きっと予期せぬ攻撃に備えて基地の周辺も警戒するだろう。もしウルビナが部下たちを敷地の境界に移動させるなら、逆に中心部が手薄になる。本当に運がよければ、ウルビナを撃てるかもしれない。

その計画はうまくいきかけたものの、突然シー・キングが落ちてきた。はずれて落ちてきた回転翼がノマドが隠れていた建物の屋根を切り裂き、壁を突き抜けて反対側に飛び出した。見上げると、機体がものすごい速度で迫ってきていたので、彼は必死に走った。

ノマドはヘリコプターが墜落するのと同時に隣の建物の背後に身を投げた。そこにはすでに兵士がひとり隠れていて、衝撃に備えていた。ふたりはにらみ合い、兵士が拳銃に手をのばした瞬間、ノマドは殴りかかった。拳銃を振りかざす前にノマドのこぶしが顎にあたり、兵士が背後の壁に吹っ飛ぶ。

次の瞬間にはヘリコプターが激突し、地面が震え、砕けた破片があらゆる方向へと飛び散った。その破片はノマドが隠れている建物の奥にあたって、金属が激しくぶつかる衝撃音が響く。アルミニウムと鉄と骨がつぶれる音が木立に吸い込まれていった。

ノマドは舞い上がった土埃が落ち着くまで待って立ち上がった。意識を失った兵士の拳銃を蹴り飛ばし、建物の角を曲がって周囲の状況を調べる。

あたりは廃墟と化していた。ふたつの建物はもはや原形をとどめず、瓦礫のなかで一ダース以上の男たちが死んでいた。片方の建物は、落ちてきたヘリコプターの衝撃をもろに受けてつぶれている。もうひとつの建物は尾翼によってツナ缶のように切り裂かれていた。その向こうでは、本部の建物の前面が崩れている。兵士たちが駆けつけて負傷者を助け、瓦礫をより分け、報復すべき相手を探す。

ウルビナは本部のその建物の前に立っていた。顔の左側が血まみれだったが、それにかまわず部下たちに指示を出している。

敷地の照明がまたたいて消えた。いくつかの電柱がねじ曲がり、地面に火花を散らす。あたりにはオゾンの匂いが漂っていた。電柱のひとつは墜落したヘリコプターに折り重なるように倒れ、混乱に拍車をかけている。

ノマドはアサルトライフルを構え、ウルビナに照準を合わせた。一発で仕留められる。敵の司令塔をつぶせば現場の混乱が増して、逃げるチャンスがより大きくなる。ノマドは身を乗り出して息を整え、ウルビナに一瞬でもいいからじっとしていろと心のなかで念じた。

背後で叫び声があがる。

ノマドはさっと振り向いた。先ほど倒した兵士が意識をとり戻し、ふらつきながらノマドに撃たせまいと飛びかかってきた。かわそうとしたノマドは、腕をつかまれて体勢を崩す。猛然と殴りかかってくる兵士を防御するため、アサルトライフルの柄をかざした。そのあいだも、墜落したヘリコプターの周囲の喧騒から距離を置き、建物の陰から出ないようにする。

ノマドはまた殴りかかってきた兵士を一歩下がってかわし、ライフルの柄を相手の腹に突き立てた。体をふたつ折りにした兵士の後頭部に、思いきり肘を落とし、もう一度地面に昏倒させる。今度は完全に意識を失っていることを素早く確認した。それから燃え盛るヘリコプターが投げかける長い影に入り込んでウルビナを探したが、彼の姿はもうどこにもなかった。兵士たちがキャンプの中心にあわただしく戻りはじめる。もう行かなければならない。

四人残っていた見張りのうち最後のひとりが、ウィーバーの足もとに崩れ落ちた。ほかのふたりは近くにすでに横たわり、残るひとりはホルトにやられて半ブロック向こうに倒れている。ウィーバーとホルトはどちらも暗視装置に切り替えていた。キャンプを舐め尽くそうとする炎を直接見ない限り、煙が垂れ込めている闇のなかでは間違いなく有利に働く。

「これからどうする?」ホルトが呼びかけた。

「あの建物に入って、ノマドがいるか確かめる。それからミダスと合流して、ここはおさらばだ」

ホルトはうなずいた。「最優先はノマドだ。ミダスは自分の世話くらいできるだろう」

「おれたちの世話もしてほしいぜ」ウィーバーは弾を込めなおし、声に出して言った。「ノマドを最後に見たのはどこだ?」

「あの建物の反対側だ。あそこに入っていった」ウィーバーは指さしてから、まばたきした。

「なんてこった。あれが見えるか?」

「見える」

ふたりは同時に銃を撃った。

敷地内の建物が計画的に配置されていることの欠点は、視界をさえぎるものがなく、遠くまで見通せてしまうことだ。夜でも、そして建物の多くが崩れたあとでもそれは同じだった。

追いかけてくる兵士の一団に何度も撃ち返しながら、ノマドが後ろ向きに退却しているのはそのためだ。ノマドがまだ三十メートルも離れないうちに、何かを探しているらしい兵士たちが角を曲がってやってきて、昏倒している仲間を見つけた。加えて、まさにそのとき運悪く、燃える破片が夜空に舞い上がったせいでノマドの姿がくっきり照らし出されてしまい、追跡劇がはじまったのだ。

ノマドがふたたび撃つと、追っ手はそれを避けて脇に飛びのいた。彼は崩れかけた建物と大きな破片が直撃したテントのあいだを左に曲がった。兵士のひとりが追いかけてきて角から飛び出し、銃を撃つ。ノマドはジグザグに走って逃げつづけ、その踵をかすめるように銃弾が土埃を舞い上げた。背後で発射音が立てつづけに響いたあと、弾倉が空になったことを告げるおなじみの音が聞こえた。アサルトライフルを捨てて走りつづける。後ろでは建物のあいだから兵士たちがさらにあふれ、いったん立ち止まったあとノマドを追いかけはじめた。

ノマドは、まだエルナンの拳銃を持っていることを思い出した。それであと数秒は稼げる。拳銃を抜こうとベルトに手をのばしたが、そのとき不意に目の前で轟音があがった。

銃声が二発とどろき、追っ手の先頭がよろけて地面に倒れ込んだ。「伏せろ！」ウィーバーが叫び、ノマドが地面に顔をつけると、その上からホルトが撃ちはじめた。さらにふたりの兵士が倒れる。残る兵士たちは必死に身を隠した。ホルトが相手の動きを封じるために撃ちまくっているあいだ、ウィーバーが飛んできて、ノマドが路地から這い出してテントの背後に隠れるのに手を貸した。

「いいタイミングだ」ノマドはあえいだ。

「今までうまくやってたようじゃないか――おい、その肩はどうした？　戦えるか？」

ノマドはまだ出血している傷を拳銃で軽く叩いてみせた。「ああ。利き手じゃない。充分戦える。それより、聞いてあきれるぜ。あれは人質なんかじゃなかった。でたらめだ」

ウィーバーはうなずいた。「ここを出たら、確認しなければならない情報がありすぎるが、今はとにかく脱出のことだけを考えるべきだ。一番見込みがありそうなのは」言葉を切って川を示す。「ボートを盗むことだ。下流に向かい、国境へ突き抜ける」

「やつらがそこで待ち伏せしていたら？」

「ここで死ぬよりはましだ」ウィーバーは身を乗り出して撃ち、ホルトに襲いかかっていた銃弾の雨をしばし途切れさせた。「動けるか？」

ノマドは汚れを払って立ち上がった。「ひとつ質問がある。ミダスはどこだ？」

「向こうで最後の花火をぶち上げようとしている」ウィーバーは通信機の回線をつないだ。「ミダス、計画変更だ。ノマドを確保して桟橋に向かっている。そこはもう標的じゃない。桟橋で合流しよう」

「了解。もしそれが無理なとき、合流地点はどこになる？」

「ボートで集合だ。わかったか？」

「了解。ミダス終わり」

「ボートに乗ろう」

21

見張りの男はまだ桟橋にある木造の小屋のなかで持ち場につき、近づいてくる敵がいないか監視していた。「あいつが見えるか?」ノマドが呼びかけた。

「小屋のなかにひとり」ウィーバーは左を向いた。「銃を構えてる」

「急げ」近づいてくる兵士たちのざわめきが大きくなっている。

「やるぞ」ウィーバーが引き金を引く。銃弾は小屋の羽目板の胸の高さを突き抜けて兵士をとらえ、彼は何があったかわからないまま倒れた。

「よし、行こう」ノマドは桟橋に向かって走りはじめ、ホルトとウィーバーがすぐあとにつづく。

叫び声とともに銃声が響き、見つかったことがわかった。ホルトは素早く背後に目をやり、残っていた兵士たちのほとんどが追跡に加わっていることを確かめた。猛然と走って追いかけてくる者もいれば、その場でかがみ込んで撃ってくる者もいる。

ホルトは破片手榴弾をとり出してピンを抜き、肩越しに投げた。「手榴弾!」そう叫ぶなり、頭を下げて走る。背後では追っ手たちが散り散りになり、身を守るために手近なものの背後に飛び込んだ。直後に爆発が起こり、破片が飛び散ってあちこちに穴があく音が響いて、戦闘のほかの音をかき消した。

「行け、急ぐんだ！」ノマドが叫び、ゴーストたちは桟橋に飛びのった。桟橋は近隣の木材を切って組み合わせた頑丈なつくりで、川岸から長くのびている。流れに一番近い端のあたりに、ウルビナが誇る二艘のG－25が舫《もや》われていた。

「左の船だ」ウィーバーが叫んだ。走りながら二艘のボートに向かって撃つ。ほとんどの銃弾は水面に消えたが、数発が船底を貫通してたちまち水が流れ込みはじめた。

追ってくる兵団は体勢を立てなおし、守備隊はまたしても発砲した。はずれた銃弾が桟橋にめり込み、木のかけらが飛び散る。ホルトは振り向き、あとずさりながら相手が迂闊に進めなくなるよう撃ちまくった。「船は確保できたか？」肩越しに叫ぶ。「長くは持ちこたえられない！」ふたたび銃弾が飛んできたので、崩れかけた小屋の背後に逃げ込んだ。そこに銃弾がまとめて降り注ぎ、盾となってくれた板に大きな穴がいくつもあいた。

「すぐにやる！」ウィーバーが叫び返し、ガーディアンに飛び乗った。「信じられるか、キーが差したままになってる。燃料は満タン、銃弾はどっさり、商売をはじめられるぞ。たまげたな、計器の表示はなんと英語だ。ノマド！　綱をはずしてくれ」

「わかった！」

「ホルト！　こっちに戻れ！」

さらに強力な武器を持った兵士たちが集まってきている。かろうじて身を守る盾となっていた小屋は、これ以上持ちこたえられそうにない。ホルトは身を乗り出して撃ったが、反撃されてあやうく頭を吹き飛ばされそうになり、すぐに体を引いた。「援護を頼む！」

ノマドは自分の拳銃を見てからボートに飛び乗った。隠れる場所がほとんどない小さな船だ。舵の上には風雨よけの庇《ひさし》がついているが、それ以外はなんの防御もない。舳先にはずっしり重そうなマシンガンが、左右の舷側にはそれより小さなマシンガンが据えられている。

ノマドはその前にかがみ、弾が込められているか確認した。装塡されている。

「ホルト、今だ！」そう叫び、猛烈な勢いで撃ちはじめた。

ホルトは立ち上がって桟橋の端まで一気に走った。ノマドはわざと銃口を上に向けて撃ち、走ってくるホルトの頭上を弾が飛んでいくようにした。追っ手の一部は散らばったが、銃弾がはるか上を飛んでいることに気づいた者はそのまま桟橋へと走ってきた。

ウルビナが指揮をとっていた。

ミダスは素早くキャンプの状況を確かめ、仲間とすぐには合流できそうにないと即座に悟った。滑走路の混乱はようやくおさまりつつあったものの、墜落したヘリコプター付近の火の勢いはいっそう強まっている。敷地のなかを、まだたくさんの兵士たちが動きまわっていた。鋼線を張った柵はまだ壊れずに残っている。あそこを見とがめられずに通り抜けることができるとは思えない。

最善の手は、この混乱が鎮まったらすぐに追いかけてくるはずの兵士たちに先んじて、ボートに向かうことだ。

けれども、その前にすべきことがひとつある。

ミダスは慎重に地面までおりた。のぼるときよりも時間はかからなかった。キャンプ周辺を進むあいだ、桟橋付近で戦闘がはじまり、ホルトとウィーバーが脱出しようとしているのが見えた。

「ウィーバー、こちらミダス。そこまで行く手立てがない。B《ブラボー》地点で会おう」

「了解だ、ミダス。無事でいてくれ」

「そちらも。ミダス終わり」

船が一艘だけ川に出ていき、そこにゴーストたちが乗っているのが見えた。すでに兵士たちがそれを追いかけて桟橋に押し寄せ、残っているボートに乗り込もうとしている。

ミダスは素早くM－203用の弾を確かめた。残っているのはほとんどが鹿弾だが、HE弾も数発ある。HE弾を装塡して撃った。

最初の一発が着弾する前に二発目を撃つ。二発目が着弾する前に走りはじめた。遠くで手榴弾が爆発するくぐもった音を聞きながら、そのまま森の奥深くを機敏に動く。

ノマドが哨戒艇を桟橋につないでいる太綱をはずすと、すぐにエンジンがうなり、ホルトが飛び乗ってきた。その勢いでホルトにのしかかられそうになったが、ノマドは巧みにかわしてマシンガンの前に戻った。ホルトがその武器を感心したように見つめる。「その銃の可動範囲は？」

「百二十度だ。背後は撃てない」

「だが、やつらは常におれたちが視野に入る位置にいるはずだ。いいぞ！」

「つかまれ！」ウィーバーがスロットルを全開にすると、船は猛スピードで桟橋から離れた。ホルトはその場にかがみ、ノマドは右舷の銃の前に待機する。ノマドがうなずくと、ホルトは桟橋とその近くのボートに銃弾を浴びせた。兵士たちは足を止めて素早く伏せた。ひとりが撃たれて川に転げ落ち、水しぶきが上がる。その脇では、ホルトが先ほど穴をあけたボートに水が流れ込んで傾きはじめた。

「最後の弾だ」ホルトが装塡しながら言った。「こいつで決めないと」

「そうしてくれ」ノマドが応じる。「追っ手が態勢を整えつつある」兵士たちがG－25や、まだ沈んでいないボートに次々飛び乗る姿が見える。

「ウルビナがいるぞ」ホルトはそう言って撃ちはじめた。ウルビナは哨戒艇に乗り込むところで、三人の兵士がつづく。銃弾は狙いをはずれてウルビナの頭上を飛んでいった。すでに最初のボートはエンジンを全開にして川に出ている。

つづいてガーディアンも岸を離れた。ホルトがまた撃ったが、相手の動きに追いつかず弾はそれてしまった。「ウルビナが川に出た！」声をあげる。「全部で五艘が追ってきている。さらに六艘が準備を――」

ミダスの撃った最初の砲弾は崩れかけていた小屋にあたり、建物が完全につぶれて木の破片があちこちに飛び散った。二発目は桟橋にもろに命中。桟橋はまっぷたつになってボートを揺らし、兵士たちは川に投げ込まれた。もがいて水面から顔を突き出す者もいる一方、そのまま浮かんでこない者もいる。

「乗っているやつらはつぶした」ノマドがウィーバーに呼びかけた。「あの船を振りきれるか？」

「わからん！」ウィーバーはエンジン音に負けないように大声を出した。「おれたちは川で最も速い乗り物に乗ってるが、それはウルビナも同じだ。やれるだけやってみる。とにかくやつらを近づけるな！」

「聞こえたな、ホルト」

「ああ、聞こえた」ホルトは左舷のエンジン脇に膝をつき、銃を構えた。背後には、追っ手が川幅いっぱいに広がっている。ウルビナが乗っている船の舳先に据えられた銃を兵士が構えるのが見えた。ほかの兵士たちもその脇に並び、それぞれが狙いを定めて撃つ音がエンジンのとどろきと重なる。

「ホルト！　やつらの頭を引っ込めさせられないか？」

「この距離で弾が届くわけがない！」

敵の銃弾がボートの表面の手すりのすぐ下にあたり、船体を貫いてホルトの足もとにぽとりと落ちた。

「そうでもないらしい」

ミダスは走りながら不要な装備を捨てていった。急斜面から見おろして地形はすでに頭に入っていたので、暗視装置の助けを借りれば木々に覆われた暗闇のなかを走り抜けることができる。

往路は何時間もかけて慎重に歩を進めたが、今は悠長にしている場合ではなかった。このルートはゴーストのほうが先に使っているので、敵にはまだ見つかっていないはずだ。罠を仕掛けたり、待ち伏せしたりしていないだろうと判断した。

だからミダスはひたすら走った。

行きは数時間かかったが、はるかに短い時間で戻れるはずだ。

遠くから銃声が聞こえた。川は大きくカーブしている。ミダスは陸路の最短距離を進んだ。もし仲間の船がカーブを進むのに時間がかかれば、もしそれでも船が敵に追いつかれていなければ、もしミダスが足を止めなければ、戦闘に加わることができるだろう。

気がつけば前方の闇のなかに暗い裂け目が見えた。最初に通ってきた狭い支流だ。ゴーストのボートは近くにあるはず。もしあのボートを見つけることができたら、面白いことになるかもしれない。

ミダスは祈りを捧《ささ》げ、さらに速く走った。


ホルトは、釣り船を改造した敵のボートのなかで一番近い船を狙って撃った。ぎっしり乗っていた兵士のうちのひとりが、前のめりになって川に落ちて姿を消す。別の兵士が大声をあげ、撃たれた腕をつかんだ。隣の男が彼を押しのける。ほかの兵士たちは身を乗り出して撃ち返してきた。

ホルトはその場に伏せたので、敵の銃弾のほとんどは頭上を飛んでいった。すぐ近くをかすめる銃弾が風のような音を立てる。

「援護してくれないか」ホルトはノマドに叫んだ。

「角度が悪すぎる！」ノマドは精いっぱい銃を引いて向きを変えようとした。しかし追いかけてくるボートはどれも射程からはずれている。「ウィーバー！　左にまわれるか？」

「そうするとやつらに近づいてしまう！」また銃弾が飛んできて、ウィーバーの頭の近くの庇を切り裂いた。「また……」

ウィーバーが素早く舵を左に切ると、ボートは鋭く曲がって大きく傾いた。ノマドはボートがまっすぐになるまで待ち、銃口を下げて狙いなおしてから撃った。針路が変わったことで、追いかけてくる三艘のボートを舷側からうかがう形になった。右端のボートの操縦士がノマドの銃撃を避けようとして急に舵を右に切り、そのはずみで舳先が突き出ていた木の根に激突する。ボートはきりもみするように吹っ飛び、アルミニウムの船体がつぶれ、乗っていた全員が川に投げ出された。ボートは空中で二回転し、つぶれた側から落ちて船体の半分が土手に乗り上げた。

　ほかのボートが速度を上げて近づいてくる。ノマドを守る防御盾《シールド》に弾があたって跳ね返った。ウィーバーも激しく撃ち返し、二メートルほど手前の水面に水しぶきが上がった。

　ウィーバーが舵を鋭く右に切ると、残っている敵のボートの正面にまわったので、ノマドはその舳先を狙って撃ちまくった。そのうちの一発があたって操縦士が川に落ち、ボートが減速する。すぐにもう一艘が切れ込むように針路に入ってきた。「ウィーバー！　右舷だ！迫ってる！」

「わかってる！」ウィーバーは応戦をやめて舳先を下流に向けたが、追っ手のボートはすでにかなり近づいていた。また撃ちはじめたノマドの弾を、相手の操縦士が巧みにかわしてさらに迫ってくる。船上の兵士たちが銃を撃った。最初の一撃ははずれたものの、次はもうはずしようがないほど近づいている。

「ホルト？」

「まかせろ」ホルトは腰のポーチから最後の破片手榴弾をとり出した。素早くピンを引き抜き、近づいてくるボートに向かって大きく弧を描くように投げる。

手榴弾はボートに落ちて大きな音を立てた。兵士たちが先を争って川に飛び込み、水しぶきが立てつづけに上がる。操縦士を失ったボートは右に曲がり、不運な兵士にもろにぶつかったあと土手に激突した。それから手榴弾が爆発し、ボートの底に穴があいて沈みはじめる。

「二艘片づけた」ホルトが叫んだ。

「あと三艘」ウィーバーが応える。

ウルビナの乗るガーディアンが左に動いた。右舷側の兵士が撃ちはじめ、銃弾が水しぶきのカーテンを吹き上げて迫ってくる。追っ手の別のボートに近づくことになるのもかまわず、ウィーバーは強引に舵を右に切った。敵のボートが盾の役割を果たし、偶然にもゴーストを銃撃から守った。もちろん、盾だったボートの兵士たちもすかさず撃ちはじめる。ホルトやノマドではなく、エンジンを狙っていた。銃弾が右舷のエンジンに次々とあたる。ノマドは拳銃で三人の兵士を素早く倒した。敵の船は後退したものの、ゴーストのボートも無傷とはいかなかった。壊れたエンジンから煙が立ちのぼり、正常な低い回転音ではなく、不吉な音を立てはじめる。

「舵を頼む」ウィーバーはノマドと入れ替わった。「どこをやられた？」

「エンジンをひとつ。船体のあちこちに穴があいて、そこから水が流れ込んでる。それにウルビナが近づいてきている」ホルトは拳銃を持って低くかがんだ。「振りきれそうにない」

すでに、残っていたもう一艘の警備艇が手負いのガーディアンに近づき、舷側に並んだ兵士たちが撃ちはじめた。銃弾が庇や甲板のロッカー、そして喫水線のすぐ上に穴をあけていく。ホルトは右舷のマシンガンに飛びつき、たっぷりと撃ち返した。警備艇はいったん離れたが、今度はウルビナの乗るガーディアンが五十口径砲を撃ちながら近づいてきた。煙を吹き出していた左舷のエンジンにまた銃弾があたり、ついに完全に動かなくなる。ウィーバーはかがんで撃ち返した。弾はシールドの覗き窓《アイスリット》の縁にあたり、兵士がさっと身を隠す。

「ホルト！　舳先に行け！　今すぐだ！」ノマドが叫んだ。「マシンガンを構えろ」

「了解。だがそれで――」

「ウィーバー！　伏せろ！」

ウィーバーがその場に伏せて視界から消えると、ノマドはエンジンを逆回転させた。片方のスクリューだけが水を噛み、ボートはぐるっとまわりながら大きくぐらつく。ウィーバーは船体の内側に叩きつけられ、川の水をかぶった。

「車じゃないんだぞ、ノマド！」ウィーバーが叫ぶのと同時に、ホルトが銃を撃ちはじめた。

ウルビナの船に銃弾が降り注ぎ、防風ガラスを突き破った。操縦士が両腕を振りまわしながら後ろ向きに倒れ、ウルビナはその巻き添えを食わないよう脇に飛びのいた。それから拳銃で応戦し、その銃声がホルトのマシンガンの咆哮《ほうこう》に負けずに響く。二艘のガーディアンはそのまますれ違い、ウルビナとノマドは至近距離から撃ち合った。ウルビナの船は操縦士不在で前進し、ゴーストの船は後退したので、両者のあいだにはまたしても黒い水面が広がった。

ノマドは残っているエンジンのギアを前進に切り替えた。ボートは上流に向かって進みはじめ、敵の二艘がチャンスとばかり迫ってくる。

ホルトも同じようにそのチャンスに賭けた。銃口を低く下げて撃ちまくる。二艘のボートはウルビナの船の航跡に突っ込んで舳先が持ち上がり、一瞬静止したかのように宙に浮いた。ホルトは銃身を左から右へと動かし、二艘のボートの船底に次々と穴をあけた。それぞれの底に縫い目のような痕がつき、ついには船体がまっぷたつに裂けるかと思われた。それから二艘とも航跡の向こう側に叩きつけられ、船底に川の水が猛烈な勢いで流れ込んだ。右側のボートは岸を目指して必死に進みはじめたが、もう一艘は操縦士の判断が遅れたせいで沈んでいく。

ウルビナだけが残った。彼の船がふたたび攻撃しようと、ぐるりとまわって近づいてくる。

「弾が切れた」ホルトが言った。「今のですっからかんだ」

「左舷も使いきった」ウィーバーが応じる。

「ウルビナをなんとか撃ち落とせないか？」ノマドはボートの向きをゆっくり下流へ戻そうとしたものの、エンジンの推進力が失われたうえ、川の流れが速いせいで、うまくいかない。

舷側を川の流れに押されながら、なんとか向きを変えようとあがいた。そのあいだにウルビナの船では新しい兵士が舵をとり、警戒しつつ大きな円を描くようにまわり込んだ。相手のマシンガンの射程に入らないよう距離を保ちながら、かろうじて動いているエンジンの息の根を止めようとうかがっている。

前方の東側の土手に、周囲よりもさらに黒い裂け目が見えた。「支流だ」ウィーバーが指さした。「あそこに入れば、追い抜かれる心配はなくなる」

「試してみる。しばらくあいつらが追ってこないようにできるか？」

「まかせろ」

ウィーバーはマシンガンを撃ち、一拍置き、ウルビナのガーディアンが近づいてくるとまた撃った。操縦士の前に残っていた風防ガラスが砕け、五十口径の銃を構えた射手のシールドに銃弾があたったが、誰も倒せなかった。ウルビナは艫のあたりに落ち着きはらって立ち、決着のときを待っている。

ゴーストのボートは支流の入口へとやっとのことで進んだ。残っていたエンジンはすでに息切れし、無理をしすぎたせいで、限界寸前だ。逃げ場を求めて進む動きは絶望的なまでに遅い。

ウルビナは今では川上にまわり、攻撃のために向きを変えていた。それからまた動きはじめ、針路を変えて今度は岸に近づく。

「ちくしょう。先まわりするつもりだ」ウィーバーはほとんど機械的に撃ちつづけた。「おれたちの針路をふさいで、本流に戻るしかないようにしている」

ウィーバーが話しているあいだも、ウルビナの船は動きつづけていた。右舷の銃が火を吹いて、ゴーストの船体に穴をあけ、舵の上の庇の名残を切り裂く。ノマドは素早く甲板に伏せた。直後に銃弾が制御盤にあたり、一瞬前まで彼が立っていた場所を破壊する。ごぼごぼと水がたまる音が大きくなり、ウィーバーは船体が沈みつつあるのを感じた。足もとを見れば、完全に沈むのは時間の問題だとわかる。

「おまえたちのせいで何もかもぶちこわしだ」ウルビナが叫んだ。彼のガーディアンは速度を落とし、今ではとてつもなく遠くに見える支流の入口に立ちはだかっている。「だが、わたしに必要なものを差し出してくれる欲深なアメリカ人はほかにもいるはずだ」彼は肩にかけていた防水の書類ポーチを差し上げた。「彼らがキャンプを建てなおしてくれる。わたしはまた手下を集める。必要なもののすべてがここにある。おまえたちはどうだ？　おまえたちはここで死ぬ。ロシア人はがっかりするだろう。彼らに金を返さなければならない。だが、それはささやかな金額でしかない」

動かなくなったガーディアンの船底では、水位が上昇しつづけていた。「何か打つ手はないか？」ウィーバーが呼びかけた。

「敵のボートへ乗り込んで、あとは運にまかせるというのは？」ホルトは、かがんでいるほかのメンバーのところまで近づいた。

「泳いでいるあいだに食われちまう」

「もっといい考えがあるのか？」敵の兵士がまたしてもこちらめがけて撃ちまくり、破片が飛び散った。急速に水がたまり、今では船体が傾きはじめている。

「いいだろう、今はあたりが暗くなってる」ノマドは懸命に考えた。「やつらの暗視装置では水中の様子までは見分けられないはずだ。この船が沈んだら残骸で身を守り、水のなかにもぐったまま岸まで泳ぐ」

「それこそ食われなきゃいいが」ウィーバーが言った。

「もっといい方法があるのか？」

「わかった、やろう」水位がさらに上がった。

「いいか？」

暗闇のなか、不意になじみのある音が響き渡った。

「まさか――」ウィーバーが口を開きかけたそのとき、ミダスが舵をとるボートが支流から飛び出してきた。

ボートがウルビナのガーディアンに体あたりし、舷側を破壊する。不意を打たれた兵士が川に落ちた。操縦士は倒れ、ウルビナはよろめき、ミダスが拳銃を持って改造された釣り船の甲板を一気に走った。そして深手を負ったガーディアンに飛び移り、着地と同時に立ち上がろうとしていた操縦士を撃った。

ウルビナはよろけながら拳銃を構えて撃ってきた。ミダスは身をかがめて銃弾をかわしながら、さらに近づいた。ウルビナがもう一度、今度は至近距離から撃とうと狙いを定めなおす。

ノマドが放った二発の銃弾が、ウルビナの後頭部をとらえた。ウルビナの手から拳銃がこぼれて甲板に落ち、次の瞬間には彼も崩れ落ちた。

「少佐」ミダスが言った。

「ミダス」ノマドが応える。「面白い作戦だ。どうしてボートから直接あいつを撃たなかったんだ？」

「自分がやられないために、まず向こうの兵士を倒さなきゃならなかった」誰もが胸を叩いて自慢するだろうに、ミダスはあくまで淡々とした口調だった。「それに、きっと援護してくれるとわかってた」

「二度とあんなことはするな」ノマドが言った。「だが、おかげで助かった。礼を言わせてもらう」

「どういたしまして、少佐」ミダスは周囲を見まわした。「おれが乗ってきたボートはまだ動きそうだ。これでここから抜け出そう。長いあいだ水のなかにはいたくないだろうから」

ちょうどそのとき、タイミングを計ったかのように近くの土手から何か大きなものが川に飛び込んだ。

「そうしてくれ、ミダス」ノマドが言った。「できれば急いでくれ」

22

彼らは傷の手当てをしながら下流へとゆっくり進んだ。

ウルビナのガーディアンにぶつかった衝撃で、デスカルソのボートの舳先はつぶれていた。ミダスが通信機をしまっておいた一画も破損し、継ぎ目から水が少しずつ染み込んでいる。彼らの銃には、壊れたロッカーに入れてあった残り少ない予備の弾薬が装塡された。燃料を節約するため、できる限り川の流れにまかせて下っていく。

ミダスはノマドの肩の包帯を巻きなおした。今はミダスが舵をとり、ホルトが見張りに立ち、ウィーバーとノマドはウルビナから奪った書類に目を通していた。

「たまげたな」ウィーバーが低く口笛を吹いた。「あいつがこれを持っていてくれてよかった。これがなければ、誰もおれたちの話を信じないだろう」

「派手に燃えているキャンプに書類を残したくなかったんだろう」ノマドはポーチからUSBメモリーをとり出して差し上げた。「これはきっとバックアップだ。原本を手に入れられてよかった」

「ここでは印刷できないしな」ウィーバーは淡々と言った。「それに、たしかにこれは原本だ。ブリッグズは石油の権利と引き換えに、ウルビナのクリスマスにほしいもののリストを全部買い与えていた。それで、ガーディアンの機器類が英語表記だった説明もつく——あいつらが正規兵だったときベネズエラ軍からいただいたものじゃない。ブリッグズからの贈り物のひとつだったんだ」

「ああ、そのとおりだ。取引にはウォッチゲートとの契約も含まれている。採掘をはじめてあちこちに拠点をつくるまでのあいだ、人員を増やしておきたかったんだろう。守衛として常駐してたってわけだ」ノマドは顔をしかめた。「まったく、とんでもない話だぜ。それに——おい、これを見てくれ、プエルト・アヤクーチョ制圧のための計画表だ——本当に危なかったな」

「あと少しで手遅れになるところだった」ウィーバーはさらに数枚めくった。「ウルビナは殺した。ブリッグズもまず間違いなく死んでる。たとえ生きていたとしても、家まで帰り着けるとは思えない。だが、別の誰かが立ち上がって、自分を大佐と呼ぶようになるかもしれない。ケイトン石油がさっそく誰か送り込もうとしているかもしれない。合衆国がベネズエラに油田のことを話すと思うか？　それはあり得ない。何も変わりはしないんだ。いつでもそうさ。おれたちがあそこでしたことは、死人の数を増やしただけだ」

「おまえはおれを助け出した。クロッティと助手たちを助けた。ウルビナがこれまでしてきたことを考えると、あいつの野望をつぶしたのは悪いことじゃない。たしかに、あいつの手下の誰かがまた立ち上がるだろう。だが、同じことをするとは限らない。あるいはウルビナがいなくなったら、手下たちはブリッグズが連れてきたスタッフと一緒に家に帰るかもしれない。間違いなくおれたちは意味のあることをしたんだ」

「ああ、そうだな。ウィザードの二組目の人質に関する情報が間違ってたことをオールド・マンにはどう説明する？　ウィザードは信用を失いかねない」

「考えておこう」ノマドはあくびをした。「国境が近づいたら起こしてくれ。肩が痛くて死にそうだ」横になって目を閉じ、ウィーバーが返事をする前に眠っていた。

「あとどれくらいだ、ミダス？」ウィーバーがたずねた。「必要ならいつでも代わる」

「大丈夫だ」ミダスが答えた。「手を借りたいときは、ホルトが志願する前に言うから」

「聞こえたぞ！」舳先からホルトが声をあげた。「おれのほうがずっとうまく操縦できるんだ」

「少し落ち着け、ワニに食われるぞ」ウィーバーは首を振りながら言い返した。「この任務はすぐには終わりそうにない」

「たしかに」ミダスが穏やかに応じた。「だが間違いなく……エキサイティングだった」手首の通信機を確かめる。「このまま川の流れにまかせて下るなら、国境までは四時間だ」

「エンジンを動かせば半分以下の時間で着くが、肝心の国境で燃料がなくなる。そのとき岸に寄せられなかったら、プロタシオはおれたちが流されて町を素通りするのを高みの見物としゃれ込むだろう」

「きっとオールを投げてよこすよ」ウィーバーには、ミダスが微笑んでいるのかどうかわからなかった。たぶん微笑んだのだろう。それで充分だ。

「スロットルを絞って少しだけふかそう」ミダスが提案した。「それくらいはできるだろう。回線が通じない区域からはさっさとおさらばしたい」

「了解」ウィーバーはスロットルをそっと動かし、ボートは国境へと向かって進んだ。

彼らは島で待ち構えていた。

射程内に入る前に、ホルトが見つける。「敵を確認。川にボートが二艘、どちらもいやってほど乗っている。ほかに二艘が岸にいて、国境の警備所で待機している」

ノマドは双眼鏡を受けとった。「やつらの配置を考えると、このまま真ん中を進むしかない。ただ、両側から攻撃を受けることになる」

「攻撃されるのを承知でわざわざ突っ込まなくてもいいだろう」ウィーバーが納得できないとばかりに言った。「戦うなら、ここから狙い撃ちたい。やつらをこっちに来させよう」

ノマドはミダスを見た。「ぶっ放せるものは何か残っているか？」

「鹿弾だけだ。至近距離からなら、それなりのダメージを与えられる」

「わかった」ノマドは下流をもう一度見た。「ホルト、こいつを操縦できると言ったな？」

「ああ」

「舵をまかせる。船を安定させておいてくれ。ウィーバー、標的を選べ。攻撃はおまえにまかせる。ミダス、援護を頼む。おれが指示する。行こう」

「本当にやるのか？」ウィーバーはノマドが隣に来ると問いかけた。

「おれは仲間を信頼している」ノマドは答えた。「やれるさ」

「だといいが」ウィーバーは舷縁にライフルをのせ、照準をのぞいた。「ホルトに船をもっと安定させろと言ってくれ。揺れがきつすぎる」

「わかった。ホルト、どうにかできないか？」

「この川で？　座礁させれば動かなくなるが、それはそれで困ったことになる。燃料を使わず、隠れたままじっとしてろってのは無茶だ」

「わかった。もうしゃべるな。このままやる」ウィーバーは照準をのぞいた。川に浮かぶ二艘の船のうち、近いほうに乗っている男のひとりに狙いを定めた。前に彼らから釣り竿を奪った男だと、ウィーバーは気づいた。

不意に低くうなるような音が響き、ウィーバーの注意がそれた。「ホルト？　何をしているんだ？」

「おれじゃない。見てくれ」

下流の国境のブラジル側で、高速攻撃艇ＣＢ90Ｈが威嚇するように近づいてくるのが見えた。

ウィーバーは顔を上げた。「たまげたな。プロタシオか?」

ノマドは双眼鏡で甲板を確かめた。「彼の姿は見えない。あれは……あれはコレアだ。完全武装している」

ホルトは驚いてまばたきした。「まっすぐに国境に向かってくるぞ。喧嘩する気満々だ」

ミダスに向きなおる。「おまえが手をまわしたのか?」

ミダスはうなずいた。「通信機が壊れる前に、おれたちが下流に向かっていることを彼女に知らせたかもしれない。そのメッセージをプロタシオ隊長に伝えたのに、思うような反応が返ってこなかったのだろう」

「ふむ、おれは彼女の反応が気に入ったよ」ノマドはウィーバーをつついた。「彼女が覚悟を決めているなら、おまえが撃てば援護してくれるはずだ」コレアが岸辺にいる士官のひとりと激しい口調で言い合っている声がかすかに聞こえてきた。

ウィーバーは顔を上げなかった。「おれたちだけで突っ込むよりはるかによさそうだ」

「だが、それでは国際紛争そのものだ。それこそ避けようとしてきたことじゃないか。別な方法があるはずだ」

「そう思うなら、早く別の方法を見つけたほうがいい。このままじゃ地雷原でタップダンスをはじめるようなものだ」

「だが誰も見ていない、そうだろう」ノマドはチームを見まわした。誰もが傷つき、血を流している。ミダスは交通事故にあったかのようだ。ウルビナのボートにぶつかった際の衝撃で、頭から足の先まで傷だらけになっている。全員が疲れ果て、ぼろぼろだった。

彼らこそ、これまで一緒に戦ってきた仲間であり、もし命令をすれば即座にともに出撃する男たちだ。

「わかった。もっといい案を思いついたら三十秒以内に教えてくれ。思いつかなければ、ウィーバー、おまえはコレアと話している相手に照準を合わせろ。ホルト、舵をとりつづけて船を安定させてくれ。ミダス、鹿弾は用意したか？　最初に一発見舞ってやれ。そのあとの武器はなんでもいい。おれの合図で撃つんだ。ホルト、そのあとこの船を近づけてくれ。ミダス、そのあいだ撃ちつづけて、やつらが顔を上げられないようにしろ。そうすれば煙が晴れる前に国境を一気に越えられるはずだ。わかったか？」

「わかった」ウィーバーはすでにライフルの照準器をのぞき、標的に狙いを定めていた。

「いいだろう」ホルトは銃を手の届く場所に注意深く置いた。

「了解」ミダスは銃弾を黙々と確かめ、M－203ライフルに装塡しながら答えた。

「時間切れだ。なければ――」

「いいかな？」ミダスだった。「思いついたかもしれない」

「言ってみろ」

ミダスは西側の土手を指さした。「迂回してはどうかと」

ホルトは記憶をたどって首を振った。「それは人質を連れていたときにも考えたが、彼らを土手にのぼらせることはできなかった。それに、敵がいるかもしれないジャングルを歩かせるのは無理だと判断した」

「だが、今は民間人を連れていない」ノマドが言った。「ボートを捨て、国境を歩いて越えて下流でコレアと合流する。それがおまえの提案か？」

ミダスはにやりと笑った。「そのとおり」

「ボートはどうするんだ？」ウィーバーがきいた。

「沈める」

ホルトがかすかに笑った。「デスカルソはきっと腹を立てるぞ」

「言わせてもらえるなら、デスカルソなんてくそ食らえだ」

ノマドはチームを見まわした。どの顔にも新たなエネルギーがみなぎっている。戦う用意が整い、彼の命令を待っている。けれども、戦闘よりも統率力に意味がある。戦うことそのものよりも、チームに意味がある。彼らをもう一度戦わせることはできるが、すでに死線を乗り越えてきた。残された弾薬は少なく、装備も不充分では、あと一度の戦いが限界だろう。

あるいは、彼らを家に帰らせることもできる。

「いいだろう」全員が身を乗り出す。ノマドはひとりずつと目を合わせ、そこに秘められたエネルギーを感じとった。「おれたちはやつらを倒せる。それはわかっている。だが、その必要はない。だから賢く立ちまわろう。ホルト、船を川岸まで運んでくれ。ウィーバー、下流の誰かが急にこちらを見て気づかれないようにしてくれ。そしてミダス？」

「ん？」

「国境を越えたら、おまえがコレアに説明してくれ」

「楽に勝てる相手が目の前にぶら下がってるのに、こそこそ逃げ出すってのか？」ウィーバーはあきれたふうだったが、それでいてどこかいたずらっぽく、楽しんでいる気配があった。「おまえらがわからなくなったよ」体を起こし、ライフルを戻した。

「よくおぼえとけ、おれたちがゴーストと呼ばれるのには、それだけの理由があるんだ」ノマドが言った。

エピローグ

〝オールド・マンが会いたがっている〞ノマドが目覚めたとき、そう記されたメモが置かれていた。時間が書かれていないのは、つまり〝すぐに〞そして〝ほかに何を置いても〞という意味だ。ノマドは肩の痛みに顔をしかめ、急いで服を着た。ミッチェルを待たせることは絶対にできない。とりわけ今回のような任務のあとでは。

ミッチェルのオフィスまでの道のりは、実際の二倍も長く感じられた。おかげで、自分がなぜ呼ばれたのか考えることができた。思いついた答えのなかで、喜べるようなものはほとんどない。任務そのものについて、民間人への対応について、ブラジル人との新たな緊張関係について――次々に質問が浮かぶ。すべてに共通して、たしかなことがひとつあった。今回のゴースト部隊の指揮をまかされていたのは自分だということだ。ここまで事態をこじれさせた以上、もう二度と指揮をとる機会は訪れまい。

ミッチェルの部屋のドアは閉まっていた。ノマドが二度ノックする。「入れ」ドアの向こうからなじみのある声が呼びかけ、ノマドはそのとおりにした。

ミッチェルのオフィスは、ノマドが想像していたよりも狭かった。重厚な木の机の存在感が圧倒的だ。いくつかの本棚はあとからとりつけられたように見える。壁にはホワイトボードが並び、どこかの滝の写真がフレームに入れてかけられているほかは装飾がいっさいない。椅子に座っていたミッチェルは、ノマドが写真を見ていることに気づいたようだった。「オハイオ州のホッキング・ヒルズだ。子供の頃、父によく連れていってもらった。これまでいろいろなところで暮らしてきたが、今でもここが一番帰りたい場所だ」来客用の椅子を示す。「座ってくれ」ノマドは腰をおろした。ミッチェルはノマドに劣らず疲れているらしい。目の下は大きくたるみ、険しい表情で顔はしかめられたままだ。長いあいだ何も言わず、机の上にあるモニタをじっと見つめていた。それからおもむろに顔を上げる。

「少佐、今回の任務における自分の行動をどう評価する？」

ノマドはゆっくりと息を吐き出した。「正直にということでしょうか？　実のところ、高い点はつけられません」

「そうか」返事は冷ややかで淡々としている。「なぜだ？」

「はい。第一に、恥ずかしいことに敵にとらえられました。それだけでも充分すぎる理由になるかと」

ミッチェルは容赦なかった。「しかしきみの話し方だと、まだほかにも理由があるようだ。つづけたまえ」

ノマドは心のなかで指を折って数えた。自衛本能が働き、必要もないのにすべてをぶちまけて自分をおとしめる材料を差し出すなんて愚かだと戒める声が、頭の奥で聞こえた。しかし、いずれにしてもやめるには遅すぎる。「第二に、チームを統率できませんでした。ブラジルの連中を相手にしたときも、ミダスが現地の村人を助けたがったときもです。任務をしくじらないことを気にかけるあまり、最初の段階で下手を打ってしまいました。第三に、国内に潜入したあと状況がどこまで悪くなり得るか、その危険性を過小評価していました」深く息を吸い込む。「まだつづけるべきでしょうか？」

ミッチェルは首を振った。「少佐、わたしがゴーストの指揮をつとめた最初の作戦がどうなったかはもう話したかな？」

「いいえ。韓国でしたね？　〝折れた羽根作戦〟ですか？」

ミッチェルは悔やむように笑った。「公式にはそうだ。非公式には、その前に別の作戦があった。その作戦でわれわれは、ホワイト・スカル・ブリゲードという、韓国のエリート部隊と組んだ。一緒に入国して、彼らが非武装地帯に向かうあいだ敵の戦車部隊を封じ込めることになっていた。簡単な任務だろう？」

「まったく知りませんでした」

「記録から抹消されているからだ。どうしてかわかるか？　ぶざまな結果になったからだ。われわれはT－83の戦車部隊を止めたが、見つかってしまった。そのときには北朝鮮の領土内にいたため、決してあってはならないことだった。それで事態の隠蔽をはかった。北朝鮮にホワイト・スカルの行動だと思い込ませようとしたのだ」

「どうしてこんな話をなさるんですか?」

「もちろんわかっているはずだ。わたしのゴーストのリーダーとしての最初の作戦は思うように運ばなかった。その多くはわたしが戦場で下した決断のせいだったことを告白しているのだ。それでもわたしは任務に集中し、やがて個別の戦闘の勝ちにいちいちこだわることをやめた。部下たちには最善を尽くさせ、チーム全員で帰還した。前線基地に戻ったとき、バズ・ゴードンはわたしを容赦なく叱りつけ、そのあとすぐにまたチームを出動させた」身を乗り出す。「わたしのチームをだ。なぜなら、初回であれ十回目であれ、作戦を完璧に遂行できる者などいないからだ。きみがしたことはシナリオどおりではなかったが、人質を救い出し、部下たち全員をきみよりもましな状態で連れ帰った。わたしはそれを評価する」

「はい」ノマドは一瞬目を閉じて、落ち着こうと息をした。「ですがわたしの――チームのメンバーたちは?」

「ホルトからは直接連絡があった。彼の言葉をそのまま使わせてもらうと、きみは岩のようにでかい金玉を持っているので、次の任務できみを怒り狂わせるのが楽しみだそうだ」

「冗談でしょう」

「大まじめだ。ミダスからも賞賛の言葉を聞かされている。わたしにも、ウィーバーにはきかないだけの良識はある。それゆえ、きみはこの職務をつづけることになる。わたしが言っているのはそういうことだ。ただし、おそらく半年後にはきみはそれを感謝していないだろうが」

「今は感謝しています」

「よろしい。この話は終わりとして、きみが見つけたことがもたらした混乱について詳しく検証してみよう。アメリカ政府の半分が、今回の件でわたしを責め立てようとしている。やつらが石油国家をつくろうとして失敗したという事実は、テレビドラマどころの騒ぎじゃない。この件でケイトン石油を絞り上げたがっている機関が半ダースある。そうそう、きみが報告に耐え得るほど回復したとわたしが判断したら、政府もきみの話を聞きたいそうだ」

「それはいつになるでしょう？」

「くだらない質問を十五回くり返されても、きみが相手の首を絞めたりしないと信じることができたらだ。ともあれ、きみは問題になりそうなことを報告書から省いたかもしれないが、だからといって蟻の巣をひっくり返さなかったことにはならない。この件はどう転んでもまずいことになると直感が告げている」

「あなたの直感ですか、それともウィザードの？」

「現時点ではどちらであってもほぼ同じだ。だが、それは明日、あるいはもっと先の問題だ。今はこれで下がってよろしい。きみのチームが〈リベレーター〉できみを待っている。早く行ってやれ。さしあたりこの件はわたしが心配する。手はじめにＣＩＡからの客と会うことになっている。きみは同席する必要はない」

「ですが」

ミッチェルは立ち上がった。「聞こえたろう、少佐。以上だ」

ノマドは立ち上がって敬礼した。「承知しました。ありがとうございます」

「きみはよくやった、ペリーマン少佐。ご苦労だった。命令に従い、さっさと出ていきたまえ」ミッチェルは腕時計を確かめた。「もしCIAとの腹の探り合いを無事に終えることができたら、きみたちと合流できるかもしれない」

「楽しみにしています」ノマドは振り向いて出ていった。廊下に出るまでこらえてから、にやりと笑う。一瞬立ち止まって気持ちを落ち着け、〈リベレーター・バー・アンド・グリル〉に大急ぎで向かった。

そこでチーム——彼のチーム——が待っている。


CIAの作戦要員であるカレン・ボウマンは、諜報部員としてはましなほうだ。それがミッチェルの彼女に対する第一印象だった。ただ彼女が話しつづけたら、その考えを変えたくなるかもしれない。

面談はとても友好的にはじまった。ボウマンは時間どおりにやってきた——自分がどれほど大物か見せつけるためにわざと相手を待たせる、よくいる俗物どもとは違う——そしてこれもよくあるパワーポイントを使った無駄な説明も省いて、すぐに本題に入ることを提案した。彼女はまだ若く、ＣＩＡの百戦錬磨の上司たちがライオンの巣窟にひとりで行かせても大丈夫と判断したのだとしたら、とても優秀に違いない。とにかく、この地位までたどり着いた女性なのだ、抜群に優秀なのは当然だ。

ここに来たことは、自ら望んだに違いない。飛行機ではるばるフォート・ブラッグ陸軍基地を訪れ、ミッチェルの部下たちが何を見たか、それが彼女がこれまで扱ってきた非常にさじかげんの難しい問題とどう結びつくのかについて話をするのはそういうわけだ。

ボウマンは、ノマドがすべてを台無しにしていないかどうか確かめたいのだ。

「中佐」

ミッチェルは彼女に注意を戻した。「捜査官。何も見落とさないよう、もう一度説明してくれ」

ボウマンは素っ気なくうなずいた。「結局は失敗に終わったものの、ウルビナ大佐が複数の外部組織から資金提供を受けて独立国家をつくろうと計画していたことは、ご承知のとおり。もしそのような国家ができていれば、彼らは法律の規制や政府の干渉を心配することなく、好き勝手に振る舞えた――石油の採掘も、麻薬の栽培も」面白みのかけらもないこわばった笑みを浮かべる。「自前の政府を持っていれば、いともたやすいことだわ。あなたの部下のペリーマンの報告に基づいて、彼がつかまっていたときに見た男のひとりを特定できた。エル・プルポと呼ばれる人物で、サンタ・ブランカの金庫番をつとめている。サンタ・

ブランカは競争に負けてメキシコから追い出されたけれど、資金は潤沢なので、さまざまな計画に手を出すための新しい作戦基地を必要としていた。われわれはその線から、彼らがあの地域に潜入しているのではないかと疑っていた。そしてエル・プルポの存在はその裏づけになった」

ミッチェルは身を乗り出して、怒鳴りつけるように言った。「間違っていたら教えてくれ。きみは、わたしのチームの作戦地域にサンタ・ブランカがひそんでいることを知りながら、その情報には伝える価値がないと思っていたのか？」

「実際には、あなたが部隊をあそこに潜入させていたことを知らなかったのよ、中佐。それに、あなたたちJSOCだって、情報を共有しようとしないじゃない」ボウマンは眼鏡の位置を直した。「あなたたちとCIAは味方同士なんだってことにいつか気づく日が来るといいわね。そうすれば、協力して何かできるかもしれないのに」

「この際、仲介役はすべてリストラするか？」

ボウマンは笑った。「一本とられたわ。でもわたしの言いたいことはわかるはず。コロンビア革命軍の降伏協定で状況が一変したあと、サンタ・ブランカが南アメリカに入り込もうとすることは予測していた。アマゾナス自由州から入る可能性もあると疑っていたけれど、確信がなかった。そして確証が得られるまでは、何も言うつもりはなかったの。すでにわれわれは関わってしまっているから、当面は混乱を避けたかった」

ミッチェルは首を傾げた。「〝当面〟か。うまい言い方だな。〝当面〟とはつまり〝いつか連絡するつもりだった〟という意味なわけだ。違うか？」

「われわれにも事態がどう転ぶかわからないの」ボウマンは平然と答えた。「あなたを信用して、手札をさらすわ。ウルビナが退場したあとサンタ・ブランカがどこに地盤を築こうとするかは見当がついている。すでにそこには、ある人物をもぐり込ませているの。とても役に立つ技術を持つ人物だから、間違いなくサンタ・ブランカから誘いが来るはずで、われわれはそれを待っている。何年もかけて入念に準備してきた偽装工作だから、簡単には捨てられない。もし計画どおりにいったら、重要な標的であるカルテルに内通者を確保できる。そのときは現地で標的に対して作戦を実行する部隊が必要になる」ミッチェルを見つめる。

「第一特殊部隊デルタ作戦分遣隊《デルタ》と話したとき、あなたの部隊を推薦された。海軍特殊戦開発グループ《デブグル》も同じだった。ダニエル・サイクスに至っては、わたしの机に這い上がってあなたを褒めたたえたわよ。それに、メイン州の隠れ家に元ヴィンペルの亡命者を軟禁しているけれど、その男は今でもあなたのチームの悪夢にうなされてる。だからきいておきたいの。時が来たら、あなたのチームは出動要請に応じてくれる？　もしわたしが思っているとおりの状況になったら――そのうちにサンタ・ブランカが統治する本格的な麻薬国家が生まれそうになったら――それを防ぐためには強気の交渉以上のことが必要になるから」

「わたしの部下は常に用意ができている。だが、もしＧＳＴとＣＩＡの合同作戦を実現したいなら、われわれの等級よりはるかに上の連中が握手する必要があるだろう」

「それはわたしにまかせて。そういうことはとても得意なの」

ミッチェルはうなずいた。「きっとそうだろうな。わかった、いいだろう。きみはきみで用意を進めるといい。きみから依頼があるまで、チームにきみの邪魔をさせないようにする。ただしわたしに頼むときは、決して拒めない条件を用意したほうがいい。もしきみが自分の手を汚したくないという理由で頼んでいることがわかった場合は、それなりの覚悟をしてもらおう」

ボウマンは彼を見つめて、立ち上がった。「中佐、もしわたしがお願いする日が来るとしたら、それはほかに選択肢がないからよ」彼女が手を差し出す。ミッチェルは一瞬ためらったのち、その手を握った。「また連絡するわ」彼女はそう言うとブリーフケースをつかんで出ていった。

ミッチェルはボウマンが立ち去るのを見つめた。「きっと連絡してくるだろうな」とつぶやく。「間違いない」


ホルトが何か話しかけるとバーテンダーは首を振ったが、結局カウンターの下から濃い色のガラスのボトルを四本とり出した。ホルトはそれを片手に二本ずつ持ち、ミダス、ウィーバー、ノマドが座っているテーブルに戻った。それぞれの前にボトルを置き、あいている椅子に腰をおろすと、いつもかけているサングラスをはずす。

「これはなんだ？」ウィーバーは目の前の飲み物をうさんくさそうに見つめながらたずねた。

「旅の土産だ。コレアのお勧めだよ。特別な機会のために一ケース買って持って帰ってきたんだ」ホルトは手にしたボトルを差し上げた。「これは評価の対象になるかな？」

「オールド・マンなら評価するだろう」ノマドが答え、ビールを気持ちよさそうに飲んだ。

「おお、これはいけるぞ」

ウィーバーは唇を結び、訳知り顔で首を振った。「信じるよ、ミスター・モレッタによればコレアの勧めだからな。もしこいつが自分で選んだのなら、たぶんワニの小便みたいな味だったろう」

ミダスはボトルから飲む寸前で笑ってむせそうになり、懸命にこらえた。「やめてくれないか。あやうく中身をぶちまけてしまうところだった」

「きっと鼻のなかがきれいになったぜ」ノマドはテーブルの中央に向かってボトルを掲げた。

「任務の成功に乾杯」

「乾杯」「了解」「アーメン」彼らはボトルをかちりと合わせ、ビールを飲んだ。

「それで次は？」それぞれひと息つくと、ウィーバーがたずねた。そしてノマドに期待のこもった表情を向ける。

「よくわかっているだろう、コレイ」ノマドはあきれたように鼻を鳴らした。「休憩だ。それが終わったら……」

「終わったら？」ミダスが割り込んだ。

「このチームはまた集まって、次の作戦ではもう少し刺激が少なくなるよう、猛烈に訓練する」ノマドは少しだけ謙虚な気持ちになって椅子に背をあずけた。「誰かがつかまったり、ボートをあやうく下から撃ち抜かれそうになったりせずに作戦をひとつでもこなせれば――」

「あるいはワニにやられなければ」ウィーバーが茶々を入れた。

「どうしてワニが出てくるんだよ？」ホルトが突っかかった。

ウィーバーはにやりと笑った。「あいつらのプロ意識を尊敬してるんだ。それにおまえをいらつかせたいのさ」

ホルトは言い返そうとして口を開きかけ、ミダスがまた笑いをこらえているのに気づいた。

「何がおかしいんだ？」

「何も」ミダスが答えた。「ただ、夫婦喧嘩みたいだなと思って」

そのひとことに全員が笑いころげた。ようやく笑いがおさまると、ウィーバーがミダスの背中を叩いた。「おまえにそんなセンスがあるとは知らなかった」

「いつもジョークをふたつ用意しているんだ」ミダスが大まじめで応えたので、ウィーバーはまた笑いころげた。

ノマドは深く息を吸い込み、川で抱いたのと同じ仲間意識を感じながらテーブルを見まわした。「とにかく、こういうことだ。チームを抜けたいなら、今ここで言ってくれ。つづけたいなら、おれたちは非常に特別なことを成し遂げられると思う」彼は振り向いた。「戦場でミダスがおれたち全員を笑わせて、撃たれてしまわない限りはな」

「その心配はいらない」ミダスが小さく微笑む。「場はわきまえる」

ノマドがうなずいた。「それがいい。誰か――」

「おい、あれを見てくれ」ウィーバーが長い腕をのばしてカウンターの上のテレビを示した。スポーツ中継の合間に経済番組が映し出され、画面下に三行のテロップが流れている。ウルビナのキャンプを訪れていたケイトン石油の重役の写真の隣でキャスターが悲しい表情をつくった。画面下のテロップがすべてを語っている。〝軽飛行機墜落で死亡〟

「事実ではある」ホルトが言い、敬意を込めてミダスのほうにボトルを掲げた。「ただ、飛行機と同じ場所で死体が見つかったとは言っていないと思うが」

「メキシコ湾で見つかったと言ってる」ミダスが教えた。ホルトに見つめられ、肩をすくめる。「耳の聞こえないいとこがいるもので。子供のときに読唇術を学んだんだ。それに手話も少し」

「まったくおまえには驚かされる」ウィーバーはあきれたふりをして、にやりと笑った。

「誰も真実を知ることはない。そういうものだ。ニュースが流れる前にケイトンの株を売ったのは正解だった」

「まさか！」ミダスは仰天した。「インサイダー取引になる！」

「首までどっぷりつかりすぎて、もう内側も外側もわからないよ」ウィーバーは平然と応じた。

言い返そうと口を開きかけたミダスを、ノマドが黙らせた。「落ち着けって。こいつはケイトンの株なんて持ってなかった」ウィーバーを見つめる。「それとも、持っていたのか？」

「その質問にはノーコメントとしておこう」ウィーバーは答え、いたずらっぽく笑った。しかしミダスにいつまでも見つめられているので、ウィーバーはついに顔をそらした。「からかっただけさ。エネルギー業界の株には関わらないようにしている」身を乗り出してわざとらしくささやく。「不安定すぎる」

「たしかに」ノマドはビールを飲み終え、空のボトルをホルトに振ってみせた。「あそこにあと何本ある？」

「数本しかない。冷蔵庫の借り賃として、何本か渡さなければならなかった」

「もうひと箱持ってくるように命令していたら？」

「くたばれと言ってたよ、少佐」

ノマドはにやりと笑った。「正解だ。次の一杯はおれのおごりだ」カウンターへ行こうと立ち上がり、テーブルを見まわした。

ウィーバーは、デスカルソがボートのことでかんかんに怒っていた話をはじめた。ボートはあの翌日、ウルビナの軍隊からの脱走兵を何人か乗せて下流に戻ってきたらしい。そのうちのひとりは釣り竿を持っていた。

ミダスは耳を傾け、口数少なくうなずき、にやりと笑い、ときおり適切な合いの手を入れた。ホルトはその話の信憑性《しんぴょうせい》を疑ってウィーバーにいちいち突っかかっていたが、やりとりがよどみなく、まるでリハーサルをしてあったかのようだ。

ノマドの心のなかで、川で感じたのと同じ誇らしさがふくれ上がった。このチーム、彼のチームはひとつにまとまっている。荒削りだし、実のところ規則から逸脱しているが、規則どおりでは川での任務を成し遂げられなかっただろう。また一緒に戦場に行くことができたら誇らしい。そのことだけはわかっている。彼らが自分に指揮をとってほしいと思ってくれている事実に、身が引き締まる思いだった。

ノマドはそっと微笑み、カウンターに向かった。

謝辞

ずっと書きたいと願ってきたこの本を書く機会を与えてくれた、サム・ストラックマンに感謝したい。ジェイ・ポージーにも感謝を捧《ささ》げる。彼の友情、励まし、ゴーストへの愛が、執筆の支えとなった。ゴーストをつくるのを助けてくれたブライアン・アップトン、スティーヴ・リード、ゲイリー・ステルマック、そしてレッド・ストームのすべての方々、この伝説を長年にわたり守りつづけてきたすべてのスタジオの、すべてのスタッフに心からの感謝を捧げたい。ユービーアイソフトにおけるサニティーチェック（プログラムのソースコードの整合性などをチェックすること）を行ってくれたオリヴィエ・ヘンリオット、アン・リード、イアン・メイヤーにも感謝する。この本を着地させるために暗い水のなかを導いてくれたエージェント、ロバート・フレックに、それを実現してくれたホリー・ローリンソン、キャロライン・ラマシェ、ロメイン・フーシェ・ド・ブランドワ、アレクシス・コスシュスコ、ユービーアイソフトのアンソニー・マーカントニオに感謝の意を表する。専門的な助言と親切な言葉を与えてくれたレイヴンとパイロット・ジャックにも多大な感謝を捧ぐ。彼らを紹介してくれたトラヴィス・ゲッツにお礼を述べたい。何年も前にボールを転がしはじめたトム・クランシーにも。

もちろん、常に支えとなり、ときとしてわたしが執筆のためにとても長いあいだ書斎にこもりきりになるのを快く許してくれた友人たちと家族にも。みんなありがとう。

訳者あとがき

本書は、ユービーアイソフトから発売されているシューティングゲーム、『ゴーストリコン ワイルドランズ』の前日譚《ぜんじつたん》となるスピンオフ小説である。ゴーストリコンは、あのベストセラー作家トム・クランシーの名を冠したゲームシリーズで、これまでに多数の作品がリリースされている。

アメリカ政府の要請のもと、世界のあらゆる紛争地域に赴いて活動する特殊部隊、〝ゴースト〟。ゲームでは、プレイヤーはゴーストのメンバーを動かして敵地に潜入し、ときに力わざで強引に、ときには知恵を絞って戦略を練り、困難な任務を遂行して敵を倒し、ミッションをクリアするごとにポイントを得ていく。

ただし、誤解なきよう記しておくが、本書はそのゲームシリーズとはまったく独立した戦闘アクション小説として出色のできであり、ゲームの知識がなくても楽しめることは保証できる。ひょっとしたら、余計な先入観や予備知識がない分、むしろそのほうがスリリングな読書体験ができるかもしれない。いってみればトム・クランシーのお墨付きがあるストーリー、面白くならないわけがないのだ。

〝ゴースト〟は、選《よ》りすぐられた戦闘のスペシャリスト四人からなるチームで、通常の組織による作戦行動では対応不可能な、危険きわまりないミッションのみを扱う。彼らに失敗は許されず、成功してもその存在が表に出ることは決してない。

今回のミッションにあたり、新たに集められたゴーストのメンバーはノマド、ウィーバー、ホルト、ミダスの四人である。いずれも劣らぬ魅力を持つこの四人についてまず紹介しよう。

主人公格のノマドは、これまでのゴーストの主要メンバーの負傷により、急遽《きゅうきょ》集められたチームを指揮するよう命じられる。彼はデルタフォース出身で戦闘のエキスパートだが、リーダーをつとめるのは今回が初めてである。そのため当初はいちいち肩に力が入りすぎているが、徐々にそのたぐいまれなる能力を発揮していく。ある意味、この小説はノマドの成長物語としても読める。

ウィーバーは高い射撃技術を誇るスナイパー。顔に大きな傷跡があるがその怪我《けが》を負った経緯についてはいっさい語ろうとせず、謎めいた一面もある。ノマドとはこれまでもときとして同じ作戦活動で戦ってきた親友同士であり、今回はリーダーの重責を担う友人を支える頼もしい存在となる。

ホルトはドローンを駆使する情報収集のエキスパート。ハンサムで女好き、一見したところ軽いが、その実はきわめて優秀で責任感が強い。

そして最後のひとり、ミダスは冷静沈着な技術者で、口数は少ないが信頼できる男。個人的にはこのミダスをひいきにしたくなる。かつて神父を目指していたが、聖職者の役割に限界を感じて軍隊に方向転換した変わり種。

こうしてメンバーを簡単に紹介しただけでおわかりいただけると思うが、とにかく全員、そろってキャラが立っている。立ちすぎていると言ってもいいくらいだ。一応の主人公はノマドだが、誰の視点に自分を重ね合わせて読み進めても楽しめ、その活躍に胸を躍らせてしまうこと請け合いである。

それでは今回のゴーストのミッションを、これから本書を読みはじめる読者の興をそがない程度に簡単に紹介しておこう。

ウクライナでの作戦活動で不覚にも敵の待ち伏せと奇襲にあってリーダーが負傷したため、ゴーストは再編を余儀なくされ、急遽ノマドが新チームの指揮をとるよう命じられる。新たな任務は、ベネズエラで立てつづけに起きた誘拐事件の人質の救出だった。ジャングルの奥地で研究を進めていたアメリカ人の研究者たちが、現地の武装勢力に誘拐されたという。ただし、ゴーストの派遣が求められたということは、当然ながらこれは単純な誘拐事件ではなかった。人質がとらわれている場所は二箇所に分かれているため、まず一方の人質を救出して安全な場所に送り届けたのち引き返し、別の場所にとらわれている人質も救出しなければならないという難しい状況だった。時間的な制約から、ふたつのチームを同時に二箇所の現場に派遣することはできなかった。しかも、誘拐された人質の写真には、かつてベネズエラの秘密警察で恐れられていた悪名高きウルビナの姿が写り込んでいた。敵として戦うにはとてつもなく厄介な相手だ。すでに事件が発生してから日数がたっており、人質の安否が気づかわれることから、迅速な対応が求められていた。

最強部隊であるゴーストだが、今回ばかりは不安要素もあった。ノマドにとってリーダーをつとめるのは初めてのことであり、しかも時間が逼迫《ひっぱく》していることから急ぎ集められたメンバーのなかには経験が浅い者も含まれていた。ノマドはチームに配属された癖のある三人の信頼を得てその手綱をとり、困難なミッションを成功に導かなければならないのだ。

ゴーストはまずブラジル北部へと飛び、脳天気な釣り客を装って川を北上、人質がとらわれている地点へと向かうが、そのあとジャングルの奥で待ち受けていたのは思いもかけない展開で、しかも意外な事実が明らかとなる。ゲームのプレイヤーが、ジャングルのなかや周囲をうかがいながら一歩ずつ慎重に歩を進め、敵を倒していくのと同じ緊張感と興奮をぜひとも楽しんでいただきたい。

最後に種明かしのような形になるが、本書の著者リチャード・ダンスキーは、ユービーアイソフトやレッドストームのゲーム制作の現場で活躍するゲームデザイナーである。ゴーストを知り尽くした男、と言っていいだろう。ダンスキーはこれまでにメディアとタイアップした読み物だけでなく、オリジナルの小説を多数執筆している才人である。ダイナミックな展開や素早い場面の切り替え、テンポのよさといった、彼の小説に共通する特徴は、ロールプレイングを含むさまざまなゲームに関わり、新しいアイデアをひねり出してきた経歴から生まれたものだろう。

彼の多彩な才能の全貌は、とても本書一冊だけでは伝えきることができない。オリジナリティあふれるこの作家の作品をふたたび紹介する機会が訪れることを願っている。

〈シグマフォース〉シリーズ⓪
ウバールの悪魔　上下
ジェームズ・ロリンズ／桑田 健［訳］
神の怒りで砂にまみれて消えた都市〈ウバール〉。そこには、世界を崩壊させる大いなる力が眠る……。シリーズ原点の物語！

〈シグマフォース〉シリーズ①
マギの聖骨　上下
ジェームズ・ロリンズ／桑田 健［訳］
マギの聖骨――それは〝生命の根源〟を解き明かす唯一の鍵。全米200万部突破の大ヒットシリーズ第一弾。

〈シグマフォース〉シリーズ②
ナチの亡霊　上下
ジェームズ・ロリンズ／桑田 健［訳］
ナチの残党が研究を続ける〈釣鐘〉とは何か？　ダーウィンの聖書に記された〈鍵〉を巡って、闇の勢力が動き出す！

〈シグマフォース〉シリーズ③
ユダの覚醒　上下
ジェームズ・ロリンズ／桑田 健［訳］
マルコ・ポーロが死ぬまで語らなかった謎とは……。〈ユダの菌株〉というウィルスが起こす奇病が、人類を滅ぼす!?

〈シグマフォース〉シリーズ④
ロマの血脈　上下
ジェームズ・ロリンズ／桑田 健［訳］
「世界は燃えてしまう――」〝最後の神託〟は、破滅か救済か？　人類救済の鍵を握る〈デルポイの巫女たちの末裔〉とは？

〈シグマフォース〉シリーズ⑤
ケルトの封印　上下
ジェームズ・ロリンズ／桑田 健［訳］

癒しか、呪いか？　その封印が解かれし時――人類は未来への扉を開くのか？　それとも破滅へ一歩を踏み出すのか……。

〈シグマフォース〉シリーズ⑥
ジェファーソンの密約　上下
ジェームズ・ロリンズ／桑田 健［訳］

光と闇の米建国史――。アメリカ建国の歴史の裏に隠された大いなる謎……人類を滅亡させるのは〈呪い〉か、それとも〈科学〉か？

〈シグマフォース〉シリーズ⑦
ギルドの系譜　上下
ジェームズ・ロリンズ／桑田 健［訳］

最大の秘密とされている〈真の血筋〉に、ついに辿り着く〈シグマフォース〉！　組織の黒幕は果たして誰か？

〈シグマフォース〉シリーズ⑧
チンギスの陵墓　上下
ジェームズ・ロリンズ／桑田 健［訳］

〈神の目〉が映し出した人類の未来、そこには崩壊するアメリカの姿が……「真実」とは何か？「現実」とは何か？

〈シグマフォース〉シリーズ⑨
ダーウィンの警告　上下
ジェームズ・ロリンズ／桑田 健［訳］

南極大陸から〈第六の絶滅〉が、今、始まる……。ダーウィンの過去からの警告が、明らかになるとき、人類絶滅の脅威が迫る！